The Quest For History

日本神祇完全圖解事典

監修　椙山林繼

PANTHEON OF JAPAN

CONTENTS

第一章 天地的起源

第三章 伊邪那岐神下訪冥界

第四章 三貴子物語

第五章 大國主物語

CONTENTS

【說明】

＊神的名稱原則上是以《古事記》為依據，如為《古事記》中未曾出現的神祇，則以《日本書紀》的名稱為優先。《古事記》當中會以不同方式來指稱同一位神祇，但目次中已將所有神名統一。

眾神活躍的神話

早在遠古，世界開始劃分天與地之際，
從天而降的諸神便誕下了日本列島，
令其後代子孫豐饒國土、建立日本的基礎。
祂們的事蹟也流傳成為偉大的「神話」，
成為人們供奉、尊崇的對象，
即使走過如此漫長的歲月，
這樣的觀念至今也未曾改變。
眾神寄宿於萬物之中，
因此人們稱之為「八百萬神」，
試著親近、相信、尊敬祂們，
而這也正是構成日本人心靈的源頭。

孕育日本國土的神
伊邪那美神

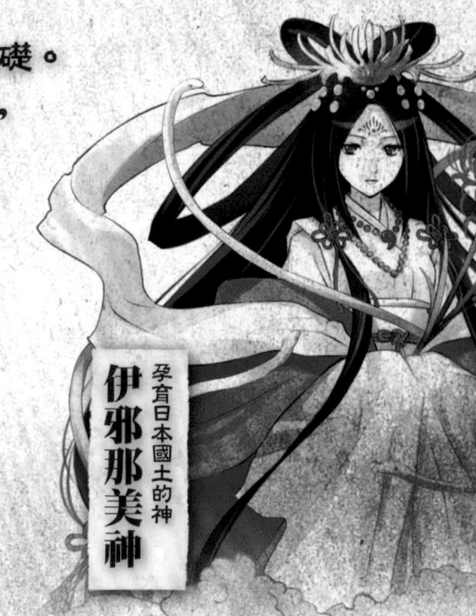

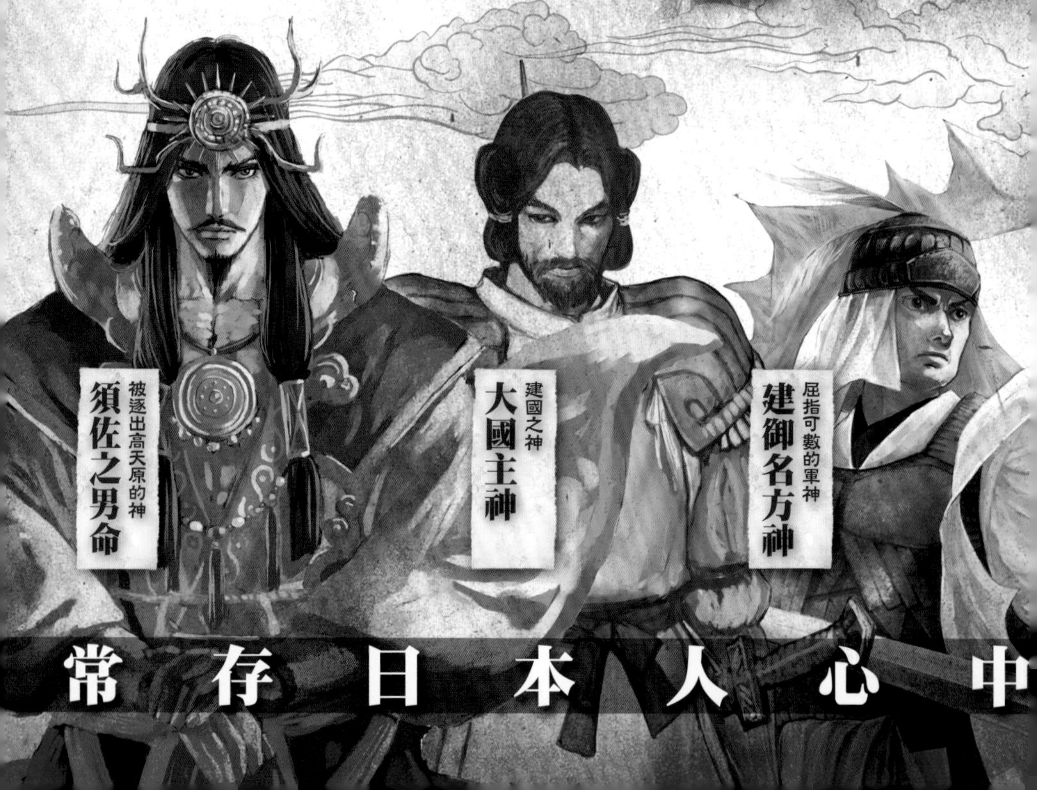
被逐出高天原的神
須佐之男命
建國之神
大國主神
屈指可數的軍神
建御名方神
常存日本人心中

時代

八百萬神之頂點
天照大御神

已完成的天之象徵
伊邪那岐神

最初現身於高天原的神
天之御中主神

初代天皇
神倭伊波禮琵古命

最強的武神
建御雷之男神

的 八 百 萬 神

～最古老的神話歷史書～

古事記的世界

●重新彙整後再編成的記錄

日本最古老的歷史書《古事記》，是太安萬侶將稗田阿禮口述的《帝紀》和《舊辭》撰寫成字，最後於和銅五年（七一二年）成書。

《帝紀》的內容為天皇族譜，《舊辭》則是由神話、口傳故事與歌謠組成，因此《古事記》就是將以上兩者彙整編寫而成的書籍。不過，《古事記》的原書已經失傳，現存最古老的版本是在十四世紀寫成的抄本。

《古事記》中的序文說明了成書的經過，根據文章記載，天武天皇「從帝記中選錄內容、查閱舊辭後去偽留真，定書傳於後世」，由此可知全書是由天武天皇提議編纂而成。但是，後來因天武天皇駕崩，書冊的編輯被迫中斷，直到和銅四年（七一一年）才由元明天皇下令繼續編寫，最終才於翌年完成。

八年後，敕撰的歷史書《日本書紀》也宣布完成，從此《古事記》與《日本書紀》便統稱為「記紀」。

不過，由於這兩本書都是當代掌權者下令編纂，因此書中必定包含掌權者自詡為天神後裔的內容，以便將統治權力正當化。

●化為故事的《古事記》

《古事記》與《日本書紀》最大的差異在於記述方法。《古事記》是以故事的形式，從天地的起源開始說起；《日本書紀》只是按照年代先後來記錄歷年大事。此外，《古事記》全書並不宣揚異論和奇聞，但《日本書紀》卻包含了許多以「根據某書記載」為開頭的奇譚。本書當中，也引用了部分《日本書紀》裡

古事記．日本書記比較

古事記		日本書記
和銅五年（七一二年）	完成	養老四年（七二〇年）
太朝臣安萬侶	編者	舍人親王 等人
全三冊	冊數	全三十冊
漢式和文、變體漢文	文體	漢文
故事形式	體裁	編年體

古事記的內容

上冊	時代	從開天闢地到初代神武天皇出生
	內容	天地的起源與眾神神話
中冊	時代	從初代神武天皇到十五代應神天皇
	內容	從神的時代走向人類時代的變遷過程
下冊	時代	從十六代仁德天皇到十三代推古天皇
	內容	天皇的歷史記錄

記載的異論與奇聞。

《古事記》分成上冊、中冊、下冊，上冊為神祇的故事（神話），中冊以後則是收錄了歷代天皇的事蹟。由於本書的主題為日本諸神，因此是以《古事記》的上冊為中心，神祇的名稱與經歷也是以《古事記》為基礎。不過，神話世界的時間先後與神祇關係難免會出現些許矛盾，敬請多加包涵。

●古代人的世界觀

《古事記》的故事是以高天原、葦原中津國（出雲）、黃泉國、根之國為背景，以下先來說明書中的世界觀。

古人將眾神的天上世界稱為高天原，並將住在當地的神稱為天津神；地上世界則稱作葦原中津國，居住在這裡的神祇稱為國津神。雖然書中並沒有特別描寫人類，不過葦原中津國同時也是人類居住的地方。

書中提到的出雲，是指現在日本島根縣出雲市一帶，該地即為大國主神的故事背景，因此關於大國主神的神話又稱為出雲神話。至於書中出現的另一個地名高千穗，最普遍的說法是主張它位於宮崎縣的高千穗町，但也有人對此抱持不同觀點，所以目前尚無定論。

葦原中津國的地下，是死者的國度黃泉國以及根之國。黃泉國與根之國的關係不甚明確，但一般說法認為這兩者並無差異。這兩個地下國度必須透過黃泉津比坂才能通往地上，其出入口就位於出雲。

另外，大海彼方有一個名為常世國的異世界，雖然它並不是故事的舞台，不過那裡是一個不老不死的理想國度。書

古事記的世界

高天原

天津神居住的天上世界、眾神在《古事記》開頭現身的地方，之後由天照大御神掌管。雖然這只是一個幻想出來的國度，不過亦有人主張它實際存在於陸地上。

葦原中津國

地上的世界，也就是日本國。雖然這裡是人類居住的世界，不過也有國津神寄宿於此。關於此地的具體位置眾說紛云，目前尚無定論。

黃泉國

位於地底下的死者國度，雖然可以透過黃泉津比良坂通往地上（出雲），但出入口已由伊邪那岐神封住。此處與根之國同為地底世界，一般會將兩者等同視之。

常世國

位於大海彼方的理想國度，是一個不老不死的世界，但《古事記》中並未對此多作著墨。古人多半相信浦嶋子（浦島太郎的原型）曾經造訪過此地。

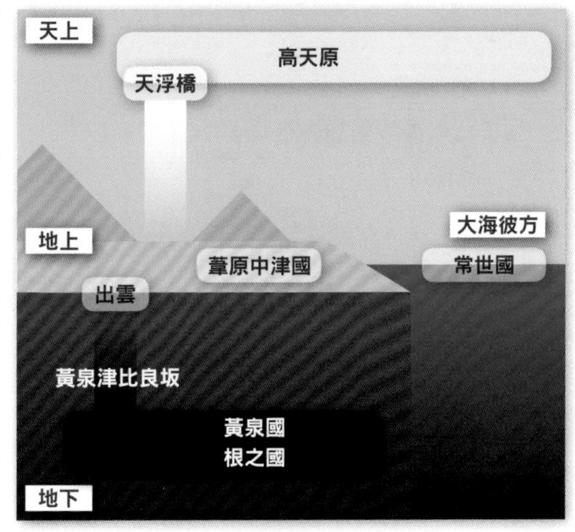

中沒有出現常世國的具體描述，僅僅只有提及名稱，雖然用意不明，但我們仍然可以姑且記下。

●了解神話的脈絡

進入正篇以前，先行了解故事的脈絡會比較容易融入書中，所以以下就來簡單說明《古事記》上冊的概要。

首先，高天原上陸續出現了各個神祇，最後現身的伊邪那岐神與伊邪那美神結為夫妻，故事的序幕就是從這兩尊神在大八島（日本列島）上，生育了司掌自然的各個神祇而開始的。

伊邪那岐神為了追尋已故的亡妻，前往黃泉國。當祂歸來並生下天照大御神和須佐之男命以後，這兩尊神便成了故事的主角。相信應該很多人都已經聽過祂們的故事，例如岩戶之隱和擊退八岐大蛇等知名等等，知名的事蹟多不勝數。

主角須佐之男命的後代，就是大國主神。該神最著名的故事從因幡白兔開始，祂平定了兄弟之爭以後，準備開始建國，卻又因葦原中津國（出雲）的統治權而和天津神發生爭鬥，最後祂讓出權力、結束了這場紛爭。

從大國主神手中獲得統治權的天照大御神，讓孫子邇邇藝命下凡。邇邇藝命在高千穗修建宮殿並結了婚，育有三名御子。於是，故事的主軸又移向了其中兩名御子海幸彥（火照命）和山幸彥（火遠理命），最後便是神倭伊波禮琵古命（後來的神武天皇）出生。

上冊到此結束，中冊從神倭伊波禮琵古命東征平定大和、登基成為初代天皇開始，後續皆只記述了歷代天皇的事蹟。

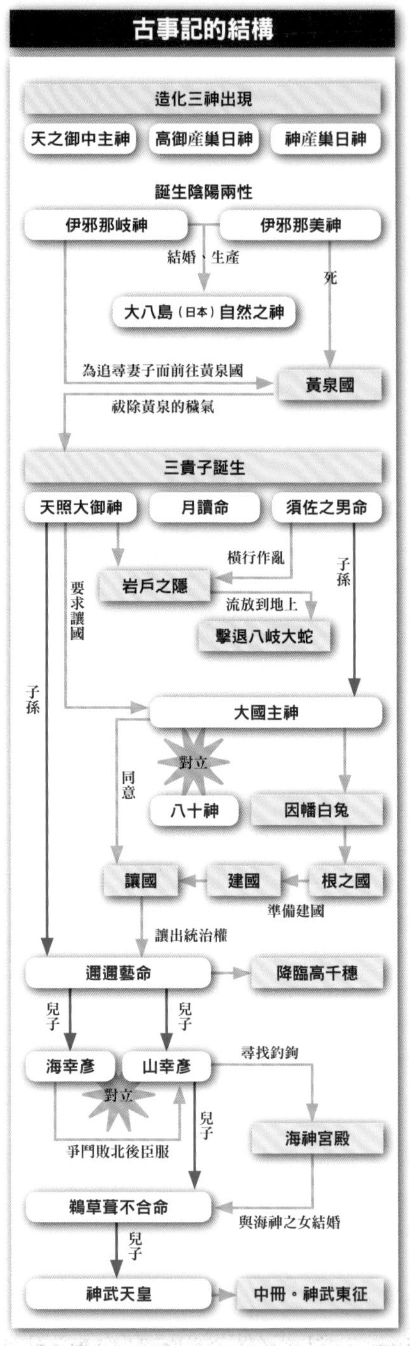

第一章

天地的起源

在天地開創之初，陸續現身於高天原的諸神，
即是掌握宇宙根本力量的創世之神。
這些現身後又立即消失的神祇，
成為我們居住的世界基礎，支持世界的運行直到今日。

開天闢地

古事記傳頌的神話世界之始

自然分成天與地的那一瞬間，眾神便現身於高天原。隨著這些擁有創造宇宙之力的神祇出現，日本歷史也從此揭開序幕。

在創世之初現身的三柱神

●形成宇宙的根本力量

世界各地皆流傳了各種不同關於世界起源的神話，《古事記》的開頭自然也是以「天地的起源」作為開場。「當世界分成天與地的那一瞬間，天照大御神、高御產巢日神、神產巢日神三柱獨神現身於高天原，隨即隱身。」

日本神話與《聖經》那一類主張「神一出現便創造了萬物」的神話不同，它最大的特徵就是認為天地是自然生成的產物。

所謂的獨神，就是沒有夫妻配對的獨身之神；換言之，這類神祇只會單獨出現，並不是指祂們做了什麼特別的事。這三柱神稱為「造化三神」，雖然肉眼無法看見祂們的身影，但祂們卻擁有塑造世界的根本力量。

在國土尚未穩固之際，出現了一股宛如葦芽抽生般的力量，最後化成宇志摩志阿斯訶備比古遲神與天之常立神。這兩柱神也是獨神，隨後同樣隱身消失。

到目前為止出現的五柱神，就稱作「別天津神」，祂們雖然都是特別的神祇，不過其中跟後續神話有所關聯的，就只有高御產巢日神和神產巢日神而已。

造化三神與別天津神

別天津神

造化三神

天之御中主神

高御產巢日神

神產巢日神

宇志摩志阿斯訶備比古遲神

天之常立神

性別的形成與夫婦的誕生

●性別的形成與夫婦的誕生

繼五柱別津天神以後，現身的是國之常立神和豐雲野神。這兩柱亦是獨神，書中也只記載祂們現身後便立即神隱。

接著出現的是宇比地邇神和須比智邇神，從此，神祇開始區分出性別。之後，角杙神與活杙神、意富斗能地神與大斗乃辨神、淤母陀流神和阿夜訶志古泥神，這些男女配對的神祇依序現身，最後出現的是伊邪那岐神與伊邪那美神。

從國之常立神到伊邪那美神，這一連串的神稱為「神世七代」，代表的是男女差異逐漸分明的過程。換句話說，最後現身的伊邪那岐神是完整的男性、伊邪那美神則是完整的女性。

於是，這些性別分明的配對最後結為夫妻，在日本列島上產下眾多神祇，從此逐漸打造出日本國土的形貌。

神世七代諸神

1. 國之常立神
2. 豐雲野神
3. 宇比地邇神
3. 須比智邇神
4. 角杙神
4. 活杙神
5. 意富斗能地神
5. 大斗乃辨神
6. 淤母陀流神
6. 阿夜訶志古泥神
7. 伊邪那岐神
7. 伊邪那美神

高天原是否真實存在？

●眾說紛云的高天原所在地

每個人對思想和神話的解讀大相逕庭，因此自古人們便對高天原的位置爭論不休。諸如「架空的地方」「天上或宇宙」「地上某處」，雖然主張有千百種，不過把它當成一個幻想出來的地方或許是較為實際的作法。

儘管如此，全日本各地仍有許多被人們視為高天原的地方。如果把神話中發生的部分現象當作事實，或許這些神祇在非常遙遠的古代，真的就住在這片土地上的某一處。

高天原的可能地點

- ■茨城縣多賀郡
- ■生犬穴（群馬縣上野村）
- ■葛城地域、金剛山高天台地區（奈良縣御所市高天）
- ■蒜山高原（岡山縣真庭市）
- ■鳥取縣若櫻町春米
- ■長崎縣壹岐市
- ■高千穗地區（宮崎縣千穗町）
- ■阿蘇、蘇陽地區（熊本縣山都町）

身為日本眾神中心的最高神祇

天之御中主神

祂是開天闢地之際最早現身於高天原的神，擁有和天照大御神、神產巢日神併稱為造化三神的特別神格，是為三神之首。

地位	天神地祇之祖神 造天之神
保祐	安產／招福／開運／事業／學業進步
主要神社	秩父神社（埼玉縣秩父市） 相馬中村神社（福島縣相馬市） 水天宮（東京都中央區）

靈力 5

為指揮天地的創造、統率日本眾神的高天原主神，靈力位居眾神之上。

神秘性 5

由於祂出現後隨即隱身，是一種無人知曉的神秘存在。

illustration：NAKAGAWA

與妙見菩薩信仰調和後 成為近世普遍的神祇信仰

●坐鎮宇宙中心的最高神祇

天之御中主神是在天地創生之際最早現身於高天原的神祇，與之後接續出現的高御產巢日神和神產巢日神併稱為「造化三神」，並身為三神之首。

另外，再加上繼造化三神之後出現的宇摩志阿斯訶備比古遲神、天之常立神，這五神又合稱為「別天津神」。

天之御中主神的天字是「宇宙」的意思、御中為「中心」、主為「主君」，全名意即「位居宇宙中心的主君」，也就是身為「宇宙根源之神」的絕對存在。

不過，《古事記》對於天之御中主神的描述，只有「無配偶神之獨神，顯現後而隱其身」，並沒有其他具體的故事。而且後文也不再出現祂的名諱，由此可見祂著實是一個無人知其底細的神秘神祇。

儘管如此，天之御中主神也並非無所是事，單純只是書中沒有著墨祂的事蹟。祂統率了後續出現的各個神祇、發下指令推動天地的創造，是一位全知全能、負責領導日本諸神的高天原主神。

●以妙見之名成為信仰對象

天之御中主神不是出現在自然中、受人信仰的神明，而是在日本神話的形成過程中，受到中國的道教思想影響而創造出來的一種觀念上的存在。

因此，祂與日常生活沒有直接關聯，也沒有成為信仰的對象，在歷史悠久的古老神社中也從來不曾祭祀過祂。

然而，自中世紀以後，寺院和陰陽道卻漸漸開始供奉天之御中主神；在吉田神道、伊勢（度會）神道、復古神道當中，也將祂尊為最高等級的神祇。

到了近代，身為道教北極星、北斗七星信仰的妙見菩薩因為同樣也是「宇宙中心至高無上的神」，於是人們便將兩者互相調和，最後形成一種「妙見」信仰。例如千葉縣的千葉神社、埼玉縣的秩父神社等，都是供奉天之御中主神的妙見神社。

此外，雖然水天宮裡也供奉了天之御中主神，不過這裡原本祭祀的水天，是源自於古印度最高神祇伐樓拿，所以在日本實行神佛分離政策時，水天便從此歸為等同於天之御中主神的神祇。

與天之御中主神關係密切的神祇

高御產巢日神

▶P.016

繼天之御中主神之後現身高天原、象徵著擁有萬物生成靈力的神，為造化三神之一，出現於許多神話故事中。

神產巢日神

▶P.018

與天之御中主神、高御產巢日神併稱為造化三神的特別神祇，是一種將生成力神格化的存在，與「地」的關聯尤為明顯。

領導高天原眾神的長老

高御產巢日神

祂是象徵生成靈力的偉大神祇，最早現身世界的造化三神之一，為指揮高天原眾神的最高領袖。

地位	宇宙根源之神 高天原主神
保祐	五穀豐收／心想事成／開運招福／長命百歲／除厄
主要神社	安達太良神社（福島縣本宮市） 東京大神宮（東京都千代田區） 高天彥神社（奈良縣御所市）

PARAMETER

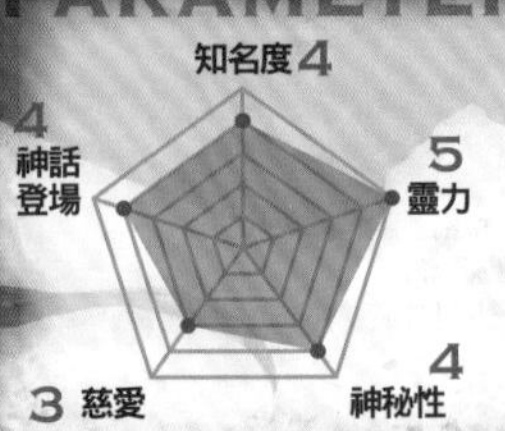

靈力 5

象徵了萬物生成的靈力，擁有難以計數的強大力量。

神話登場 4

以高天原的長老之身，出現在讓國神話、天孫降臨神話當中。

illustration：池田正輝

以守護農耕的天之生成神身分成為皇室農耕祭禮的祭祀對象

●在出雲神話中的面貌

高御產巢日神是繼天之御中主神後出現在高天原的神祇，再加上之後現身的神產巢日神，三者併稱為造化三神。

神名當中的「高御」是尊稱，「產巢」代表生產與生成，「日」意指靈力。這尊「象徵了偉大生成靈力的神」，自古以來即是非常重要的神祇。

祂的別名叫作高木神，在讓國神話中和天照大御神一同派遣諸神前往葦原中津國，向大國主神施壓、逼其讓出統治權；在神武東征時，祂也賜予神武天皇一把布都御魂靈劍，並派出八咫烏帶路。祂以高天原的司令官、政治家、長老等身分，在後續的故事當中多次現身。

高御產巢日神是沒有配偶神的獨神，但卻有一個與天照大御神之子天忍穗耳命結婚的女兒，這兩神誕下的孩子即是邇邇藝命。

邇邇藝命為皇室的祖先，是為了統治葦原中津國才降臨地上的神祇，所以祂和高御產巢日神一同被尊為天皇的祖先「皇祖神」。

●皇室祭典中不可或缺的存在

和高御產巢日神同樣身為造化三神的神產巢日神，雖然也是象徵生成靈力的神祇，不過神產巢日神在出雲神話的主要事蹟是幫助大國主神建立葦原中津國。

換言之，神產巢日神是居住在葦原中津國（地）、屬於國津神的生成神，與居住在高天原（天）、屬於天津神生成神的高御產巢日神互為對照。

以天之御中主神為中心，高御產巢日神擁有男性神的性格，神產巢日神則擁有女性神的性格，因此也有人認為祂們代表了陰陽兩部的運行。

這兩柱神在皇室的祭祀大典中意義重大，身為生成神的祂們擁有保祐農耕安定的靈力，所以在春季祈求豐收的祈年祭、秋季感謝收穫的新嘗祭等農業相關的祭典中皆列為祭祀的對象。

雖然高御產巢日神的職能非常重要，但是除了供奉守護天皇之八神的「八神殿」以外，一般民間鮮少將祂視為信仰，供奉的神社也非常少。而且祭拜時，並不會只單獨供奉高御產巢日神，大多會將祂與神產巢日神一同列位祭祀。

與高御產巢日神關係密切的神祇

天之御中主神

▶P.014

在世界創生之際最早出現的神祇，為造化三神之首，也是守護世界的宇宙根源之神。

神產巢日神

▶P.018

與天之御中主神、高御產巢日神併稱為造化三神的特別神祇，是一種將生成力神格化的存在，與「地」的關聯尤為明顯。

創造天地的神

神產巢日神

在世界創生之初的造化三神中最後現身的祂，是與大地關係緊密的地母神，在出雲神話中亦為大國主神助一臂之力。

地位	生成根源之神 出雲眾神之祖神
保祐	豐收／姻緣／除厄／開運招福
主要神社	八所神社（山形縣川西町） 東京大神宮（東京都千代田區） 四柱神社（長野縣松本市）

PARAMETER

靈力 5

賜予大地生長食物的靈力，力量之強不言而喻。

慈愛 4

宛如母親一般，守在背後支持大國主神建國。

illustration：中山慶翔

出雲大社的建造起源
擁有強烈地母神性的生成神

●在出雲神話中的面貌

神產巢日神是繼天之御中主神、高御產巢日神後出現在高天原的神祇，這三柱神稱為造化三神屬於特別的存在。

神名中的「神」帶有褒意，「產巢」指生產與生成，「日」代表靈力，祂和高御產巢日神同樣是象徵生成靈力的神祇。

雖然神產巢日神是沒有配偶神的獨神，亦無性別之分，不過有些說法認為高御產巢日神擁有男性的神格（陽）、神產巢日神擁有女性的神格（陰），所以兩神亦可視為象徵了陰陽調和的運作。

儘管這兩柱神性格幾乎相同，不過高御產巢日神在神話裡屬於高天原（天）的中心；相對地，神產巢日神大多出現在出雲國（地）相關的神話之中。

尤其是在大國主神的故事裡，因身為兄長的八十神殺死了弟弟大國主神，於是神產巢日神派出蚶貝比賣、蛤貝比賣二神使其復活，甚至還派出兒子少名毘古那神助其建國。

在《出雲國風土記》裡，神產巢日神化名為御祖命，被出雲眾神尊為祖神，出雲大社也是由祂親自召集諸神、以高天原宮殿為藍本指揮建造而成。因此也有人認為祂是出雲當地的神明。

●五穀的起源

神產巢日神作為生成之神，自然也和食物的起源息息相關。根據《古事記》，大宜都比賣從口中和臀部取出各式食材，烹調後獻給須佐之男命，結果須佐之男命大發雷霆、將祂殺死。之後五穀從祂的遺體中生長出來，神產巢日神便將這些植物摘下，作為五穀的種子。

神產巢日神不但與葦原中津國（地）和穀物關係匪淺，同時也擁有賜予大地促進穀物生長的靈力、為大地帶來了豐饒。這種強烈的地母神性格，讓祂和高御產巢日神一同在春季祈求豐收的祈年祭、秋季感謝收穫的新嘗祭等農業相關的祭典中成為祭祀的對象

此外，在律令制度下，神產巢日神也被列為守護天皇的八神之首，供奉於「八神殿」之中，自古以來即是非常重要的神祇。不過，民間對祂的信仰卻相當淡薄，供奉的神社也非常少，多半會與高御產巢日神一同列位祭拜。

與神產巢日神關係密切的神祇

天之御中主神

▶P.014

在世界創生之際最早出現的神祇，為造化三神之首，也是守護世界的宇宙根源之神。

高御產巢日神

▶P.016

繼天之御中主神後現身高天原、象徵著擁有萬物生成靈力的神，是為造化三神之一，出現於許多神話故事中。

天之常立神

祂是世界最早現身的五柱別天津神之一，為高天原本身神格化以後的存在，象徵了天的永恆。

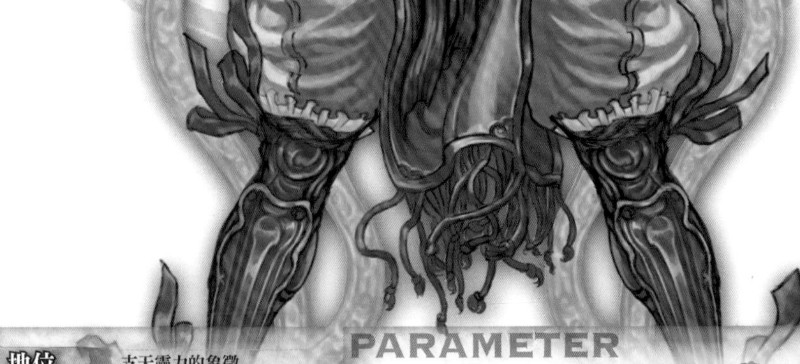

地位	支天靈力的象徵
保祐	產業開發／必勝／交通安全
主要神社	駒形神社（岩手縣奧州市） 金持神社（鳥取縣日野市） 高見神社（福岡縣北九州市）

PARAMETER

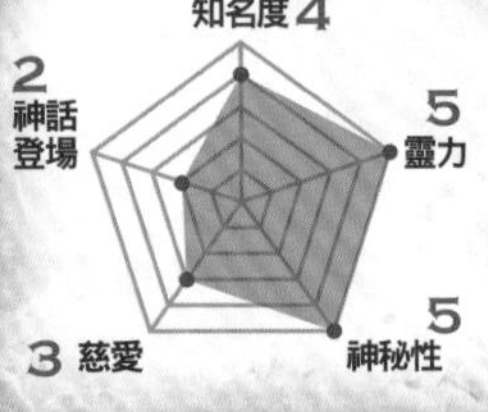

靈力 5

擁有能夠穩定高天原、使其永恆存在的強大靈力，足以和造化三神匹敵。

神秘性 5

宛如包裹著神秘面紗一般，形象非常模糊，卻是不可或缺的存在。

illustration：日田慶治

象徵了定天靈力的 高天原守護神

●穩定天空的力量

天之常立神是在開天闢地之初，繼造化三神和宇摩志阿斯訶備比古遲神之後出現的第五位神祇，這五柱神就統稱為別天津神。

祂和宇摩志阿斯訶備比古遲神一樣，在大地宛如油脂一般仍處於浮動不定的狀態之下，藉由一股葦芽抽生的力道來化身，隨後又立刻神隱。

天之常立神與其他的別天津神同樣是沒有配偶神的獨神，沒有任何後代，神話中也未曾著墨祂的事蹟，所以人們對於祂的職能、性格亦有許多不同的主張。

其神名當中的「天」是指天津神居住的高天原，「常」代表恆常性，「立」是指「起浪」「起泡」等現象或狀態出現的樣子，所以祂是一種將高天原本身神格化、確立了永恆之天的神祇。此外，「常」又能解釋為「溫床」，所以可將祂另外解讀為象徵了完成高天原之床，也就是天的基礎。

換言之，宇摩志阿斯訶備比古遲神用一股從混沌大地中抽芽的力量塑造了天，那麼天之常立神就是鞏固並穩定了天的那股力量。

●與相對的神祇 共同象徵天地之基礎

繼天之常立神之後現身的國之常立神，是象徵了大地形成的神祇。祂自古即受到人們的祭祀，但幾乎無人將天之常立神奉為信仰，所以也有人認為天之常立神只是一個相對於國之常立神的存在、或是作為宇摩志阿斯訶備比古遲神和國之常立神之間的聯結，而在神話當中特意創造出來的神祇。

關於祂的一切實在太過抽象，因此神話裡完全沒有描述祂的事蹟，自然也無法成為信仰的對象。

於是，祂除了作為客座神供奉在出雲大社（島根縣出雲市）以外，祭祀祂的就只有駒形神社（岩手縣奧州市）等極少數的神社。不過，由於祂是天津神當中最特殊的別天津神的一員，其重要性不言而喻。《先代舊事本紀》裡更將祂奉為支配天的中心高天原的日本眾神之首，與天之御中主神等同視之。

與天之常立神關係密切的神祇

天之御中主神

▶P.014

身為天的中心、也就是高天原的主宰神。祂本身就是天，可與天之常立神等同視之。

國之常立神

▶P.022

相對於將天本身神格化的天之常立神，大地本身神格化以後，即是國之常立神。

國之常立神

祂是大地本身神格化以後，相對於天之常立神的神祇，亦為神世七代當中最早現身者。

地位	形成國土的根源神 國土的守護神
保祐	國土平安／事業成功／開運招福／商業繁榮
主要神社	日枝神社（東京都千代田區） 御嶽神社（長野縣王瀧村） 熊野速玉大社（和歌山縣新宮市）

PARAMETER

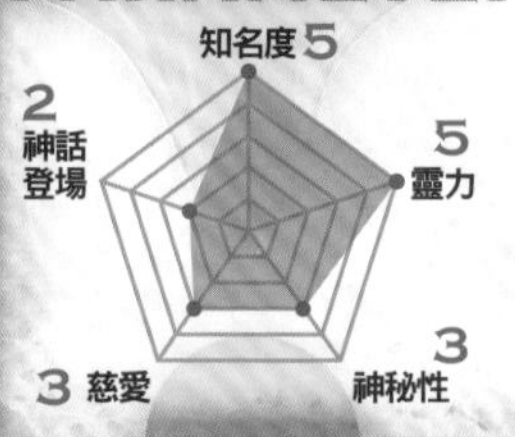

知名度 5

自古即是人類的信仰，在神道當中的地位尤其重要。

靈力 5

寄宿於人類居住的大地裡，擁有永恆安定的偉大靈力。

illustration：藤川純一

寄生在大地中守護國土的日本諸神中心

●大地本身的神格化

國之常立神是繼五柱別天津神以後出現在高天原的神祇，是名為神世七代的十二柱七代神祇當中的第一代神。

祂和別天津神一樣，是沒有配偶神也沒有性別之分的獨神，神話中只記載祂出現後隨即隱身，所以性格並不明確；而且祂也完全沒有出現在後續的神話故事裡、無跡可循，因此職責也同樣不明。

不過從神名來推測，「國」直接代表了國家與國土，「常」是指恆常性、永恆性，「立」則是一個現象或狀態出現的樣子，所以祂是一個象徵著永恆確立的神祇。

此外，再將「常」解讀為「床」，就成了國家基礎的意思，因此祂也可以說是象徵了國土基礎的完成。

雖然神名的解釋各有差異，不過可以確定的是，祂是個與大地和國土形成息息相關的神祇，也是相對於形成天的別天津神最後一柱——天之常立神的存在。有人主張這兩柱神實為同樣的神祇，不過這種說法僅僅只是少數。

●在神道中代表的重大意義

國之常立神是《古事記》中世界開創之初現身的第六位神祇，不過祂在《日本書紀》裡卻是世界最早出現的男神。根據《日本書紀》（記載異論奇聞的註釋），第一和第二位出現的神最為重要，祂們被人尊為形成國土的根源神、國土的守護神，自古以來便是人們的信仰。

尤其是在神道的流派當中，大多會將國之常立神視為重要的象徵。伊勢（度會）神道將天之御中主神、豐受大神奉為根源神；在吉田神道中，把以中國老子的太元說為基礎的太元尊神（宇宙根源之神）奉為眾神的中心，將之等同於天之御中主神。

而教派神道諸派也認同國之常立神的重要性，例如大本教即把祂與根本神「艮之金神」當作同一神祇。

供奉國之常立神的有熊野三山之一的熊野玉大社、日枝神社（東京都千代田區）、御嶽神社（長野縣王瀧村）等眾多神社，為人們帶來國土平安、開運招福、商業繁榮等各種恩賜。

與國之常立神關係密切的神祇

天之御中主神

▶P.014

在神道中被視為創造國土、作為眾神中心的根源神，等同於國之常立神。

天之常立神

▶P.020

天本身神格化以後的神祇，接續其後現身的是相對於祂的存在，也就是代表大地本身神格化的國之常立神

最早出現的男女配對之神

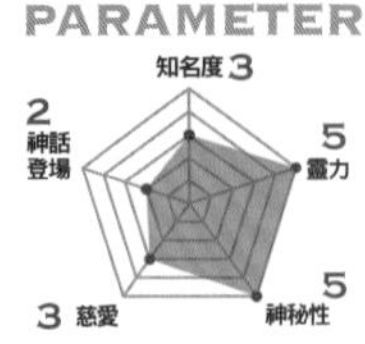

創造天地的神

宇比地邇神・須比智邇神

illustration：池田正輝

●象徵開始成形的大地

這兩個奇異的神名，其實代表的是泥與沙的意思，一般將之解讀為泥與沙從混沌狀態中逐漸形成大地的情景。

自天之御中主神以後出現的七柱神，全都是沒有明確性別的獨神；不過這兩柱神卻大不相同，宇比地邇神是男神，須比智邇神則是女神。

從這一代開始，神祇便開始劃分性別。雖然神世七代皆有男女配對，不過亦有人認為祂們表現的是一種逐步化分性別、成為夫妻的過程。

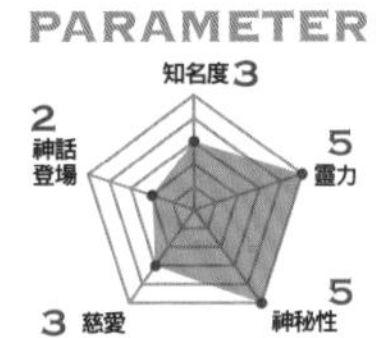

創造天地的神

角杙神・活杙神

illustration：池田正輝

●生命在大地萌芽的預兆

神世七代中的第四代是角杙神與活杙神，祂們也一樣男女成對，角杙神為男神、活杙神為女神。

神名當中的「杙」字意指「含淚」，形容某種徵兆即將出現的模樣；「角」代表的是「芽」，所以角杙就是將新芽從大地萌生的狀態神格化。

活杙神的「活」意指生命力、活力，祂代表的是生命力萌芽的神格化。這兩柱都是將生命在大地誕生的狀態神格化以後的神祇。

完成安定的國土

創造天地的神

意富斗能地神‧大斗乃辨神

PARAMETER

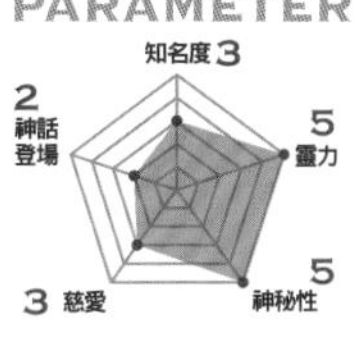

illustration：日田慶治

●走向明確的男女之別

意富斗能地神、大斗乃辨神是神世七代當中、第五代男女成對的神，象徵原本漂移不定的大地終於走向完全固定的狀態。

神世七代的眾神，表現了大地的形成以及身體化出性別的過程；基於這種說法，意富斗能地神和大斗乃辨神便可算是完成了身體的形貌。

「地」代表男性，「辨」代表女性，隨著這兩柱神的出現，男女的身體差異也從此確立了下來。

歌頌已成形的大地

淤母陀流神‧阿夜訶志古泥神

PARAMETER

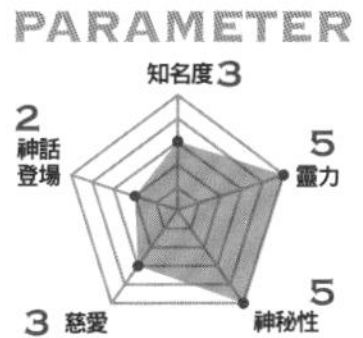

illustration：日田慶治

●在中世與第六天魔王調和

神世七代的第六代淤母陀流神、阿夜訶志古泥神，也是男女成對的神祇。

淤母陀流神的名字意指「大地表面的完成」，阿夜訶志古泥神的名字則是解讀為「不勝感激」之意。

由於祂們屬於神世七代的第六代神，在中世推行神佛合一之際，便將祂們當作第六天魔王的化身。明治時代因神佛分離政策，讓許多祭祀第六天魔王的寺社改為「第六天神社」。

伊邪那岐神

祂是神世七代中最後現身、為開天闢地神話劃上休止符的男神。祂和伊邪那美神水乳交融，孕育出日本的國土以及各式各樣的神祇。

地位	國土創世之神 生命的祖神
保祐	守衛國家／長命百歲／產業繁榮／婚姻美滿／結緣
主要神社	伊弉諾神宮（兵庫縣淡路市） 多賀大社（兵庫縣多賀町） 江田神社（宮崎縣宮崎市）

PARAMETER

知名度 5
靈力 5
神秘性 3
慈愛 4
神話登場 5

知名度 5
即便是不熟悉日本神話的人，也肯定耳熟能詳的偉大神祇。

神話登場 5
在國誕生、神誕生、黃泉之國、淨身的故事當中皆有詳細的事蹟。

illustration：日田慶治

與伊邪那美神結婚 生下日本國土與眾神的父神

●象徵已完成的天空

在《古事記》卷首的「開天闢地神話」最後，出現的是神世七代的第七代神祇伊邪那岐神與伊邪那美神這一對夫妻神。

到目前為止登場的神祇當中，天之御中主神的出現作為世界的起源，象徵了天與地的形貌逐漸化出完整形態的現象；而最後現身的伊邪那岐神，則可以說是象徵了已經徹底成形的天空。

伊邪那岐當中的「伊邪那」含有誘惑之意，加上代表男性的「岐」字，合起來即是「誘人的男子」。此外有人主張「那岐」意指無風，剛好對應了伊邪「那美」名中意指的波浪；也有人認為其名源自佛教的「伊舍那天」，說法各有千秋。

不過從後面的故事來看，因為這兩柱神交合後生下了日本國土與萬物，所以將之解讀為誘惑（女性與其交媾）的男子較為妥當。

書中幾乎沒有描述開天闢地神話中其他神祇的事蹟，相較之下，這兩柱神的故事卻相當詳盡。而且書中還寫出祂們結婚、生子、喪妻之痛等非常人性的經歷，令人感同身受。

雖然無人得知這兩柱神的故事究竟如何成立，不過根據一般說法，大抵是將各地流傳的古老土地神與創造神的神話統合後重新編造而成的。

●保祐萬事的偉大神明

《古事記》當中，接續開天闢地神話之後的是國誕生與神誕生的故事，而伊邪那岐神與伊邪那美神正是這些神話的主角。

故事簡單來說，這兩柱神奉命創造國土，於是從天浮橋上用天沼矛翻攪著海水，在那裡灑下鹽、做成淤能碁呂島，並降臨於島上。祂們在那裡結婚交合，最後生下了日本的國土與各個神祇。關於詳細的故事情節，可以參閱本書第一章與第二章的開頭。

因此，祂和伊邪那美就是孕育國土和眾神的夫妻神，所以又稱為國土創世之神、生命之祖神等，其力量足以影響萬事萬物。人們也相信祂們能守護國家平安與家庭安寧，因而受到廣泛的信仰。

此外，由於祂們是第一對結婚的神祇，所以同時也能幫助人們結緣並保祐夫妻生活美滿。

與伊邪那岐神關係密切的神祇

伊邪那美神

▶P.028

與伊邪那岐神同時現身，是為神世七代最後的神祇。祂婚後生下了日本國土與眾神，最後因產下火神而死、墮入黃泉之國。

天照大御神

▶P.078

生於伊邪那岐神為祓除黃泉之國的穢氣而清洗左眼的時候，是一位將太陽神格化的神祇，負責統治高天原。

いざなみのかみ　孕育生命的母性女神

創造天地的神

伊邪那美神

祂是神世七代中最後現身的女神，與伊邪那岐神交合後，生下掌管了日本國土與萬物的眾神，死後也與冥界關係匪淺。

地位	生成萬物的女神 大地的母神
保祐	長命百歲／事業成功／結緣／婚姻美滿／安產
主要神社	花窟神社（三重縣熊野市） 三峰神社（埼玉縣秩父市） 佐太神社（島根縣松江市）

PARAMETER

知名度 5
靈力 5
神秘性 3
慈愛 4
神話登場 5

靈力 5
靈力的強度足以生下日本國土，同時司掌死亡與重生。

神話登場 5
在國誕生、神誕生神話當中，與丈夫伊邪那岐神一同創下諸多事蹟。

illustration：雙羽純

從誕生國土與眾神的地母神 成為死者國度的主宰神

●成為大地之母的女神

伊邪那美神是神世七代的第七代、與伊邪那岐神一同現身的女神，祂們同時也是一對結了婚的夫妻神。

在《古事記》開頭的「開天闢地神話」裡登場的眾神之中，雖然包含了五柱別天津神與十二柱神世七代神，但書中卻只詳細記述了伊邪那歧神與伊邪那美神這對夫婦的經歷。

關於伊邪那美神的名稱由來說法不一，不過根據後續的故事，祂和伊邪那岐神交合後生下日本國土與萬物，由此可以推論「伊邪那」代表（男女交合的）誘惑，加上意指女性的「美」字，便可解讀為「誘人的女子」。

儘管無人知曉伊邪那岐神與伊邪那美神的故事究竟如何成立，不過根據一般說法，大抵是將各地流傳的古老土地神與創造神的神話統合後重新編造而成的。

●人類的死亡起源

伊邪那美神是生產象徵了日本國土與自然眾神的母神，擁有非常強烈的地母神性格。

神世七代的各個神祇，分別代表了大地以及人類的身體逐漸成形並化出性別的各個階段，而最後現身的伊邪那美神便是象徵了已完成的大地。

在神誕生的神話當中，伊邪那美神在生育火神火之迦具土神時，受到嚴重灼傷而痛苦地嘔吐、排泄，因此生成了金山毘古神等掌管金屬、土、水的神祇，所以祂才會被歸為大地之神。

伊邪那岐神為了追尋已死的伊邪那美神，啟程前往死者國度黃泉國。這段故事的最後，伊邪那美神在黃泉之國和葦原中津國的邊界與丈夫訣別之際，曾經宣稱自己將「一日殺死一千人」，而這也是人類之所以會死亡的由來。

伊邪那美神與丈夫分開以後，便成為黃泉國的主宰神黃泉津大神；換言之，祂從此擁有了正反兩面的性質，不僅是孕育生命的地神，同時也是掌管死亡的神，並深深影響了日本死後獲得重生的生死觀。

與伊邪那美神關係密切的神祇

伊邪那岐神

▶P.026

神世七代中最後現身的神，與伊邪那美神結婚，後來因妻子的死而悲痛、遂往黃泉國，卻又被面目全非的妻子嚇得狼狽逃走。

火之迦具土神

▶P.050

因擁有火神之身，讓伊邪那美神生產時受到燒傷、終至死亡。

國誕生

夫妻神所生育的日本列島

伊邪那岐神和伊邪那美神因奉命建造國土而降臨在淤能碁呂島，祂們一共產下了十四座大小島嶼，就此塑造出完整的日本列島。

伊邪那岐神和伊邪那美神的婚姻

●最初的國土——淤能碁呂島

伊邪那岐神與伊邪那美神接到「將漂移不定的國土塑形固定」的命令，同時獲賜了一支天沼矛，祂們便來到可以往下俯瞰的天浮橋上，將天沼矛插入海水中，「咕嚕咕嚕」地攪拌以後再將其取出；之後再順著天沼矛往海水注入鹽巴、堆積成島嶼，而這就是最初的島嶼「淤能碁呂島」。

這兩柱神降臨在淤能碁呂島，立起了一支名為天之御柱的高大柱子，並建造了八尋殿。祂們約好繞行柱子一周後再會，於是開始沿著柱子而行；當祂們再度相遇時，伊邪那美神不禁對伊邪那岐神讚嘆道：「多麼出色的男子啊！」隨即便投身與祂交融在一起。

後來祂們生下的，即是水蛭子和淡島這兩柱神，不過由於這兩個孩子的身體都是處於未完成的狀態，夫妻倆便將祂們的放到蘆葦編成的船上隨水流逝。

祂們因為生下了畸形兒而惴惴不安，一陣促膝長談後，決定去向天津神問卜。結果神喻中顯示「女性主動為凶，當由男性為先」，所以，這次就改由伊邪那岐神出聲引誘伊邪那美神：「多美麗的女子啊！」祂們才終於得以進行正確的交媾。

國誕生中出現的各個島嶼

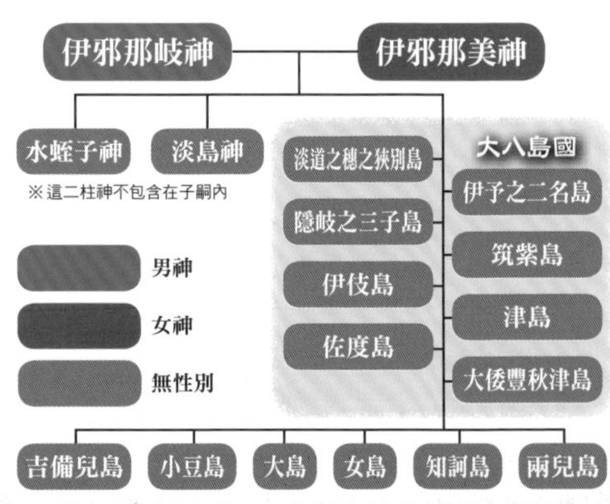

日本國土「大八島」的形成

●伊邪那美神產下的八座島嶼

兩柱神正式交合以後，伊邪那美神最早生下的便是「淡道之穗之狹別島」。

之後出生的是擁有一個身體、四張臉孔的「伊予之二名島」;這四張臉分別是愛比賣（伊予國）、飯依比古（讚岐國）、大宜都比賣（粟國）、建依別（土佐國）。

接著祂又陸續生出了隱岐之三子島、筑紫島。筑紫島也擁有一個身體與四張臉孔，分別是白日別（筑紫國）、豐日別（豐國）、建日向日豐久士比泥別（肥國）、建日別（熊曾國）。

最後，祂生下了伊岐島、津島、佐度島、大倭豐秋津島，才終於集合了日本所有主要的島嶼。而構成日本列島的這八座島，就稱為大八島國。

大八島

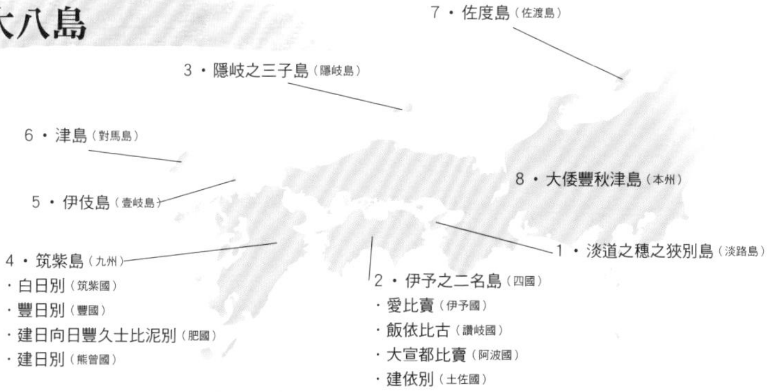

7・佐度島（佐渡島）
3・隱岐之三子島（隱岐島）
6・津島（對馬島）
5・伊伎島（壹岐島）
8・大倭豐秋津島（本州）
1・淡道之穗之狹別島（淡路島）
4・筑紫島（九州）
・白日別（筑紫國）
・豐日別（豐國）
・建日向日豐久士比泥別（肥國）
・建日別（熊曾國）
2・伊予之二名島（四國）
・愛比賣（伊予國）
・飯依比古（讚岐國）
・大宣都比賣（阿波國）
・建依別（土佐國）

周邊群島的出現

●成形的日本列島

生下大八島的伊邪那美神，後來又產下吉備兒島、小豆島、大島、女島、知訶島、兩兒島這六座島。加上前述八島、共計十四座島嶼，國誕生神話也劃下了句點。

至此，日本列島的型態也大功告成。由此可以明顯看出這些島嶼皆位於西日本，這是因為在《古事記》編纂當時，皇室勢力尚未觸及東日本、對那裡的地理環境並不熟悉，而且也還沒有發現北海道的緣故。

繼大八島後誕生的六座島嶼

- 吉備兒島（兒島半島）
- 小豆島（小豆島）
- 大島（周防大島）
- 女島（姬島）
- 知訶島（五島列島）
- 兩兒島（男女群島）

被流放海上的不幸之子

水蛭子神

祂是伊邪那岐神與伊邪那美神夫妻最早生下的孩子，卻因身體殘缺而被放到海上隨波逐流。

地位	海之神
保祐	漁穫豐收／海上安全／商業繁榮／產業振興
主要神社	西宮神社（兵庫縣西宮市） 蛭子神社（神奈川縣鎌倉市） 須部神社（福井縣三方上中郡）

PARAMETER

知名度 5
靈力 4
神秘性 3
慈愛 3
神話登場 2

知名度 5
為著名的七福神之一，人們深信祂是會帶來福氣的神。

靈力 4
蛭子神的靈力從保祐漁穫豐收、海上安全，拓及到商業繁榮、產業振興方面。

illustration：七片藍

與日本古老的蛭子神信仰調合 成為大受歡迎的福神

●遺棄在海上的孩子

國誕生神話的開頭寫道，降臨在淤能碁呂島的伊邪那岐神與伊邪那美神結婚後，經過男女交合而最早生下的神即是水蛭子神。但是，由於這次交合是身為女性的伊邪那美神主動提出，導致水蛭子神出生後的身體殘缺；伊邪那岐神與伊邪那美神也以此為由，將水蛭子神放在蘆葦編成的船上、流放到茫茫大海。

繼水蛭子神之後出生的淡島神，也因為相同的理由而乘著蘆葦船漂向大海，所以這兩柱神都沒有歸入伊邪那岐神與伊邪那美神的子嗣之中。

水蛭子神的名字又可寫作日之子、也就是太陽神，日之子同時又能解釋為太陽神的巫女；雖然說法不同，不過基本上祂屬於海神，一般說法是將之解讀為「水蛭般的孩子」用以代表祂的容貌。

●與海神惠比壽神調合

《古事記》中並未記述在海上漂流的水蛭子神後來的際遇，不過日本各地卻流傳著關於祂的歸宿。

日本沿海地區的居民，原本就會把鯨魚和海豚奉為漁業之神，人們把擱淺的鯨魚或其他漂流物視為神明，當作「惠比壽神」來信仰。這種蛭子神信仰到了鎌倉時代以後，便和從海上漂流靠岸的水蛭子神形象重疊，使得水蛭子神和惠比壽神也因此互相調合。

祭祀惠比壽神最著名的地方，是位於兵庫縣西宮市的西宮神社。傳說隨波逐流的水蛭子神最後來到攝津國的西之浦（今兵庫縣西宮市），受到當地人的救助。人們將水蛭子神取名為戎三郎，百般照料，最後將祂奉為戎大神。於是水蛭子神便從此化作惠比壽神，成為保祐人們漁業豐收、航海安全與貿易繁榮的海神。

後來成為市場之神的惠比壽神，以商業繁榮的福神廣受人民的信仰，最後更是晉升為最具代表性的七福神之一。

有一說認為水蛭子神就是事代主神，一般人會將水蛭子神提著釣竿、拎著釣筒的型態當作是源自於事代主神的形象，因此也有許多神社將水蛭子神與事代主神共同列位祭祀。雖然也有部分神社會將這二柱神以外的神祇奉為惠比壽神，不過這種狀況極為罕見。

與水蛭子神關係密切的神祇

伊邪那美神

▶P.028

與伊邪那岐神結婚後生下了水蛭子神，但由於是身為女性的伊邪那美神主動交合，使得出生後的水蛭子神身體出現了殘缺。

事代主神

▶P.148

由於祂曾在讓國神話中垂釣，因此和水蛭子神一起與蛭子神調合成同一信仰。蛭子神抱著釣竿和鯛魚的形象即是源於這柱神。

生島神・足島神

祂們是在日本列島誕生之際便寄生於島中的御靈，既是島之神，也是象徵了國土發展與繁榮靈力的國土守護神。

地位	島之神 國土之神
保祐	國土平安 除厄
主要神社	生國魂神社（大阪府天王寺區） 御靈神社（大阪府中央區） 生島足島神社（長野縣上田市）

PARAMETER

知名度 5
靈力 5
神秘性 5
慈愛 3
神話登場 2

知名度 5

天皇登基儀式「八十嶋祭」中的祭祀對象，是富有權威的神。

靈力 5

寄宿於日本列島中，擁有掌控所有生命繁榮的強大靈力。

illustration：中山慶翔

司掌國土發展與繁榮的日本守護神

●在大八島誕生之際寄宿島中的御靈

生島神和足島神是島嶼的神祇，同時也是寄宿於日本國土的御靈和守護神。

這兩柱神，就寄生在伊邪那岐神與伊邪那美神於「國誕生」之際所生下的八座島嶼「大八島」之中。所謂的大八島就是日本列島，所以生島神和足島神也就是寄宿於日本國土的神祇。

生島神名稱中的「生」代表生長與發展，「島」即是字面上的意思，全名意指島的生成與發展。而足島神的「足」代表富足的繁榮，全名意指繁榮的島嶼、也就是象徵了島嶼的發展與隆盛。

這兩柱神是擁有相同性格的相對存在，由於大八島等同於日本列島，因此祂們即是擁有象徵了國土的發展與繁榮靈力的神祇。

●自平安時代的祭典開始受到祭祀

生島神和足島神的別名，分別是生國魂神與咲國魂神。「國魂」是指寄宿於土地中的靈魂，在神道中將之視為國家和國土神格化以後的靈；換言之，生島神和足島神也可以解讀為寄生於整片國土的靈魂。

基於這種解讀，自平安時代到鎌倉時代初期，便舉行了祭祀生島神和足島神的八十嶋祭。所謂的八十嶋祭，是在天皇登基後僅僅只辦一次的大嘗祭翌年舉辦的即位儀式，目的在於讓寄宿於國土的靈魂依附於天皇身上，可視為一種保證天皇擁有國家統治權的巫術。

現在的大阪府難波，在當時有一片名為「河內潮」的內海，那裡的海岸即是八十嶋祭的祭場，遺跡至今已無留存。不過，當地周邊仍有供奉生島神和足島神的生國魂神社（大阪府天王寺區）與生島神社（兵庫縣尼崎市），以及前身是八十嶋祭祭場——圓神祠的御靈神社（大阪府中央區），由此可見當地和八十嶋祭淵源深遠。

除了這些神社以外，生島足島神社（長野縣上田市）也供奉了這兩柱神。這座神社位於日本的正中央，加上它祭祀的是守護國土的神靈生島神和足島神，因此自古以來便被人們奉為整個日本的土地神。

與生島神、足島神關係密切的神祇

國之常立神

▶P.022

為形成國土的根源神，和生島神、足島神同樣被人尊為國土的守護神。

伊邪那美神

▶P.028

生下日本列島的女神，也可說是孕育了生島神和足島神的母親。

神話專欄1

神紋

～各個神社所有的特別圖紋～

■源自神社供奉的神祇或神官

如同每一戶門第都擁有家紋一般，各個神社也有各自獨特的神紋（社紋）。那些印在社殿的屋簷、香油錢箱、布簾、提燈等物品上的圖騰即是神紋，大多數人應該都對它們有些印象。

在這眾多神紋當中，最廣泛使用的即是巴紋，其中以八幡宮為首、選擇「三巴」（參照下圖的宇佐八幡宮）作為神紋的神社特別多。巴是將武具的「鞆」化為圖騰，也有一說主張是將勾玉化為圖騰；不過「巴」字也代表水繞成漩渦的模樣，因此也當作防火的圖紋使用。據說自從它成為武神八幡神的神紋以後，才逐漸普及至其他神社。

神紋除了與神社本身供奉的神祇有關以外，大多是源自神職、氏族、領主的家紋，只要了解神紋的由來，就能更進一步了解神社的歷史。

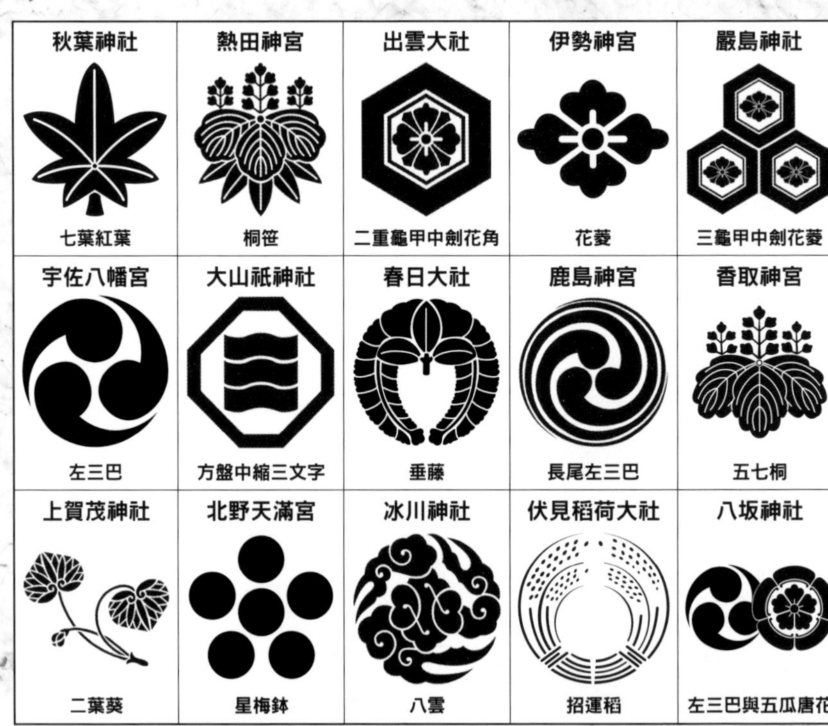

第二章 八百萬神的誕生

伊邪那岐神與伊邪那美神陸續生下了
司掌萬事萬物的八百萬神，
這些神祇憑著自己的靈力，將原始荒蕪的日本
變成一片綠意盎然的豐饒國土。

第二章　八百萬神的誕生

神誕生

依序出生的八百萬諸神

寄宿於自然中的各個神祇陸續出生，將大八島變成一片蒼翠的大地。然而，火神的誕生卻讓伊邪那美神不幸病倒，終至殞命。

司掌自然的眾神誕生

●伊邪那美神孕育的十七柱自然之神

伊邪那岐神與伊邪那美神誕下了國土以後，便開始生育眾神。最早出生的是大事忍男神，接著又陸續生下六柱家庭守護神（家宅六神）、海神、河口神、風神、木神、山神、原野神。

日本人自古以來便相信所有自然萬物、現象和物體都寄宿了神祇，也就是所謂的「八百萬神」。這種思想與《古事記》當中敘述的時代不謀而合，隨著這些掌管自然的眾神出現，使得初生荒蕪的日本列島，因著眾神的寄宿而遍布大海、河川、樹木與花草，成為一片綠意豐饒的大地。

自然眾神誕生以後，隨之出生的則是船神、食物神；但是當伊邪那美神分娩火神之際，陰部卻受到嚴重燒傷，導致臥病在床。

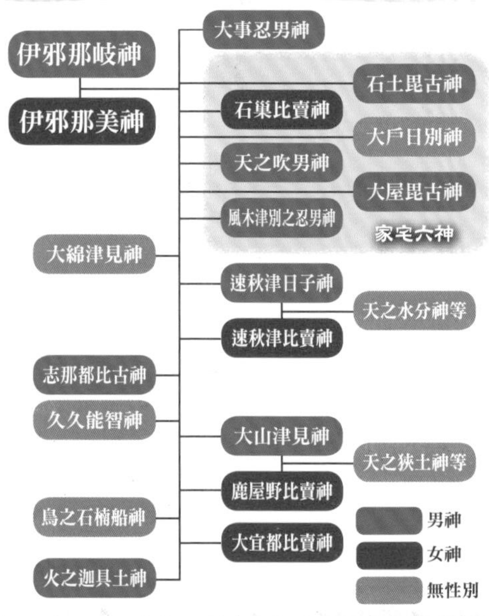

火之迦具土神的出生

●受到嚴重灼傷的伊邪那美神

因生下火神火之迦具土神而灼傷的伊邪那美神在病中痛苦地嘔吐，從祂的嘔吐物中化出了鑛物神金山毘古神、金山毘賣神；糞便當中生出了土神波邇夜須毘古神、波邇夜須毘賣神；尿液則是化為水神彌都波能賣神、穀神和久產巢日神；而和久產巢日神又生下了一個孩子，叫作豐宇氣毘賣神。

伊邪那美神一共產下了十四座島、三十五柱神（水蛭子神與淡島神除外），最後因病死亡，就此墮入了黃泉之國。

從伊邪那美神的病禍上現身的神

伊邪那美神

從嘔吐物中誕生
- 金山毘古神
- 金山毘賣神

從糞便中誕生
- 波邇夜須毘古神
- 波邇夜須毘賣神

從尿液中誕生
- 彌都波能賣神
- 和久產巢日神
  - 豐宇氣毘賣神

伊邪那美神之死

●被斬殺的火之迦具土神

伊邪那美神的死，讓伊邪那岐神伏地痛哭：「妳怎能用命換來這一個孩子呢！」祂落下的淚水，在天香久山化成了泣澤女神。而伊邪那美神的遺體，就葬在出雲國與伯伎國境的比婆之山。

失去愛妻的伊邪那岐神怒不可遏，便拾起一把名為天之尾羽張的劍殺死了火之迦具土神，而這把劍上沾染的血跡，也陸續幻化成各個神祇。

從刀尖滴落岩石的血化成了石柝神、根柝神與石筒之男神；刀根的血則化出了甕速日神、樋速日神與建御雷之男神；刀柄的血成了闇淤加美神、闇御津羽神。此外，從火之迦具土神的遺體中還額外生成了八柱山神。

從火之迦具土神的遺體與血中現身的神

從伊邪那岐神的眼淚中誕生
- 泣澤女神

從刀尖的血中誕生
- 石析神
- 根析神
- 石筒之男神

從刀根的血中誕生
- 甕速日神
- 樋速日神
- 建御雷之男神

從刀柄的血中誕生
- 闇淤加美神
- 闇御津羽神

從火之迦具土神的遺體中誕生
- 正鹿山津見神
- 淤縢山津見神
- 奧山津見神
- 闇山津見神
- 志藝山津見神
- 羽山津見神
- 原山津見神
- 戶山津見神

家宅六神

寄宿於住家中的六柱神祇

祂們是伊邪那岐神、伊邪那美神夫妻生下的六個孩子，為住宅建材與建築工程神格化以後的神祇，負責守護家屋的安全。

地位	住家守護神
保祐	住家平安／開運招福／除厄
主要神社	石槌神社（愛媛縣西條市） 石土神社（高知縣南國市） 加世智神社（三重縣松阪市）

PARAMETER

知名度 3
靈力 4
神秘性 4
慈愛 2
神話登場 2

知名度 3
雖然鮮為人知，不過卻是日常生活裡重要的神祇。

靈力 4
作為保護生活住宅的神，靈力也恰如其分。

illustration：中山慶翔

象徵家庭生活的房屋 守護住家安全的六柱神

●守衛住家的神

家宅六神是伊邪那岐神與伊邪那美神所生下的六柱神祇，象徵了各個住宅的建材、構造與建築工程，祂們是守護我們人類房屋的重要神祇。

這些神祇出現的順序，也代表了住家建造的整個過程。石土毘古神、石巢比賣神象徵了住宅的地基與牆壁，大戶日別神代表了大門口，天之吹男神、大屋毘古神則象徵了屋頂。由此可見，祂們的出生確實表現出了一棟房屋從地基到完成的狀態。而最後出現的，即是從風中保護已落成住家的風木津別之忍男神。

●六柱神各司其職

家宅六神當中最早出現的是石土毘古神、石巢比賣神。石土毘古神象徵岩石與泥土，石巢比賣神象徵石頭與砂粒，這些全都是地基和土牆所需的材料。神名中的「毘古」代表男神，「賣」代表女神，因此祂們是男女成對的神祇。

之後出現的大戶日別神，「戶」即是門戶的意思，也就是住家的出入口，所以祂是代表門與戶口之神。由於無法從名稱當中判斷性別，因此祂的性別不明。

接著出現的，是象徵了屋頂鋪設工程的天之吹男神。「吹」代表鋪設，「男」即字面之意，所以祂是象徵了屋頂鋪設工程的男神。名稱開頭加上了「天之」、將祂與天連結起來，意指屋頂鋪設工程是神聖的工作。

大屋毘古神的「大屋」是指已完成的屋頂，「毘古」代表男神，因此祂是象徵了已成形屋頂的男神。雖然有人認為祂與大國主神神話中登場的同名木神有所關聯，因而將祂當作建造住屋所用的木材象徵，不過一般情況下仍把這兩柱神分別視之。

家宅六神中最後出生的風木津別之忍男神，其名中的「風」為字面之意，「津」意指保持，「忍」就是忍耐，「別」「男」都是男神的特有用字，所以全名即代表了祂是從風中保衛家園的男神。大屋毘古神所完成的住宅，將其耐久力神格化以後，便成了風木津別之忍男神，也就是專門保衛住家全體的守護神。此外，亦有人將祂與底筒男神、速佐須良比賣神視為同一神祇。

與家宅六神關係密切的神祇

久久能智神

▶P.044

木之神。雖然與家宅六神沒有直接的關係，但祂是在建築落成後的上樑式中祭祀的神祇，兩者皆與住家息息相關。

大禍津日神

▶P.090

被視為等同於大屋毘古神的災難之神。因為大禍津日神的別名為大綾（Ouaya）都日神，去掉中間的「a」字，就成了大屋（Ouya）。

祓除汙穢、守護港口的水神

速秋津比古神・速秋津比賣神

祂們由伊邪那岐神夫妻倆所生，是一對與水息息相關的男女配對神。祂們不但是一對夫妻神，同時也產下了四組八柱的水神孩子。

地位	港口之神 河口神
保祐	預防水災／除厄／五穀豐收
主要神社	宇太水分神社（奈良縣宇陀市） 墨田川神社（東京都墨田區） 彌刀神社（大阪府東大阪市）

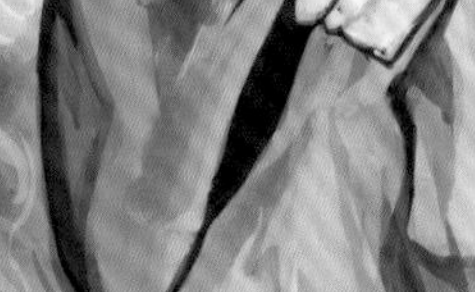

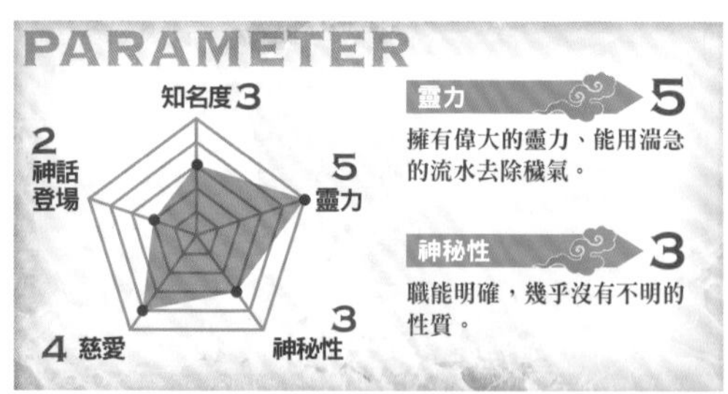

靈力 5
擁有偉大的靈力、能用湍急的流水去除穢氣。

神秘性 3
職能明確，幾乎沒有不明的性質。

illustration：池田正輝

掌管國土發展與繁榮的日本守護神

●河為男？海為女？

速秋津比古神、速秋津比賣神是伊邪那岐神與伊邪那美神所生下的男女成對神祇，別名為水戶神。

水戶代表水的出入口，也就是河口；古代的船會栓在河口一帶，所以又可視為「港口」。換言之，水戶神就是掌管港口與河口的神祇。

神名當中的「速」代表的是水流湍急的模樣，「秋津」是洗淨身上的汙穢，所以祂們是利用流水的速度來沖洗穢氣的神，也就是祓穢的神祇。

有一說主張男神速秋津比古神寄宿河中、女神速秋津比賣神寄宿海中，因為很自然就能將猛烈的河水注入大海的狀態想像成男性、把孕育廣大生命的海洋視為女性，這種解讀也讓人更容易理解祂們為何會是男女一對的神祇。

神道的《大祓詞》中，曾寫到「在海流聚集的洶湧漩渦中的速秋津比賣神」；簡單來說，這段指出了速秋津比賣神是專門祓除海潮（鹽）中穢氣的神祇，因此也證明了將河視為男神、海視為女神的解讀方式恰如其分。

●同樣身為水神的後代子嗣

速秋津比古神與速秋津比賣神生下了四組、一共八個孩子，祂們也各自擁有水性的性格。

首先出生的是沫那藝神、沫那美神、頰那藝神與頰那美神，這二組四柱神都是安定海水與河川的神祇。

神名當中的「沫」意指水的泡沫，「頰」代表了泡沫破裂的聲音，「那藝」象徵無風，「那美」則有波浪的意思，由此可見祂們的名稱分別表現出水面寧靜與騷動的狀態。

之後出生的是天之水分神與國之水分神這一對神祇，「水分」是指山的分水嶺，因此祂們也就是象徵了將水平均分配的神祇，大多供奉在水源地或水路的分岔點。

最後出生的兩柱神是天之久比奢母智神與國之久比奢母智神，祂們也是配對神。關於「久比奢母智」的解釋說法不一，不過最普遍的說法是認為祂們象徵了柄杓等用來汲水的工具。

與速秋津比古神、速秋津比賣神關係密切的神祇

綿津見三神

▶P.084

和大綿津見神同樣身為海神。有趣的是，伊邪那岐神在祓除黃泉的穢氣時，水中又生出了三柱綿津見神。

神直毘神．大直毘神

▶P.091

伊邪那岐神在淨身時生出的兩柱直毘神，祂們的共通點是「用水祓除汙穢」，都是屬於除穢的神祇。

自然相關的神

象徵樹木生長的生命力

久久能智神

祂是伊邪那岐神夫妻的孩子，同時也是木之神，象徵了樹木生長的生命力。雖然祂並不有名，卻是上樑式中經常祭祀的對象，生活中無所不在。

地位	木之神 建築木材之神
保祐	守護林業／國土開發／家族安全
主要神社	公智神社（兵庫縣西宮市） 樽前山神社（北海道苫小牧市） 木魂神社（埼玉縣小鹿野町）

PARAMETER

知名度 5
靈力 5
神秘性 3
慈愛 3
神話登場 2

知名度 5
名列上奏給神的祝詞當中。

靈力 5
擁有讓樹木生長、豐饒日本國土的偉大靈力。

illustration：池田正輝

讓樹木滿山遍野 富有生命力的基本力量

●令樹木成長的木之神

伊邪那岐神、伊邪那美神夫妻生下了萬物之神，而久久能智神也是祂們孕育的神祇之一。

神名當中的「久久」是形容莖或樹幹抽高生長的模樣，又可引申為「木木」；「智」代表了神靈，因此「久久能智」就是「象徵莖幹成長的神」以及「木之神」。

根據《古事記》記載，繼久久智能神之後出生的是山神大山津見神、草原之神鹿屋野比賣神，這個順序同時也意味著「木芽首先扎根山野，令國土洋溢生命力」。

《日本書紀》中也寫到「生下木之祖久久智能」，由此可見祂不是單純寄宿於樹木中的神，而是將樹木生長的根本力量、也就是大地的生命力神格化以後的存在。

從這種角度來看，久久能智神是掌管了山與森林樹木的木之神；更進一步來說，祂擁有的不只是單純的木神性格，其神格中也包含了讓大地生長樹木的生命力。

●建築木材中的御靈

《延喜式祝詞》中，出現了一個與久久能智神相同的神祇——屋船久久能智命。屋船可以解讀為住家與船，所以也有人認為久久能智神象徵的是住宅與船隻所使用的木材御靈。

日本在開工建築時，會舉行各式各樣的祭祀儀式。為祈求竣工後建築堅固無虞而舉行的上樑式當中，屋船久久能智命即是列位祭祀的神祇之一。

由此可見，祂除了擁有前述的木神性格、將樹木生命力神格化的性質以外，也是一種寄宿於住宅建築木材的御靈。

這種性格也讓久久能智神被供奉為林業的祖神，除了公智神社（兵庫縣西宮市）將祂奉為主神以外，全國各地都有祭祀久久能智神的木魂神社（埼玉縣小鹿野町等）。

此外，久久能智神大多和同樣身為林業之神的須佐之男命、五十猛神和大屋津姬命一同列位祭祀；而在樽前山神社（北海道苫小牧市）當中，祂甚至還與身為原野之神、開拓之神的大山津見神與鹿屋野比賣神一同供奉。

與久久能智神關係密切的神祇

豐宇氣毘賣神

▶P.058

以屋船豐宇氣毘賣神一名，和久久能智神一起記載於《延喜式祝詞》當中，兩者同為上樑式的祭拜對象。

須佐之男命

▶P.080

以擊退八岐大蛇而聞名的須佐之男命，是在日本國土上栽植樹木種子的木種之神，同時也是林業的守護神。

統率眾山神的偉大山神

大山津見神

祂雖然身為眾山神的領袖，卻又擁有海神的強大力量，是一名為人們帶來許多恩惠的偉大神祇。

地位	山之神／海之神／釀酒之神
保祐	守護林業／守護鑛業／守護漁業／航海安全／商業繁榮／家庭平安
主要神社	大山祇神社（愛媛縣大三島町） 三嶋大社（靜岡縣三島市） 大山阿夫利神社（神奈川縣伊勢原市）

PARAMETER

知名度	5
靈力	5
神秘性	3
慈愛	4
神話登場	3

靈力 5

擁有八百萬神中獨一無二的靈力，足以影響萬物。

神話登場 3

後代子孫經常出現於許多場面中，暗中影響各個事物。

illustration：七片藍

擁有山神與海神一體兩面 全國遍布超過一萬座的三嶋大社主祭神

●廣受信仰的海神

日本多山脈，總是仰賴水源和森林食物資源的恩惠來生活，加上人們對於山嶺雄壯的姿態懷有敬畏之心，所以他們相信山裡也寄宿了神或靈，並將這神與靈視為信仰的對象。

由伊邪那岐神與伊邪那美神所生的大山津見神，正是這種山岳信仰中孕育出來的神祇。

按照一般說法，大山津見神的神名多半解讀為寄宿於偉大山岳中的御靈。繼祂之後，又有火神迦具土神到山津神、共八柱神祇出生，祂則是統馭這些山神的領袖。

有趣的是，大山津見神的別名叫作和多志大神，同時也是受人信仰的大海之神。事實上，大山津見神之所以信徒滿天下，主要是基於祂海神的身分。

大山津見神就供奉在瀨戶內海大三島上的大山祇神社（愛媛縣大三島町），該地為海上交通的樞紐，因此祂被尊為守護航海的重要神祇。

由於瀨戶內海的水軍也篤信大山津見神的靈力，所以最後祂也以武神、軍神之身深受各個武將的崇敬。

目前分布於全國各地的三島神社，都是從這座大山祇神社當中請靈建成的（僅有部分例外），而三島一名也是源自於大三島。

●初代神武天皇的曾祖父

受到廣大信徒尊崇的大山津見神，在神話當中卻幾乎沒有露面，不過其後代子孫仍在各式各樣的神話場面中大展身手。

例如在須佐之男命擊退八岐大蛇的神話中，和須佐之男命結婚的櫛名田比賣，其父母足名椎命與手名椎命就是大山津見神的孩子。

天孫降臨神話的主角邇邇藝命的妻子石長比賣和木花開耶姬，也都是大山津見神的女兒。

邇邇藝命與木花開耶姬之間生下的火遠理命，正是神武天皇的祖父，因此大山津見神就是神武天皇的曾祖父。

從這些神話便不難看出，大山津見神的力量有多麼強大了。

與大山津見神關係密切的神祇

須佐之男命

▶P.080

在八岐大蛇神話中救助了大山津見神的孫女，雙方成婚；另外還娶了大山津見神的兩個女兒為妻，育有子嗣。

邇邇藝命

▶P.158

對大山津見神的女兒木花開耶姬一見傾心，婚後生下了神武天皇的祖父火遠理命（山幸彥）等三個孩子。

被殺後化為五穀起源的女神

大宜都比賣神

祂是身為五穀源頭的食物神，是個曾為趕出高天原的弟弟須佐之男命送上食物，卻招致誤會而被殺身亡的悲劇女神。

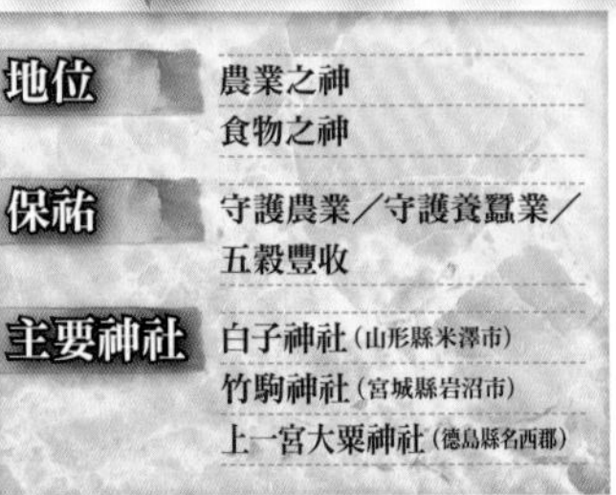

地位	農業之神 食物之神
保祐	守護農業／守護養蠶業／五穀豐收
主要神社	白子神社（山形縣米澤市） 竹駒神社（宮城縣岩沼市） 上一宮大粟神社（德島縣名西郡）

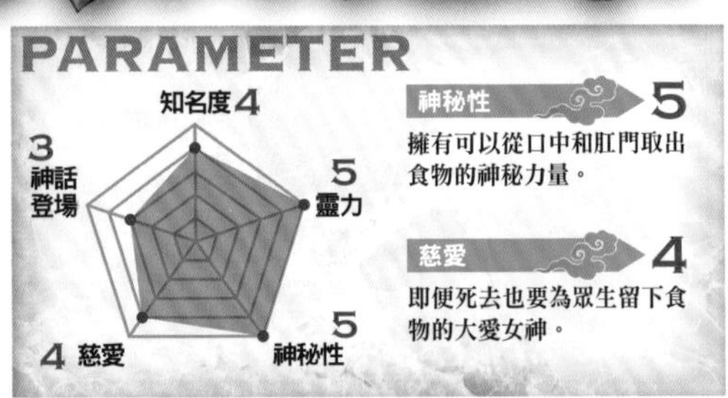

PARAMETER

神秘性 5

擁有可以從口中和肛門取出食物的神秘力量。

慈愛 4

即便死去也要為眾生留下食物的大愛女神。

illustration：米谷尚展

出手相救暴徒須佐之男命 卻意外成為喪命的緣由

●帶來五穀種子的農耕之神

須佐之男命大肆作亂，被逐出高天原。當時的祂，曾向大宜都比賣神索求食物。

大宜都比賣神依序從鼻子、嘴巴、臀部取出食物送給須佐之男命。但須佐之男命卻認為食物的來源非常可疑，便偷看大宜都比賣神的行動，認定祂故意拿了骯髒的食物給自己，於是拿劍殺死了祂。

結果，從大宜都比賣神的遺體當中生出了稻米、小米、麥子、小豆、大豆，神產巢日神便將它們摘下作為五穀的種子，而這就是五穀的起源。

大宜都比賣神的名字並沒有出現在《日本書紀》，書中是將保食神視為五穀的起源。這兩柱神的經歷大致相同，不同點在於，保食神是被月讀命殺死，並不是死於須佐之男命手中，而祂身上長出的五穀種子則是由天照大御神採收。

此外，和久產巢日神也是五穀的起源。根據《日本書紀》記載，祂「從肚臍中生出五穀」，所以和大宜都比賣神、保食神同樣被奉為五穀之神。

●帶來小米的阿波國祖神

大宜都比賣神是生育眾神的伊邪那岐神、伊邪那美神之子，排名僅先於最後出生的火之迦具土神。

神名當中的「宜」泛指所有食物，「大」是讚美用詞，「比賣」意指女性，因此大宜都比賣神也就是偉大的食物女神之意。

由於豐宇氣毘賣神和宇迦之御魂神也同樣擁有食物神的性格，因此三者經常被視為同一神祇。

在國誕生神話當中，伊邪那岐神和伊邪那美神所生下的伊予之二名島（四國）擁有一個身體與四張臉孔，而其中一張臉（國）「粟國」就稱作大宜都比賣。

粟國位於現在德島縣一帶，自古以來就是小米的產地，所以才稱作「粟國」（後來改為阿波國），也因此賦予了五穀的起源大宜都比賣之名。

在德島縣的神山町內，建有供奉大宜都比賣神的上一宮大粟神社。根據神社的社史記載，大宜都比賣神曾在當地一帶種下了許多小米，因此才被尊為粟國（阿波國）的祖神。

與大宜都比賣神關係密切的神祇

須佐之男命

▶P.080

須佐之男命在高天原作亂而遭到放逐以後，曾向大宜都比賣神索取食物，卻因誤會而殺死了對方。

保食神

▶P.224

保食神只出現於《日本書紀》中，雖然細節稍有不同，不過祂也是因為被殺而成為五穀起源，所以常與大宜都比賣神等同視之。

讓伊邪那美神死亡的火神

火之迦具土神

祂是伊邪那岐神夫妻的最後一個孩子，因為出生時燒傷了伊邪那美神的陰部，結果導致了母親的死亡。

地位	火之神 防火之神／鍛冶之神
保祐	守護林業／國土開發／家族安全
主要神社	愛宕神社（京都府京都市） 秋葉山本宮秋葉神社（靜岡縣濱松市）

PARAMETER

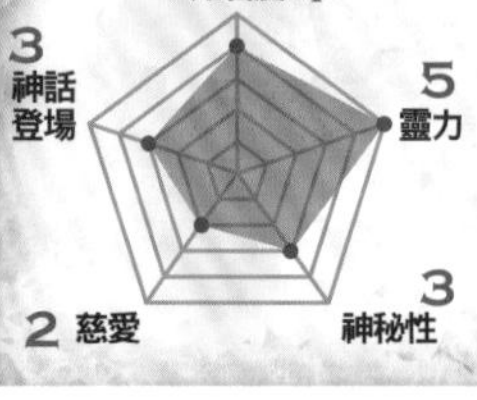

知名度 4
靈力 5
神秘性 3
慈愛 2
神話登場 3

知名度 4
為愛宕神社和秋葉神社中人們篤信的防火之神。

靈力 5
擁有掌管烈火的強烈靈力，能同時為人類帶來恩惠與災厄。

illustration：中山慶翔

供奉於全國的愛宕神社與秋葉神社 擁有眾多信徒的防火之神

●遭到斬首的火神

孕育眾多神祇的伊邪那岐神、伊邪那美神夫婦，最後一起生下的孩子就是火之迦具土神。

然而，伊邪那美神為了生下火之迦具土神，陰部受到嚴重灼傷，經歷痛苦的折磨之後便撒手而歸。

由於火之迦具土神的出生導致妻子死亡，使得憤怒的伊邪那岐神拿起十拳劍、斬下火之迦具土神的首級。此時從火之迦具土神濺出的血，便化成了岩石之神、火神、雷神、雨神等等神祇。

這段故事的背景即是火山噴發的場面，因為火神的出生總會令人聯想到火山融岩的景像；而母神伊邪那美的死，則化為一片帶來自然資源的山野被烈火吞噬的情景。

從血中誕生的岩之神，即是融岩凝固後的岩石本身；火神的誕生象徵了火災；從屍體中出生的山神，則代表了火山噴發後生成的新興山脈。此外，也有人認為祂們的出生並不是來自於火山噴發，而是代表了一連串金屬鍛冶的流程。

●家喻戶曉的防火守護神

火之迦具土神名中的「火」為字面上的意思，「迦具」意指閃耀，形容烈火燃燒的模樣，「土」則是表現靈魂的存在，因此全名即是旺盛燃燒的火神之意。

此外祂還另有兩個別名——火之夜藝速男神與火之炫毘古神，兩者的共通點都在於和火脫不了關係。

祂因擁有火神的性格，所以大多被神社奉為防火之神，最具代表性的是分布於日本各地的愛宕神社與秋葉神社。

愛宕神社的總本社是京都府的愛宕神社，它率先開始祭祀火之迦具土神、祈求京都可以免於火災之苦，日後才流傳成為火神信仰。

秋葉神社的總本社是靜岡縣秋葉山宮的秋葉神社。那裡原本是供奉秋葉大權現的秋葉社，後來因神佛分離政策而廢除，現在這些神社幾乎都已改為供奉火之迦具土神的秋葉神社。附帶一提，東京的秋葉原地名，正是源自秋葉大權現。

人們同時還將火之迦具土神尊為鍛冶與陶瓷之神，位於陶瓷產地的陶器神社大多供奉火之迦具土神作為守護神。

與火之迦具土神關係密切的神祇

建御雷之男神

▶P.056

在火之迦具土神遭到斬首之際，從十拳劍的根部灑向岩石上的血中誕生的三神之一的雷神。

石筒之男神

▶P.066

在火之迦具土神遭到斬首之際，從十拳劍的刀尖滴向岩石上的血中誕生的三神之一的岩之神。

農業相關的神

和久產巢日神

象徵培育植物的強大生成力

祂是從深受燒傷之苦的伊邪那美神排出的尿液中誕生的水神，同時也是帶來豐饒的農耕之神、生產之神，自古即是人們的信仰。

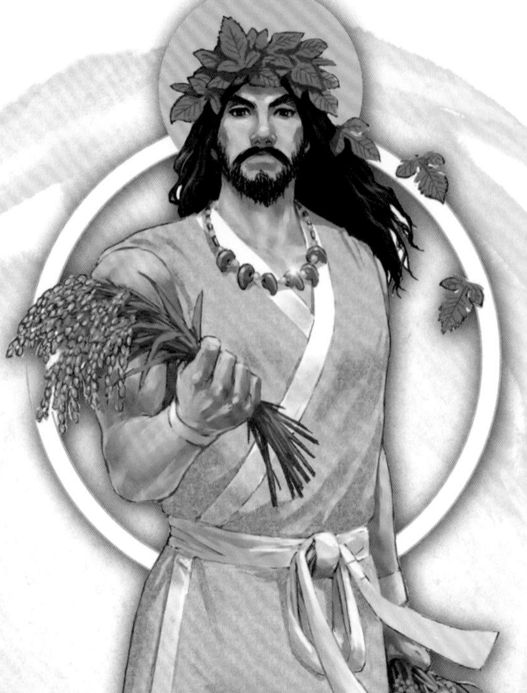

地位	水神／五穀之神／養蠶業之神
保祐	守護農業／守護產業／祈雨、止雨／開運招福
主要神社	竹駒神社（宮城縣岩沼市） 王子稻荷神社（東京都北區） 愛宕神社（京都府京都市）

PARAMETER

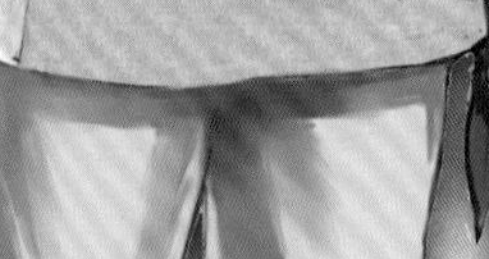

知名度 5

以五穀之神、蠶業之神廣受全日本各地信仰。

神秘性 5

擁有掌管水中生成力的最高等靈力。

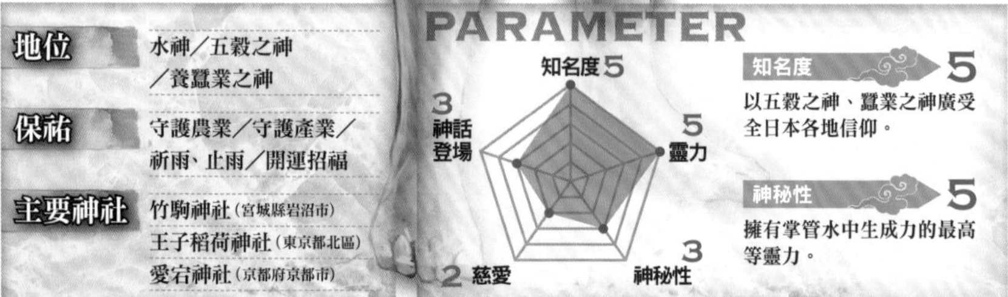

illustration：藤川純一

常與其他食物神一同列位祭祀的農業守護神

●從尿液中出生的水神

和久產巢日神，是伊邪那美神生下火之迦具土神後，因陰部灼傷而臥病在床之際，從祂的「尿液」中出現的神祇。另外同樣從尿液中誕生的還有彌都波能賣神，祂們都同樣屬於水神。

由於尿液可以作為肥料，因此從尿中誕生的和久產巢日神便被視為能夠賦予大地活力的神祇。

神名當中的「和」代表年輕有朝氣，「久產巢日」意指生成的靈力，所以一般而言，祂是象徵了（擁有水性的）年輕（強大）生成力的神祇。

水是農耕不可或缺的重要資源，所以和久產巢日神同時也是為大地帶來豐收的農耕神、生產神。

和久產巢日神的女兒豐宇氣毘賣神，是鎮座於伊勢神宮外宮的知名食物神兼穀物神，由此可見和久產巢日神本身也帶有穀物神性格。

此外亦有一說認為，和久產巢日神是豐宇氣毘賣神成形以前的上一個階段。

●現身於五穀起源神話

根據《日本書紀》記載，和久產巢日神是火神軻遇突智神與土神埴山姬命所生下的孩子。

和久產巢日神的頭上生出了桑葉與蠶，肚臍裡生出了五穀，因此祂與大宜都比賣神和保食神一樣歸為五穀之神兼食物神。

雖然祂是火神與土神之子，卻難以將祂與蠶和五穀聯想起來，因此便有人推斷祂是否與農業當中的火耕法有所關聯。

基於這種關聯，和久產巢日神才被奉為五穀、蠶業之神，多半與穀物神兼食物神的大宜都比賣神和保食神一同列位祭祀。

祂和女兒豐宇氣毘賣神一起供奉於愛宕神社（京都市右京區）當中；生駒神社（宮城縣岩沼市）內則是將宇迦之御魂神尊為主祭神，而保食神與和久產巢日神則是奉為相殿神。

和久產巢日神的靈力包含了守護農耕、五穀豐收，此外祂也以水神之身，擁有祈雨、止雨的神力，廣受農業相關人士的信仰。

與和久產巢日神關係密切的神祇

彌都波能賣神

▶P.054

在和久產巢日神之前從伊邪那美神的尿液中出現的水神、井神，擁有祈雨、止雨的靈性。

豐宇氣毘賣神

▶P.058

為和久產巢日神女兒，身兼食物神與穀物神，另以豐受大神之名供奉於伊勢神宮外宮。

彌都波能賣神

祂是從伊邪那美神的尿液中現身的神，雖然鮮少作為社殿中的主祭神，不過卻被奉為灌溉用水與井之神的水神代表。

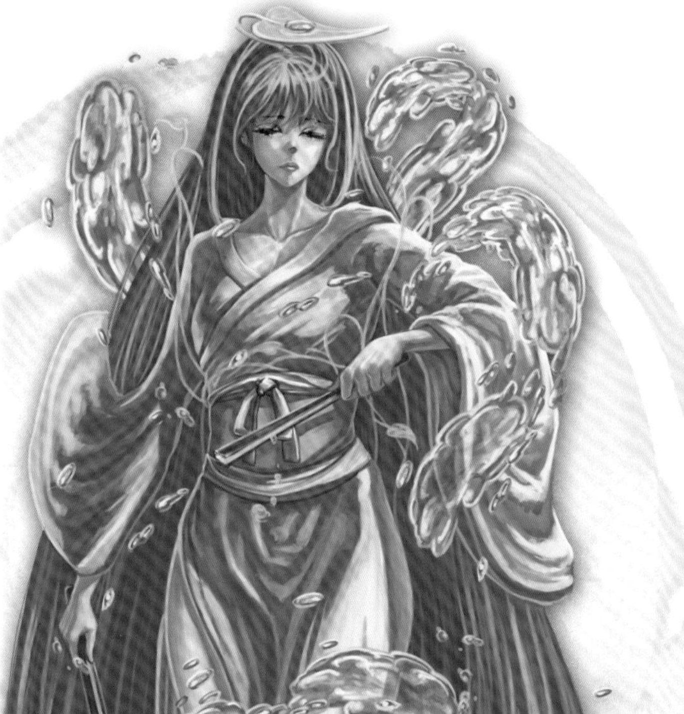

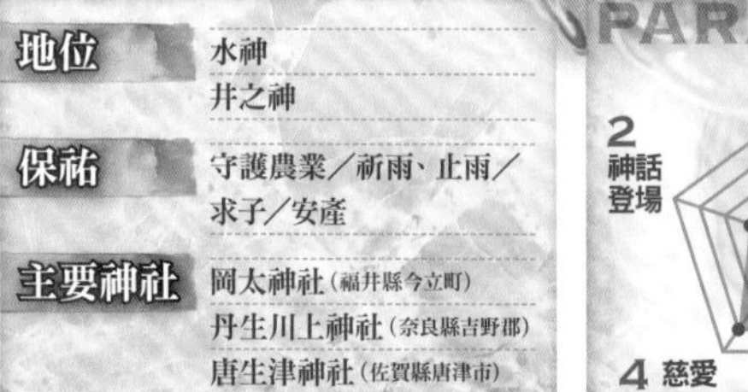

地位	水神 井之神
保祐	守護農業／祈雨、止雨／求子／安產
主要神社	岡太神社（福井縣今立町） 丹生川上神社（奈良縣吉野郡） 唐生津神社（佐賀縣唐津市）

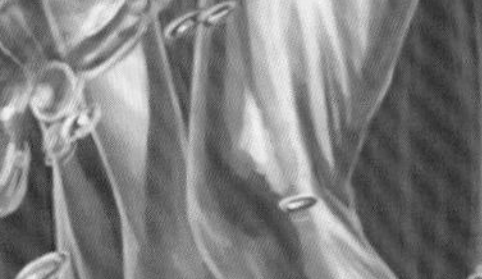

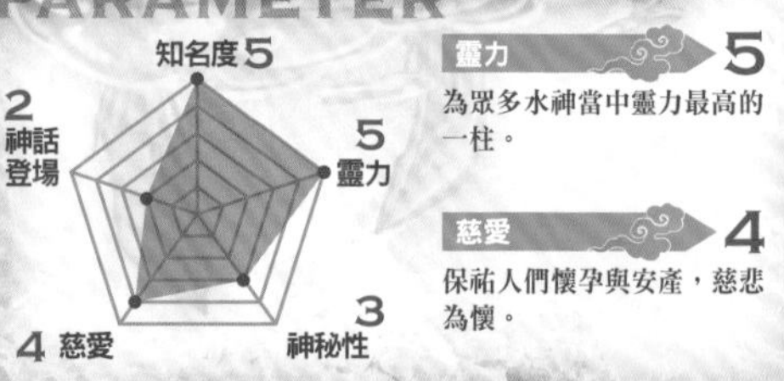

靈力 5

為眾多水神當中靈力最高的一柱。

慈愛 4

保祐人們懷孕與安產，慈悲為懷。

illustration：日田慶治

從伊邪那美神的尿液中誕生 司掌水性的女神

●生命必需的水之信仰

水不但是農業和漁業，同時也是日常維持生命最根本又不可欠缺的資源，因此自古以來，人們便以各種形式來供奉寄宿於水中的神祇。民間信仰當中的龍神即使其中一個代表，而《古事記》裡登場的彌都波能賣神也是代表神祇之一。

彌都波能賣神，是伊邪那美神在生下火神火之迦具土神時，因燒傷而臥床之際所排出的尿液中出現的神祇。

尿是水分的一種，而伊邪那美神又是擁有象徵大地的地母神性格的女神；換句話說，伊邪那美神的尿液就是從大地湧出的泉源與蜿蜒的河川，因此從那裡現身的彌都波能賣神便是司掌這些水源的水之神。

在原始農業的時代，糞尿是培養作物的珍貴肥料，因此誕生於尿中的彌都波能賣神也可以視為肥料之神。根據《古事記》記載，在彌都波能賣神之前，還有從伊邪那美神的糞便中出現的波邇夜須毘古神、波邇夜須毘賣神；只要額外加上對這兩柱神的解釋，便不難理解祂與肥料的關聯。

●以少女之姿傳授抄紙絕活

神名「彌都波」擁有多種解釋，一為「水早」，代表水源的出現；二為「水走」，意指引水灌溉；三為「水這」，形容在大地上流淌的河川，說法各有千秋。

《日本書紀》當中，則是將「彌都波」寫作「罔象」，代表中國傳說中化身為龍的水中妖精。

無論是哪一種解讀，都一律認定這個神名與水息息相關，所以彌都波能賣神的水神性質無庸置疑。

由於彌都波能賣神擁有水神的性格，因此民間信仰也大多將祂視為井之神。由於井邊是從事烹飪與洗滌等家務的地點，也是女性聚集的場所，所以有部分地區的居民認為井之神彌都波能賣神擁有保祐生子與安產的靈力。

在福井縣的岡太神社，流傳著彌都波能賣神以少女姿態現身、傳授人類抄紙技術的事蹟，而這也是越前和紙的起源。因此，同一類型的神社便將彌都波能賣神稱為川上御前，將其尊為紙之祖神。

與彌都波能賣神關係密切的神祇

伊邪那美神

▶P.028

伊邪那美神因燒傷痛苦之際，彌都波能賣神從其尿液中現身。雖然伊邪那美神並非直接生下祂，不過仍可算是祂的母親。

闇御津羽神

▶P.068

從火之迦具土神的血中誕生，因名中包含帶有水性意味的「御津羽」，因此與彌都波能賣神同樣被視為水神。

自然相關的神

建御雷之男神

擁有最高神力的高天原將軍

祂是從火之迦具土神的血中現身的雷神，平定了葦原中津國，並賜予神武天皇神劍，堪稱最強的武神暨劍神。

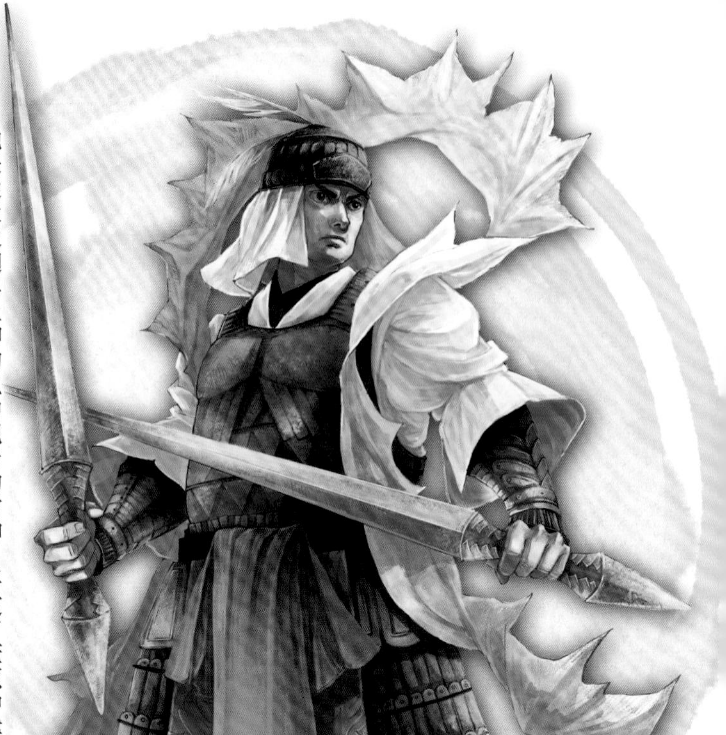

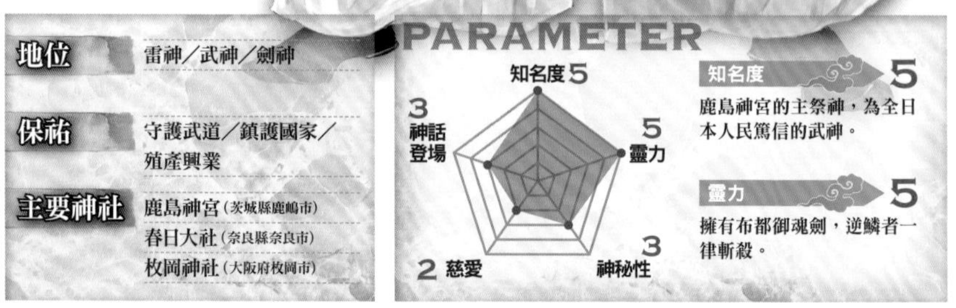

地位	雷神／武神／劍神
保祐	守護武道／鎮護國家／殖產興業
主要神社	鹿島神宮（茨城縣鹿嶋市） 春日大社（奈良縣奈良市） 枚岡神社（大阪府枚岡市）

PARAMETER

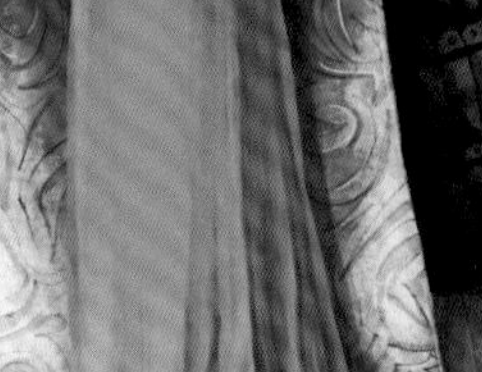

知名度 5

鹿島神宮的主祭神，為全日本人民篤信的武神。

靈力 5

擁有布都御魂劍，逆鱗者一律斬殺。

illustration：月岡圭瑠

成公平定葦原中津國的天津神王牌

●人人熟知的「鹿島神」

以茨城縣鹿嶋市的鹿島神宮為總本社，遍布關東、東北地方的鹿島神社當中，所祭祀的即是建御雷之男神。

由於祂供奉在鹿島神宮裡，因此又稱作鹿島神；對鹿島神宮建御雷之男神的信仰，就叫作鹿島信仰。

建御雷之男神被視為鹿島當地的土地神，而中央政權內負責掌管神事、祭祀的中央豪族中臣氏出身於常陸國（茨城縣～宮城縣），該族亦將祂奉為氏神，因此建御雷之男神便成為神話當中重要的神祇之一。

在天皇遷都平城京之際，中臣氏向建御雷之男神請靈供奉於春日，這即是春日大社的由來。建御雷之男神的別名為建布都神、豐布都神，亦有人將祂和只出現在《日本書紀》當中的經津主神等同視之。經津主神是供奉於距離鹿島神宮不遠的千葉縣佐原市香取神宮中的祭神，春日大社中也將祂一同列位祭祀。

這兩柱神，都是力量足以互相匹敵的武神、劍神。據說祂們原本是常總地區的同一名土地神，因分別受到物部氏與中臣氏信仰，才會分成不同的名稱。

●制伏反對勢力的武神

建御雷之男神，是伊邪那岐神用十拳劍斬下害死伊邪那美神的火之迦具土神首級時，與甕速日神和樋速日神一同從刀根灑出的血中化成的神祇。

相較於其他神祇，建御雷之男神的事蹟不少。在大國主神的讓國神話當中，祂與鳥之石楠船神一起從高天原降臨葦原中津國，逼迫大國主神讓出國家。

雖然建御方名神直到最後仍對讓國一事表達抗拒之意，但建御雷之男神卻以力氣比試征服了建御方名神，成功平定葦原中津國。附帶一提，這兩柱神之間的戰鬥即是相撲的起源。

神武東征之際，建御雷之男神也為了救助受困於熊野的神倭伊波禮琵古命（神武天皇），委託高倉下送上布都御魂劍，將他從困境中解放出來。

由此可知，建御雷之男神是一名勇猛果敢的武神，同時也是象徵了神劍威力的劍神。如同名中的「御雷」所示，祂帶有雷神的性格，人們將斬裂天空的雷電與劍的印象重疊以後，才為祂賦予了劍神的意義。

與建御雷之男神關係密切的神祇

建御名方神

▶P.150

大國主神之子，曾因反對讓國而與建御雷之男比試力氣，敗北後逃向諏訪，結果遭到追殺，最後只能投降。

經津主神

▶P.206

為香取神宮的祭神，是與建御雷之男神齊名的武神、劍神。有一說主張祂們原本就是同一神祇。

掌管天照大御神飲食的女神

豐宇氣毘賣神

祂是鎮座於伊勢神宮外宮、負責打理天照大御神飲食的穀物與食物之神，和同為食物神的宇迦之御魂神是為同一神祇。

地位	穀物之神 食物之神
保祐	守護農業／守護漁業／守護各方產業
主要神社	伊勢神宮外宮（三重縣伊勢市） 龍神社（京都府宮津市） 神明神社（全日本各地）

PARAMETER

知名度5
5 靈力
3 神秘性
4 慈愛
2 神話登場

知名度 5
供奉於伊勢神宮外宮，食物神的代表之一。

靈力 5
雖然不在表面上活動，卻擁有高等的靈力。

illustration：池田正輝

鎮座於伊勢神官外宮
為天召大御神料理餐食的女神

●與眾多食物神等同視之

豐宇氣毘賣神別名為豐受大神，為伊勢神宮外宮「豐受大神宮」所祭祀的女神。祂是象徵了培育植物靈力的和久產巢日神的女兒，專門負責為天照大御神準備食物。

這種職能，也讓祂經常與掌管食物、性格幾乎一致的宇迦之御魂神、大宜都比賣神、保食神、若宇加能賣命歸為同一神祇。

祂們在神名上的共通點，就是含有「宇迦（宇加）」「宇氣（保）」「宜」等帶有食物意味的字眼。豐宇氣毘賣神的「宇氣」代表食物，「毘賣」意指女性，因此豐宇氣毘賣神就是象徵了豐盛食物的女神。

經常被視為同一神祇的宇迦之御魂神，是京都伏見稻荷大社的主祭神，以稻荷神之名成為全日本各地篤信的穀物神兼食物神。因此，部分稻荷神社內也會同時供奉豐宇氣毘賣神。

以伊勢神宮內宮為總本社、祭祀天照大御神的神明神社當中，也幾乎都同時供奉了豐宇氣毘賣神。

另一方面，由擔任外宮神職的度會氏所開創的伊勢神道（度會神道），也將豐宇氣毘賣神、天之御中主神、國之常立神視作同一神祇、世界最早出現的始源神。因此，他們對豐宇氣毘賣神的重視更勝天照大御神。

●起源於丹波國的穀物神!?

《古事記》當中，只記載豐宇氣毘賣神在天孫降臨後坐鎮於外宮，除此之外並沒有詳細描述祂究竟是如何成為祭祀對象的。

記錄了伊勢神宮外宮宮史的《止由氣宮儀式帳》中提到，天照大御神出現於雄略天皇的睡枕邊，託夢說道：「吾獨身一人難以均衡攝食，速從丹波國（今京都府中部與兵庫縣東北部）比沼真井奈，將御饌（意指天照大御神的飲食）之神召來。」因此，神宮才由丹波國遷移至伊勢國的度會。

豐宇氣毘賣神是被召來的神祇，有一說認為祂可能就是丹波國的奈具社裡供奉的穀物女神豐宇賀能賣神。兩者神名極為相似，值得玩味。

與豐宇氣毘賣神關係密切的神祇

天照大御神

▶P.078

高天原的司令官。據說祂因苦惱於一人不易烹食，便從丹波國將豐宇氣毘賣神召喚而來。

宇迦之御魂神

▶P.100

為京都伏見稻荷大社主祭神，以「稻荷神」之名深受人們信仰，大多和豐宇氣毘賣神視為同一神祇。

伊邪那岐神所用的神劍

天之尾羽張

祂是伊邪那岐神持有的神劍，同時也是一柱神祇，強大的神力與其子建御雷之男神並駕其驅。

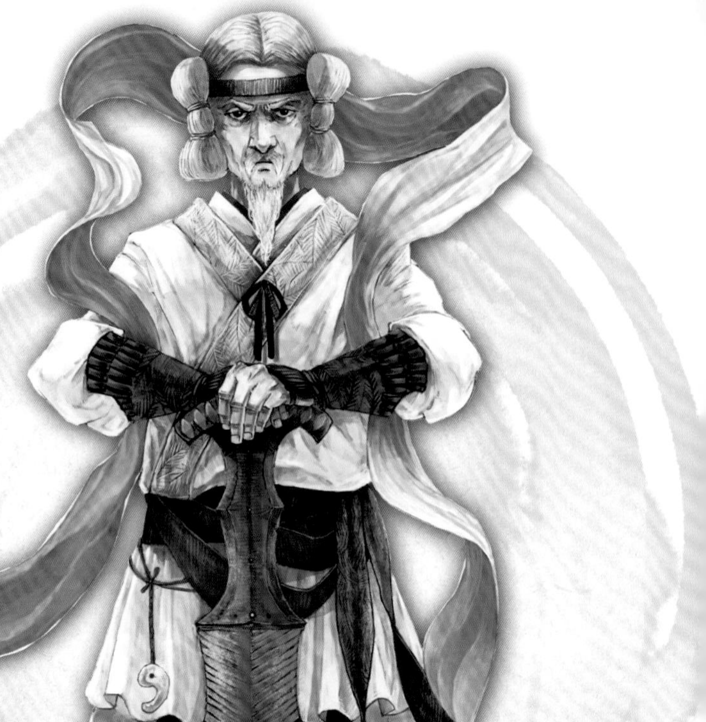

地位	劍神 神劍
保祐	—
主要神社	菅原神社（三重縣鈴鹿市）

PARAMETER

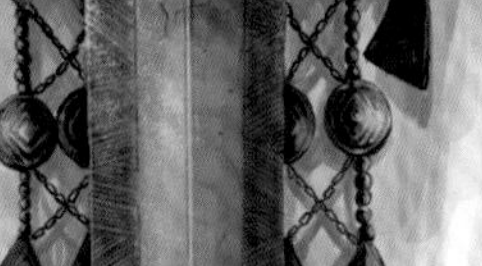

知名度 3
5 靈力
4 神秘性
3 慈愛
3 神話登場

靈力 5

從其子的力量來推測，靈力無疑相當強大。

神秘性 4

時而化為神劍，時而化為神祇，是一個充滿謎團的存在。

illustration：月岡圭瑠

由伊邪那岐神的劍神格化而成 武神建御雷之男神之父

●斬殺了火之迦具土神的神劍

天之尾羽張是出現在日本神話當中的一把神劍，同時也是一名神祇。祂的別名是伊都之尾羽張，當祂以神祇的身分出現時，就稱為天之尾羽張神。神名中的「天」為字面之意，「尾羽張」代表的是刀面寬厚的劍，可見祂的名字直接象徵了劍的型態。

天之尾羽張的名字最早出現於神誕生的故事之中，伊邪那岐神舉起十拳劍斬下了火之迦具土神的頭顱，而這把十拳劍就叫作天之尾羽張，又可稱為伊都之尾羽張。

這究竟只是單純的劍名，還是天之尾羽張神所寄宿的劍，抑或是神祇的化身，神話當中並沒有進一步說明。

不過，當火之迦具土神的血從這把劍上滑落以後，便化成了石筒之男神、建御雷之男神等八柱神祇，於是護國神話中將建御雷之男神記載為天之尾羽張神的兒子，由此便不難理解人們為何會這把劍視為天之尾羽張神本身或是其化身。

附帶一提，十拳劍有時也會寫成十束劍，因為束代表了一個拳頭的長度；換言之，十拳劍就是「長度為十個拳頭的劍」，並不是劍的特定名稱。十拳劍經常出現在神話的各個場面之中，基本上那全都是指稱個別不同的劍。

●與建御雷之男神並駕其驅的強者

天之尾羽張在平定葦原中津國的故事當中，初次以神的姿態登場。由於派往葦原中津國的使者沒能達成任務，天照大御神正思考第三次該派誰去時，思金神便推薦了天之尾羽張神與其子建御雷之男神。

雖然雀屏中選的是天迦久神，不過天之尾羽張仍向祂提議：「派吾兒建御雷之男神尤佳。」

於是，建御雷之男神便因此前往葦原中津國，而這一段也證明了天之尾羽張和建御雷之男神擁有同等的神力。

建御雷之男神最後成功平定了葦原中津國，當初與祂一起成為推薦人選的天之尾羽張，也應當擁有足以和祂匹敵的強大力量。雖然神話中並未對祂詳加著墨，但書中極有可能是將天之尾羽張視為已退休隱居的老將軍一般的存在。

與天之尾羽張關係密切的神祇

火之迦具土神

▶P.050

因燒傷害死了伊邪那美神而遭伊邪那岐神斬殺，當時所用的劍即是天之尾羽張。

建御雷之男神

▶P.056

祂是當火之迦具土神被斬時，從天之尾羽張上沾染的血液中出現的神祇，因此天之尾羽張對祂而言形同父神。

金山毘古神・金山毘賣神

祂們是從伊邪那美神的嘔吐物中出現的男女鑛山之神，從製鐵到冶金，與金屬相關的一切皆由祂們守護，為人們篤信的金屬守護神。

地位	鑛山之神／金屬之神／鑄物之神
保祐	守護鑛山／守護鋼鐵業／降災除惡
主要神社	黃金山神社（宮城縣石卷市） 南宮大社（岐阜縣不破郡） 金屋子神社（島根縣安來市）

PARAMETER

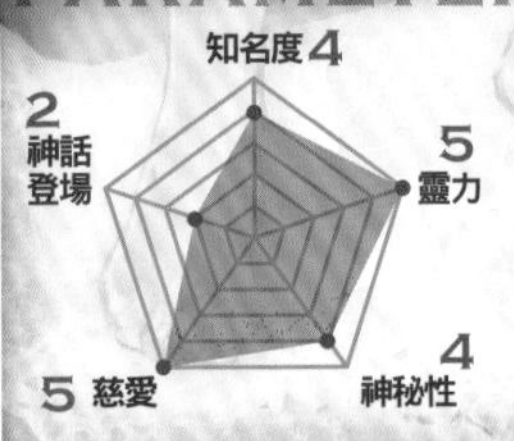

知名度 4
對鋼鐵業者而言，祂們是絕對的存在。

慈愛 5
負責守護高危險性的職業，令人安心的神祇。

illustration：藤川純一

供奉於各地鑛山與打鐵工廠 非常靈驗的金屬之神

●從嘔吐物中現身的鑛山之神

伊邪那美神因生下火之迦具土神而燒傷，深受病痛的煎熬。當時從祂吐出的穢物中出現的，即是金山毘古神與金山毘賣神。

這兩柱神正如名中的「金山」所示，是為司掌鑛山的神祇。「毘古」代表男性，「毘賣」代表女性，可見祂們是男女成對的神祇。不過在《日本書紀》當中，卻只出現了金山毘古神。

不過問題在於，嘔吐物和鑛山神的出現究竟有什麼關聯呢？

雖然答案不甚明確，但一般說法是將嘔吐物的外表聯想成鑛石的型態。的確，從山崖解理崩落的小石塊散布的情景，以及鑛物原石的外貌都和嘔吐物非常相似，加上這些穢物是由與大地關係匪淺的地母神伊邪那美神吐出，因此便不難作此聯想。

這兩柱神從守護鑛山開始，製鐵、鍛冶、冶金、鑄造物等，一切與金屬相關的事物皆屬於祂們的職能範圍，所以鋼鐵業者對祂們的信仰也特別深厚。

●製鐵之神金屋子神

《古事記》中雖然並沒有記載金山毘古神與金山毘賣神的關係，不過由於身為製鐵之神的金屋子神社祭神——金屋子神普遍被視為這兩柱神的孩子，因此可以推斷祂們或許是一對夫婦。金屋子神社將這三柱神一同列位祭祀，統稱為金山大明神。

金屋子神並沒有出現在《古事記》與《日本書紀》當中，理由可能是神名中的「金山」直接代表了鍛冶師，原本就是在特定地區從事製鐵或鍛冶事業的人們信奉的職業神。

金屋子神社的總本山位於島根縣安來市，該地自古就是日本製鐵業踏鞴師的根據地，因此也更加證實了這種說法。

金屋子神社供奉金山毘古神與金山毘賣的原因不明，不過可以猜想成祂們是經歷了金山毘古神信仰在當地逐漸普及的過程後，才在神話裡分成擁有相同性格的兩柱神。

與金山毘古神・金山毘賣神關係密切的神祇

天津麻羅

▶P.116

鍛冶之神天津麻羅在天孫降臨之際，曾與邇邇藝命一起降臨大地、向人們傳授鍛冶技術，因而被奉為鍛冶之祖神。

伊斯許理度賣命

▶P.116

廣為人知的鍛冶之神、金屬加工之神，更是名為指物工藝的金屬加工技術守護神。

波邇夜須毘古神・波邇夜須毘賣神

祂們是飽受灼傷之苦的伊邪那美神排出的糞便中出現的男女成對的土神，以土木園藝業、製陶業的守護神之身，廣受人們的信仰。

地位	土神 陶器之神
保祐	守護開墾／守護土木業／守護陶瓷業
主要神社	榛名神社（群馬縣榛名市） 大井神社（靜岡縣島田市） 邇幣姬神社（島根縣太田市）

PARAMETER

知名度 3

不為一般人所知，只有特定領域的人才熟悉。

神秘性 5

從糞便中現身，詳情不明。

illustration：龍膽向日葵

無人知曉、充滿謎團卻又廣受信仰的土神

●糞便與紅土之間的聯想

波邇夜須毘古神、波邇夜須毘賣神，是伊邪那美神被火之迦具土神燒傷陰部後，在痛苦中排出的糞便裡現身的神祇。

「波邇夜須」意指紅色的黏土，「毘古」代表男性，「毘賣」代表女性，因此全名指的就是「紅色黏土的男神（女神）。」

此外，「波邇」（hani）和埴輪（古墳時代的素陶器）的「埴」都代表「擁有神聖力量的泥土」，同時又可指稱製造祭具與神器時用的特殊黏土。從糞便中出現土神大抵是從外觀上的聯想來編造的。大便與紅色黏土的形象相彷，而身為地母神的伊邪那美神所排出的糞便，也就直接與紅土大地聯想在一起。

《古事記》中寫到，繼這兩柱神之後出現的是水神彌都波能賣神，接著則是穀物之神和久產巢日神，這樣的流程也象徵了先有了黏土和水、才能開始農耕的順序，換言之即是水稻的起源。

而且，糞尿自古以來即是珍貴的肥料，因此從尿液中現身的彌都波能賣神也同樣可以視為肥料之神。

●守護一切泥土相關的事物

波邇夜須毘古神、波邇夜須毘賣神的名字並沒有出現在《日本書紀》裡，書中寫到由病榻上的伊邪那美神生下的，只有彌都波能賣神與埴山姫。

埴山姫與波邇夜須毘賣神被視為同一神祇，祂與火之迦具土神結婚、生下了穀物之神和久產巢日神。火神和土神孕育了穀物之神，正好代表了火耕農業的起源。

波邇夜須毘古神、波邇夜須毘賣神身為土神，自然也就是與泥土有直接關聯的農業、園藝業、土木業以及使用黏土的陶瓷業所信仰的守護神。

榛名神社（群馬縣榛名市）將波邇夜須毘賣神尊為主祭神，深受陶瓷業者的信仰。除此之外，埴生神社（千葉縣成田市）、大井神社（靜岡縣島田市）、邇幣姫神社（島根縣太田市）等，日本各地都設有供奉這兩柱神的神社。

附帶一提，在崇神天皇的時代發起叛亂的建波邇夜須毘古命的母親，雖然與波邇夜須毘賣神同名，不過這兩者之間並沒有任何關係。

與波邇夜須毘古神・波邇夜須毘賣神關係密切的神祇

和久產巢日神

▶P.052

穀物之神和久產巢日神，與波邇夜須毘古神、波邇夜須毘賣神關係匪淺，《日本書紀》中甚至將祂們視為親子。

彌都波能賣神

▶P.054

從尿液中現身的水神彌都波能賣神，與從糞便中現身的波邇夜須毘古神、波邇夜須毘賣神同樣都是肥料之神。

從火神之血中現身的三柱神祇

石析神・根析神・石筒之男神

沾在十拳劍刀鋒上的火之迦具土神的血，化出了象徵劍的威力的石析神、根析神，以及岩神石筒之男神。

地位	劍之神 岩之神
保祐	提高升命力
主要神社	加蘇山神社（栃木縣鹿沼市） 磐裂根裂神社（栃木縣下都賀郡） 御廚子神社（奈良縣橿原市）

PARAMETER

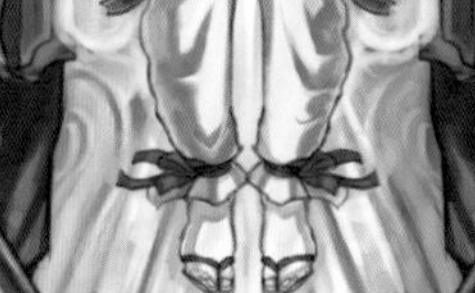

知名度 3
靈力 4
神秘性 5
慈愛 2
神話登場 2

神秘性 5

自古便有許多穿鑿附會的解釋，令人難以理解的存在。

神話登場 2

只見其名，不見其影。

illustration：日田慶治

象徵了足以劈開岩石的劍之威力的二柱神祇

●兩柱象徵劍之威力的神

伊邪那岐神用十拳劍斬殺害死愛妻伊邪那美神的火之迦具土神時，血從刀鋒滴落岩石，便化成了石析神、根析神與石筒之男神這三柱神祇。

石析神名中的「石析」又可寫作「磐裂」（出自《日本書紀》），是將劈岩之神與劈岩神劍的威力神格化以後的存在。根析神名中的「根析」又可寫作「根裂」（出自《日本書紀》），和石析神同理，是將劈開木根的神與劈開木根的神劍威力神格化以後的存在。

此外，也有人主張所謂的「劈開岩石與木根」只是將它們分成兩半，無論如何，祂們都是象徵並強調了斬殺火之迦具土神的天之尾羽張（十拳劍）威力的神祇。

基於這種解讀，石析神、根析神皆被視為劍之神，但是江戶時代的國學者本居宣長，卻對此作出了截然不同的詮釋。

他認為「石析、根析」的「析」字代表了岩石表面的凹凸，而這些神祇就是從積蓄在凹陷中的血液中出現。

●表現了刀劍鍛冶的過程!?

繼石析神與根析神之後現身的，則是石筒之男神。神名中的「石」即是岩石，「筒」意指神靈，「男」為字面之意，因此祂就是岩石之神。

《日本書紀》將石筒之男神視為劍之神經津主神的祖先，因此「石筒」便被解讀為石槌或是鍛劍用的槌子；換言之，祂即象徵了利用石槌鍛造、打煉成劍的技術。

而在這三柱神之後出現的眾神，也表現出刀劍鍛造的流程；火神甕速日神代表了燒劍的景像，雷神建御雷之男神代表了鍛劍時噴散出來的星火，山谷水神闇淤加美神和闇御津羽神則代表了劍冷卻的模樣。

將這種解釋再進一步引伸，把火之迦具土神的血視為黏稠融化的鐵、石析神與根析神象徵岩石凹凸不平的表面、石筒之男神意指石槌的話，便不難看出這樣的順序正表現了從製鐵到刀劍鍛造完成的整個過程了。

與石析神・根析神・石筒之男神關係密切的神祇

火之迦具土神

▶P. 050

出生時因燒傷了母親伊邪那美神，結果遭到父親伊邪那岐神斬殺的火神。從祂的血中則化出了石筒之男神等八柱神祇。

經津主神

▶P. 206

經津主神是知名的武神、劍神，有一說主張祂是石筒之男神的兒子。此外，祂也與建御雷之男神關係匪淺。

司掌雨水的水之神

闇淤加美神・闇御津羽神

祂們是從火之迦具土神的血中現身、與彌都波能賣神齊名的水神，擁有祈雨、止雨的靈力，自古即為民間信仰。

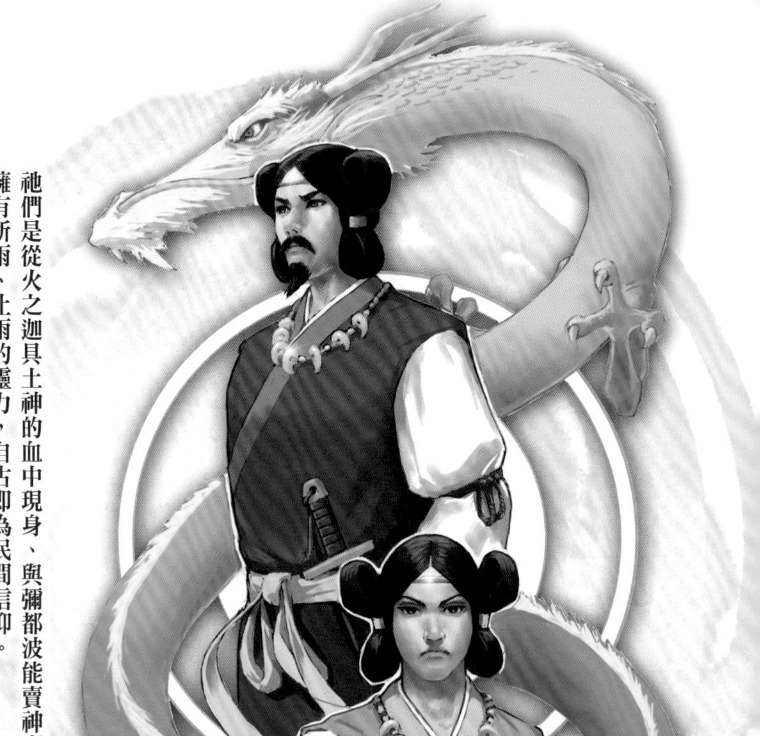

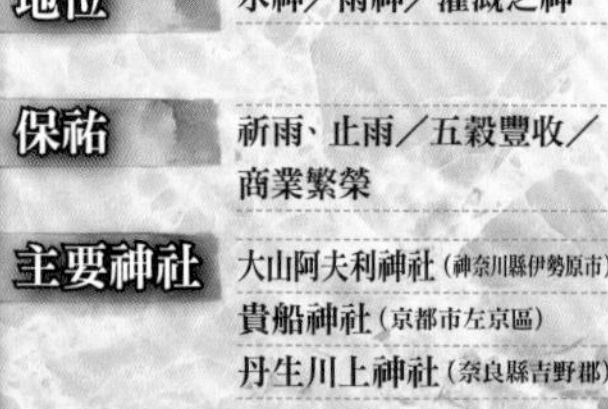

地位	水神／雨神／灌溉之神
保祐	祈雨、止雨／五穀豐收／商業繁榮
主要神社	大山阿夫利神社（神奈川縣伊勢原市） 貴船神社（京都市左京區） 丹生川上神社（奈良縣吉野郡）

PARAMETER

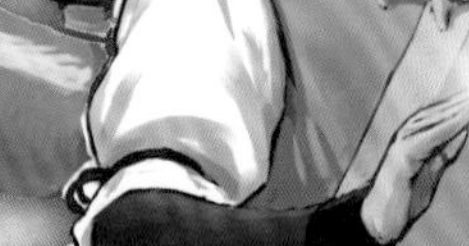

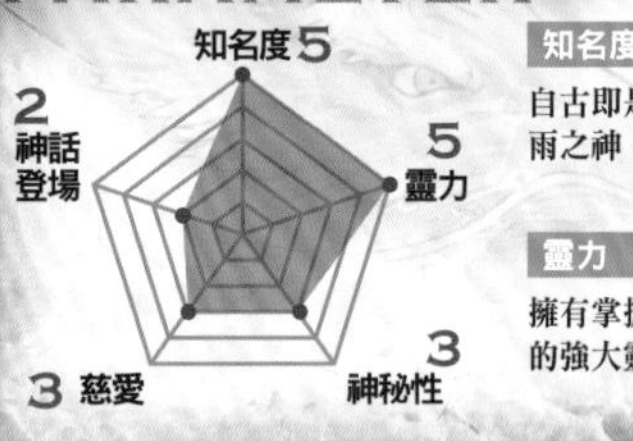

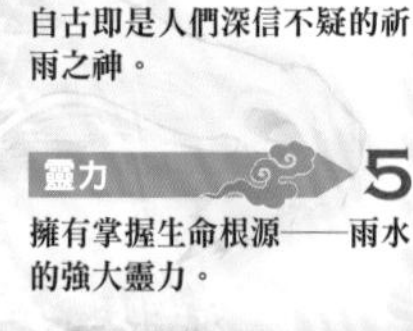

知名度 5

自古即是人們深信不疑的祈雨之神。

靈力 5

擁有掌握生命根源——雨水的強大靈力。

illustration：藤川純一

祈雨儀式中家喻戶曉的貴船神社主祭神

●極為靈驗的水神

擁有眾多信徒的貴船神社（京都府京都市）不僅是鴨川的源頭，自古以來也供奉著操縱雨水的水神。神社本宮內祭祀的，正是闇淤加美神與高龗神。

闇淤加美神和彌都波能賣神同為日本代表的水神，當伊邪那岐神斬殺火之迦具土神時，積聚在十拳劍刀柄上的血從祂的指縫滑落，便化成了這柱神祇。

之後，同樣身為水神的闇御津羽神也隨之出現，祂是從火之迦具土神的血中化出的最後一名神祇。

《古事記》裡並沒有記載闇淤加美神的名字，在貴船神社的創社緣起中也將闇淤加美神與高龗神視為同一神祇，因此可以推測闇淤加美神的別名就是高龗神。

然而，《日本書紀》裡只出現了闇淤加美神這個名字，另一書中卻只提到高龗神的名字，究竟哪一個才是祂真正的神名？此事已無從考證。

因此，這兩柱神不僅是同一神祇，也是互為相對的存在，兩者統稱為淤加美神。

●天與地的龍神

闇淤加美神名中的「闇」意指山谷，但「淤加美」的真正意義卻不得而知。《古事記》中雖然寫作「淤加美」，但這僅僅只是為其讀音配上相應的漢字，無從推測其中涵義。另一方面，《日本書紀》中則是將神名寫成雨字頭下橫排三個口、再墊以龍字的特殊漢字；有人主張這個字是古字，意指掌管雨水的龍神，而棲息在山谷裡的龍神即是谷中的水神。

高龗神名中的「高」是指高聳的地方，也就是山峰，因此住在山上的龍神即是山上的水源之神；換言之，闇淤加美神是寄宿於谷中湧泉與溪流的地之龍神，高龗神則是司掌雨水的天之龍神。從性質來看，這種解讀也完美詮釋了兩者的相對性。根據《古事記》記載，闇淤加美神的女兒日河比賣與須佐之男命的孫子布波能母遲久奴須奴神，生下了深淵之水夜禮花神。該神的孫子大國主神是為重要的眾神祖先，由此可見闇淤加美神的地位不同凡響。

與闇淤加美神・闇御津羽神關係密切的神祇

彌都波能賣神

▶P.054

與伊邪那美神的尿液中出現的闇淤加美神同為水神，職能遍布所有水事，農業方面的靈力尤為顯著，同時也是肥料之神。

大國主神

▶P.126

經歷了重重考驗、最後統治了葦原中津國的偉大君王，其祖先即是闇淤加美神。

志那都比古神

身為風神的祂，雖然能夠為人們帶來大自然的恩賜，卻也象徵了大自然的威脅。

恩惠與威脅一體兩面的風之神

PARAMETER

知名度	靈力	神秘性	慈愛	神話登場
4	5	3	4	2

阻擋釀災暴風的農業守護神

●遍布日本各地的風之宮

志那都比古神是伊邪那岐神與伊邪那美神的孩子，神名中的「志那」代表悠長的氣息，「比古」意指男性，全名意即氣息長遠的男神。古時候的人總是把神明口中吹出的氣當作大自然的風，所以這柱神便是所謂的風神。

風，代表拂來溫暖空氣的春風，是一種大自然的恩賜；但也會帶來像是秋颱這種莫大的暴風威脅。因此在容易受到強風與暴風侵襲的地區，無一不設立了供奉風神的風之宮，祈求神力能夠平息風暴。

在這些風之宮當中，最知名的就是龍田大社（奈良縣生駒郡）。神社裡祭祀的是天御柱命與國御柱命，不過在創社緣起與祝詞中，是將天御柱命寫作志那都比古神、國御柱命寫作志那都比賣神。

此外，伊勢神宮（三重縣伊勢市）內也設有供奉級長津彥命與級長戶邊命的風日祈宮（內宮別宮）和風宮（外宮別宮）。這些原本都是宮內附設的小型風神社，在蒙古侵略日本之際，海上曾吹起一陣神風、守住了日本，因此才賜予它們宮的名義。

地位	風神／農業守護神	保祐	五穀豐收 等	主要神社	神威神社（北海道積丹郡）

illustration：月岡圭瑠

鳥之石楠船神

守護航海安全的船之神

祂不僅是船之神，同時也是載運眾神的船本身，總在神話中的關鍵時刻登場。

PARAMETER

知名度	3
靈力	3
神秘性	4
慈愛	3
神話登場	2

宛如飛鳥般疾速載送諸神的船

●將建御雷之男神護送至大地

鳥之石楠船神是伊邪那岐神與伊邪那美神的兒子，別名為天鳥船。如神名所示，祂是船之神，同時也是掌管運輸和交通的神祇。

神名中的「鳥」代表水鳥般疾速翱翔的模樣，比喻像鳥一樣快速飛行；「石」代表堅固，「楠」則是指使用樟木製造，全名象徵了用樟木打造的堅挺快船。而祂的別名天鳥船，也同樣帶有宛如疾鳥般迅速的意思。

《古事記》裡，只記載了祂是伊邪那岐神夫婦的孩子，並沒有多加描述祂的事蹟。別名天鳥船，則是來自於祂當初載著建御雷之男神降臨大地、前去平定葦原中津國一事。

《日本書紀》裡平定葦原中津國的場面當中，曾經出現了一艘天鳩船。雖然無法證明這艘船等同於鳥之石楠船神，不過從兩者相似的名稱以及同樣載運神祇的性格來看，應當就是相同的神祇。

供奉鳥之石楠船神的神社，只有以大酉祭聞名的大鷲神社（神奈川縣橫濱市）等地，信徒並不多。

地位	保祐	主要神社
船神／交通運輸守護神	航海安全 等	神崎神社（千葉縣香取郡）

illustration：池田正輝

泣澤女神

祂是從伊邪那岐神的淚水中出現的水井與水泉之神。《古事記》中記載的神體所在地，至今仍繼續受人供奉。

掌管所有自然湧泉的神祇

●神體至今仍留存於《古事記》記載的地點

《古事記》的成書時間是距今約一千三百年前的七一二年，書中出現的各個神祇，也成為現代神社祭祀的對象；不過卻鮮少出現神祇本身的所在地保留至今的例子。

而這少數的神祇之一，就是泣澤女神。根據《古事記》記載，泣澤女神就供奉在香久山畝傍的一棵樹下。

香久山即是奈良縣的天香久山，畝傍是位於山麓的橿原市附近的地名，該地設有祭祀了泣澤女神的畝尾都多本神社，通稱為哭澤女神社。

祂的神體並不是在神殿之中，而是神社境內的一座古井上，與《古事記》描述的場所如出一轍。

泣澤女神，是伊邪那岐神因失去愛妻伊邪那美神而流下的淚水中出現的水神。神名中的「泣」是指哭泣，「澤」是潸然落淚的模樣，「女」意指女性，所以全名代表了潸然淚下的女神。

此外，「澤」也代表了湧出大量流水的地方，正好象徵了祂是神體所在的水井、湧泉的神祇。

地位	井之神／泉之神	保祐	長壽 等	主要神社	畝尾都多本神社(奈良縣橿原市)

illustration：雙羽純

鹿屋野比賣神

祂是由伊邪那岐神夫妻所生的自然神之一，為賦予原野百草生命力的原野之神。

掌管原野植物的草之神

冠上茅草之名、司掌原野綠意的女神

●日本唯一的醬菜之神

鹿屋野比賣神是伊邪那岐神與伊邪那美神夫妻所生的神祇，別名為野椎神。神名中的「鹿屋」是指植物當中的茅草，茅草自古以來即是日本屋頂的建材來源，與生活息息相關，因此才使用這個代表青草的字彙作為名稱。也就是說，鹿屋野比賣神這個名字所指的並不是茅之女神，而是草原女神。

另外，別名「野椎」中的「椎」是精靈的意思，所以祂是原野的精靈。換言之，鹿屋野比賣神即是掌管原野上所有綠色植物的女神。

有趣的是，愛知縣海部市的萱津神社將祂奉為日本唯一的醬菜之神。這個典故其來有自。萱津神社是第一個供奉鹿屋野比賣神的神社，該地後來成為醬菜發祥地。當時那一帶離海不遠，家家戶戶皆備有蔬菜與鹽巴，他們偶爾會把蔬菜和鹽一同放入甕裡作為祭品，結果意外醃成上好的醬菜。這些醬菜廣受居民喜愛，而逐漸普及至其他地方，於是萱津神社便成了聞名的醬菜神社，鹿屋野比賣神也就此成了醬菜之神。

地位	原野之神／醬菜之神	保祐	醬菜的守護神 等	主要神社	萱津神社（愛知縣海部市）

illustration：龍膽向日葵

神使

～以動物姿態現身的神之使者～

■神社裡的動物皆為神的使者

有些神社裡會飼養動物、或是設置動物的雕像，這些就稱作「神使」，顧名思義，牠們即是神的使者、眷屬。

最知名的神使則非嚴島神社與春日大社的鹿莫屬，這些動物與祭神和神社的淵源關係密切，而且無論是哺乳類、鳥類、爬蟲類、魚類，任何動物都可能是神的使者。

像是以狐狸為祭拜對象的「稻荷神」之名家喻戶曉的伏見稻荷神社，這種將作為神使的動物昇格成神的例子也不勝枚舉。

神使	代表神社	典故
豬	愛宕神社、護王神社	源自於和氣清麻呂受到豬隻救助的故事。愛宕神社是由和氣清麻呂所創立；護王神社則是以和氣清麻呂為主祭神。
兔	住吉大社、調神社	住吉大社的成立始於神功皇后攝政十一年（二一一年）辛卯年卯月卯日；調（tsuki）神社的名稱讀來與「月」相同，因而將兔子視為神使。
牛	太宰府天滿宮、北野天滿宮	宮內的祭神菅原道真死後的遺體是由牛車運送，據說牛後來不支倒地，便直接將牠埋葬於當地。
鰻	三嶋大社	三島的神祇在洪水來襲之際，突然乘著巨大的鰻魚現身拯救蒼生，故該社便以鰻魚為神使。
馬	伊勢神宮、鹽竈神社	雖然與一般的神使有所差異，不過馬自古以來就是神明的座騎，在社內飼養獻給神祇的白馬「御神馬」的神社也多不勝數。
狼	武藏御嶽神社、三峰神社	東征時，倭建命在邪神灑下的濃霧中迷失了方向，此時出現了一匹白狼為祂指路，因而把狼奉為神使。
龜	松尾大社	源自於龜尾山。傳說神明因桂川氾濫而不慎漂流至下游，最後是被1隻大烏龜救起。
鴉	熊野三社 諏訪大社 住吉大社	源自神武東征之際，奉命前往熊野山指引神武天皇的八咫烏；同時也受到當地原本的御先烏信仰所影響。
狐	京都伏見大社	御食津神的神名又可寫作三狐；狐狸曾被視為山神的使者，後來才成為稻荷神的神使。
鯉	大前神社	大前神社境內的大前惠比壽神社供奉的蛭子神，手裡抱著的並不是鯛魚，而是鯉魚。
鷺	住吉大社、氣比神宮	神功皇后曾經看見杉樹上停了三隻鷺鷥，便決定將住吉大社建於這片土地、作為信仰的據點。
猿	春日大社、日吉神社、日枝神社	類人猿擁有「驅魔」的能力，因此日枝神社將棲息在比叡山的猿猴視為山神的化身，形成一種古老的信仰。
鹿	嚴島神社、鹿島神社、春日大社	鹿神天之迦久神將天照大御神的命令傳達給建御雷之男神，鹿島神宮以此為典故、將鹿奉為神使。
鶴	諏訪大社	據說源自飛至諏訪湖的鶴，不過具體由來不詳。
鼠	大豐神社	大國社裡供奉的大國主神被困在遍地野火的草原上時，曾有老鼠帶祂逃入地洞，幸運逃過一劫。
雞	伊勢神宮、龍田神社	社內的祭神天照大御神隱身於岩戶時，眾神曾召來一群常世長鳴鳥（雞）一起鳴啼。
蜂	二荒山神社	祭神大穴牟遲神造訪根之國時，曾睡在有蜜蜂與蜈蚣的房間裡。
鳩	宇佐神宮、石清水八幡宮、鶴賀岡八幡宮	宇佐神宮將鴿子視為神使的原因不明。傳說石清水八幡宮當初從宇佐山宮請神之際，曾出現了金色的鴿子。
蛇	出雲大社、大神神社	在10月恭請全國各地神祇大駕時，曾有海蛇沖上海岸，因而被視為眾神的嚮導。

第三章

伊邪那岐神下訪冥界

伊邪那岐神痛失愛妻伊邪那美神，
為了尋回妻子而投向黃泉之國，
雖然終於得以再次與伊邪那美神相會，
但最後仍決定與面目全非的妻子永遠訣別。

黃泉之國

死者的世界「黃泉」之旅

伊邪那岐神追著死去的愛妻前往黃泉之國，然而祂在那裡見到的，卻是徹底改頭換面的妻子。

追隨亡妻到冥界

●打破約定的伊邪那岐神

伊邪那岐神為了帶回死去的伊邪那美神而來到黃泉之國，但是，伊邪那美神卻已經吃下了黃泉之國的食物（黃泉戶喫），徹底成了黃泉之國的居民。

伊邪那美神對伊邪那岐神說：「你不能看我。」隨即將自己隔離在御殿中準備談判。然而伊邪那岐神按捺不住、追著進入殿中，結果祂在那裡看見的，卻是全身爬滿蛆並纏著八雷神、已然面目全非的妻子。

被這一幕嚇得魂飛魄散的伊邪那岐神旋即逃走，憤怒的伊邪那美神派出予母都志許賣上前追殺，但遭到伊邪那岐神擊退；於是祂又改派八雷神率領的一千五百名黃泉軍，繼續追趕。

伊邪那岐神擲出了三顆桃子，再次成功擊退大軍後，這一回卻換成伊邪那美神親自追了上來。伊邪那岐神只好用千引石堵住了黃泉比良坂的入口，和伊邪那美神徹底斷絕關係。

沒想到，伊邪那美神卻宣稱：「既然如此，我一天就要殺死你一千個國人！」伊邪那岐神則答道：「那麼我一天就蓋一千五百座產屋（隔離產婦用的小屋）。」從此，人間便形成了每天有一千人死去，同時又有一千五百人出生的現象。

古事記的世界觀

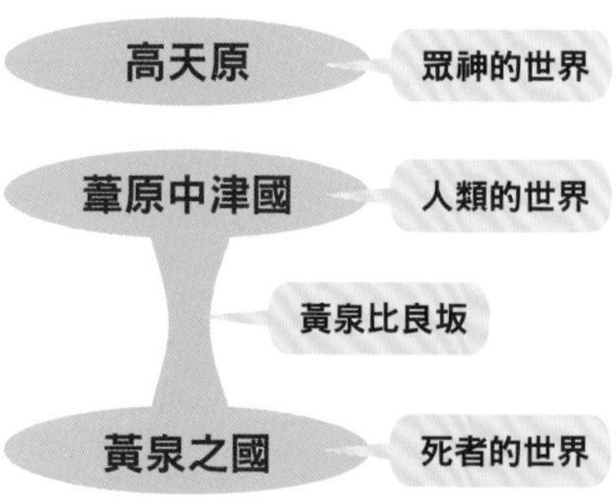

高天原 — 眾神的世界

葦原中津國 — 人類的世界

黃泉比良坂

黃泉之國 — 死者的世界

祓除黃泉汙穢的「禊」

●陸續誕生的各個神祇

逃出黃泉之國的伊邪那岐神，心想「到那麼驚悚汙穢的國度走了一遭，是該祓個禊才行」，便前往筮紫日向菊小門的阿波岐原開始進行禊祓儀式。

伊邪那岐神一一脫下身上的衣物，這些物品便各自生出了十二柱神祇。祂認為「上游的水速過快、下游的水速過慢」，於是便潛入中游洗滌身體，從水流沖掉的黃泉之國穢氣中先是出現了兩柱禍津日神，接著又出現了兩柱除禍的直毘神與伊豆能賣神。

之後，祂在水底淨身時生出了底津綿津見神、底筒之男神；在中層水生成中津綿津見神、中筒之男神；在水面生成上津綿津見神、上筒之男神。

這三柱綿津見神就稱作綿津見三神，三柱筒之男神稱作住吉三神，祂們分別是志賀海神社與住吉大社的主祭神。

●尤其高貴的「三貴子」的出生

伊邪那岐神繼續在水中祓禊，當祂清洗左眼時，出現了天照大御神；清洗右眼時，出現了月讀命；清洗鼻子時，出現了須佐之男命。到這一步，祂才總算把黃泉的穢氣徹底清除乾淨。

這十四柱神祇中，又以最後出現的三柱神最尊貴，因而稱為「三貴子」。

隨著這三貴子的誕生，伊邪那岐神與伊邪那美神的任務也宣告結束，從此神話的主角便交棒給天照大御神和須佐之男命，開啟了全新的故事脈絡。

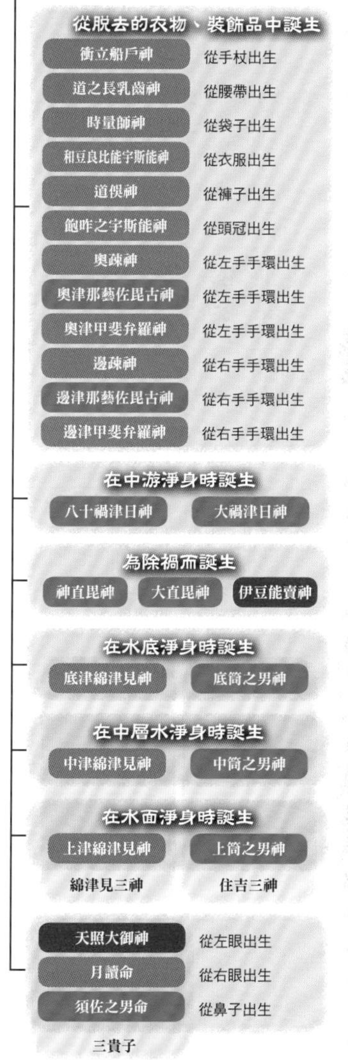

身為皇室祖先的偉大太陽神

天照大御神

祂是高天原的主宰神，也是皇室的祖先，更是守護所有日本人的總氏神暨太陽神，為立足於八百萬神之上的神祇。

地位	太陽神／皇祖神／日本的總氏神
保祐	國土平安／五穀豐收／提升生命力
主要神社	伊勢神宮內宮（三重縣伊勢市） 神明神社（全日本各地） 皇大神社（全日本各地）

PARAMETER

知名度 5
靈力 5
神秘性 3
慈愛 5
神話登場 4

知名度 5
日本神話中最知名的人物，地位與名氣皆不同凡響。

靈力 5
太陽神的靈力至高無上、無神可敵。

illustration：NAKAGAWA

擁有大量信徒的「伊勢神」以日本總氏神之身滲透人們的生活

●天岩戶神話的主角

天照大御神，是在黃泉之國歸來的伊邪那岐神祓除黃泉穢氣時，從祂清洗的左眼中出現的神祇；此時祂的右眼也出現了月讀命、鼻子出現了須佐之男命。這三柱神併稱為三貴子，是靈力特別強大的神祇。

伊邪那岐神因「生下貴子」而大為喜悅，便將各個國家交給祂們治理，天照大御神獲賜的地方即是高天原。

天照大御神成了高天原的主宰神，但統治過程並不順利。其弟須佐之男命在高天原大肆作亂，令天照大御神頭痛不已，遂藏身至天岩戶，這就是著名的故事「岩戶之隱」。對此傷透腦筋的眾神想出了各種辦法、試圖引出天照大御神，並將須佐之男命逐出高天原。

事件過後，天照大御神看似已經掌握了高天原的實權，但在天孫降臨神話中，實質上卻是由高御產巢日神主導一切，因此祂只是名義上的主宰神。雖然造成這種情況的原因不明，不過儘管祂身為太陽神，終究也無法違抗身為造化三神的高御產巢日神吧。

●世界罕見的太陽女神

世界各地都有太陽的信仰，日本也不例外，「日之神」在日本也是格外受人尊崇的神祇。

所謂的日之神，即是指天照大御神。顧名思義，祂象徵了能夠照亮天空的太陽。

雖然日本人將天照大御神視為女神，但世界上其他國家卻普遍把太陽神當作男神，可見以女性作為太陽神的例子非常少見，因此關於性別的議題總是爭論不休，主張男神的論點也相當強勢。

此外，也有人認為天照大御神原本是男性，後來由祭祀該神的巫女取而代之，最終才成為女神；更有人相信這是基於政治方面的考量才將祂定為女神，結果引發熱烈的爭議。不過，現在的主流說法仍然認定天照大御神是為女性。

無論男女，天照大御神都被人們尊為皇祖神（皇室的祖神），是供奉於伊勢神宮內宮、立於八百萬神之上的神祇。

而且，祂同時也是日本的總氏神、全日本人的守護神，供奉在全日本的神明社、皇大神社當中，其靈力足以庇祐萬事，因而深受人們的信仰。

與天照大御神關係密切的神祇

高御產巢日神

▶P.016

在創世之初現身的造化三神之一，在天孫降臨神話中與天照大御神一同領導眾神，擁有實質的指揮權力。

須佐之男命

▶P.080

天照大御神的弟弟、同時也是高天原的暴徒，祂大鬧高天原一事導致天照大御神隱身於天岩戶，因而被逐出高天原。

性格多變的荒暴之神

須佐之男命

祂是伊邪那岐神祓除黃泉汙穢時生下的三貴子中的么弟，因肆無忌憚地橫行作亂，終至被逐出高天原之外。

地位	農業之神／穀物之神／瘟神
保祐	五穀豐收／除厄／結緣
主要神社	冰川神社（埼玉縣大宮市） 八坂神社（京都府京都市） 津島神社（愛知縣津島市）

PARAMETER

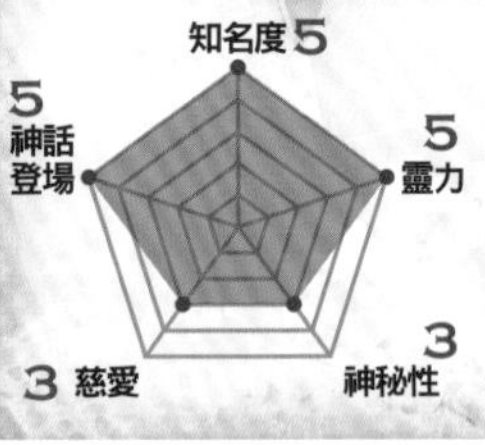

知名度	5
靈力	5
神秘性	3
慈愛	3
神話登場	5

靈力 5

荒暴之神的靈力無論好壞，都是屬於最高等級。

神話登場 5

擁有詳細的事蹟，登場次數非常多。

illustration：伊藤敏

曾在高天原四處大鬧的暴徒
改過向善成為出雲國的統治者

●性格多變又充滿謎團的神祇

須佐之男命是伊邪那岐神在祓除黃泉穢氣時，從祂鼻子出現的神祇。當祂清洗左眼時生出了天照大御神、清洗右眼時出現了月讀命，三者併稱為三貴子。

伊邪那岐神將海原賜給須佐之男命治理，但須佐之男命卻哭喊著要去黃泉之國見伊邪那美神，因而被逐出大海。

後來祂前往高天原，卻遭姊姊天照大御神懷疑是否動機不良，祂只好發誓證明自己並無不軌。然而，祂卻在高天原肆意橫行作亂，最終也被逐出高天原。

於是，須佐之男命降臨葦原中津國，替一對夫婦從八岐大蛇口中救出了女兒櫛名田比賣。祂和這名女子結婚後，來到出雲的須賀、吟起了和歌，從此便在這裡住了下來。

從須佐之男命經歷的這些故事可以看出，祂是一個擁有極端複雜性格的神祇。從為了尋找母親而耍起任性的小孩脾氣、在高天原放肆作亂的暴力個性，最終演變成向心碎的夫婦伸出援手、打倒怪物的英雄；而且祂還吟詠了日本的第一首和歌，展現出高深的文化素養，從這些事蹟來看，其性格的轉變相當劇烈。

因此，有人主張須佐之男命象徵了從幼稚蛻變至成熟的過程，也有人認為祂的性格是從各個神話故事中截取揉合而成，亦可能是在祂離開高天原時曾經祓除過穢氣，每一種說法都耐人尋味。

●受人景仰的除厄之神

須佐之男命擁有非常多的信徒，日本各地的八坂神社、津島神社、冰川神社都將祂奉為社內的主祭神。

八坂神社所代表的信仰，是安撫瘟神來預防疾病的祇園信仰，從中世開始便已普及至日本全國。

八坂神社原本將佛教的牛頭天王奉為瘟神，後來祂曾一度與須佐之男命調和，但兩者在明治時代的神佛分離政策中又再度隔開，於是現在神社內供奉的只有須佐之男命。

津島神社的信仰也可以追溯自祇園信仰，社內將須佐之男命尊為除厄之神。

冰川神社則是將當地的自然神、冰川神信仰和須佐之男命調和，因此祂在社內的主要象徵的是農業之神。

與須佐之男命關係密切的神祇

天照大御神

▶P.078

太陽神，相當於須佐之男命的姊姊，因害怕在高天原作亂的須佐之男命，遂隱身至天岩戶。

櫛名田比賣

▶P.120

與逐出高天原的須佐之男命相遇的稻田女神，原本是八岐大蛇的活祭品，後來被須佐之男命救出，從此結為夫妻。

以曆法為依據的農耕與狩獵之神

月讀命

祂是伊邪那岐神在祓除黃泉穢氣時生成的三貴子之一，雖然從父親手中獲賜夜之國，但在神話裡卻沒有特別的作為。

地位	農業之神 漁業之神
保祐	五穀豐收／漁業豐收／海上安全
主要神社	月山神社（山形縣鶴岡市） 伊勢神宮月讀宮（三重縣伊勢市） 月讀神社（京都府京都市）

PARAMETER

知名度 4
靈力 5
神秘性 5
慈愛 3
神話登場 2

靈力 5

和月亮息息關係，擁有強大的靈力。

神秘性 5

雖然廣為人知，但具體事蹟不明。

illustration：三好載克

從月的盈虧判斷曆法與潮汐的農業和漁業守護者

●統治夜之國的月神

月讀命是伊邪那岐神在祓除黃泉穢氣時，從祂的右眼中出現的神祇。當時祂的左眼生出了天照大御神、鼻子生出了須佐之男命，三者併稱為三貴子。

伊邪那岐神對三貴子的出生大為歡欣，分別賜給祂們不同的統治地，而月讀命獲得的即是「夜之食國」的統治權。食國雖然也有日本國的意思，不過這裡可以單純將它解讀為夜的國度。

月讀命顧名思義，就是月齡和曆程的計算。從月齡和月的運行軌道可以得知季節的變化，在農耕方面尤為重要；而月的盈虧也與潮汐的變化息息相關，所以也深受漁業的重視。由此可見，月讀命擁有曆之神、農耕之神與狩獵之神的性格。

此外，亦可將「月讀」拆解成意指月夜的「tsukuyo」與意指神靈的「mi」，所以也有人主張祂是「夜月之神」。月讀命的姊姊是太陽神天照大御神，將太陽神與月神成對誕生視為日月的起源，是世界各國神話中常見的故事典型。因此，月讀命也可說是單純的月之神。

●月讀命的惡行成為日夜的起源

《古事記》中詳細敘述了姊姊天照大御神、以及弟弟須佐之男命的事蹟，但月讀命除了誕生的過程以外，書中並未多作著墨。

不過在《日本書紀》裡，卻詳細記載了祂出生的由來和以下各個事蹟。

有一天，月讀命奉天照大御神之命前去拜訪保食神。保食神為了表示歡迎，便從口中吐出豐盛的食物來款待祂，但此舉看在月讀命眼中卻是相當「骯髒」的行為，憤而殺死了保食神。結果，保食神的遺體上生出了牛馬、桑蠶和五穀，於是月讀命把這些東西帶回了高天原。

月讀命的惡行令天照大御神怒不可遏，決定與月讀命分居，從此天地便形成了日與夜的分別。

前半段的故事稱作食物起源神話，同樣的過程在《古事記》中則是寫成須佐之男命和大宜都比賣神的遭遇。後半段的故事則稱作日月起源神話，兩者的發展皆是世界各國常見的神話故事典型。

與月讀命關係密切的神祇

天照大御神

▶P.078

太陽神，相當於月讀命的姊姊，和月神月讀命屬於相對的存在，兩柱神的對立也成為日夜的起源。

須佐之男命

▶P.080

月讀命的弟弟，根據文獻記載，祂也是「夜之食國」的統治者，因此常與月讀命等同視之。

從伊邪那岐神的禊中誕生的海神

綿津見三神

祂們是伊邪那岐神祓除黃泉之國的穢氣時現身的三柱海神，同時也是古代日本的豪族安曇氏的祖神，供奉於志賀海神社之中。

底津綿津見神
中津綿津見神
上津綿津見神

地位	海之神 航海之神
保祐	航海安全 守護漁業
主要神社	海神社（兵庫縣神戶市） 志賀海神社（福岡縣福岡市） 水上神社（島根縣大田市）

PARAMETER

知名度 4
靈力 5
神秘性 4
慈愛 4
神話登場 2

知名度 4
為全日本綿津見神社的主祭神。

神秘性 4
神話中只記載了名字與出生由來，其餘皆不明。

illustration：七片藍

以海上交通守護神之身 鎮座於玄界灘的樞紐「志賀島」

●眾多綿津見神

以海神之身聞名的綿津見神，其中有多柱神祇都曾出現在《古事記》裡，而祂們第一次登場，就是在伊邪那岐神夫妻的神誕生故事之中。

這兩柱神生下的孩子裡，有一柱大綿津見神，祂與同樣身為伊邪那岐神夫妻之子的山神大山津見神是成對的神祇。

神名的「綿」是海的古語，「見」代表神靈，「大」是偉大的意思，因此大綿津見其意思「偉大的海之神靈」；換言之，祂是統治大海的偉大神祇。

但，《古事記》裡只提及祂的出生，此後再也沒有寫到這名神祇，具體事蹟也未曾著墨；《日本書紀》裡亦不見其名。

不過，與綿津見大神非常相似的一名神祇，卻出現於山幸彥與海幸彥的故事中。祂在海之宮殿裡遇見火遠理命（山幸彥），幫了對方不少忙。但祂在故事裡的登場卻相當唐突，且字裡行間完全沒有關於祂的來歷。從名稱上的相似度來看，很容易把祂們歸為同一神祇，然而並沒有足夠的證據可以證實這個推論。

●與住吉三神同時出生

此後直到伊邪那岐神於河中祓除黃泉國的汙穢時，才又生出三柱綿津見神。

伊邪那岐神在河底淨身時，生成了底津綿津見神與底筒之男神；在中層生成了中津綿津見神與中筒之男神；在水面生成了上津綿津見神與上筒之男神。其中名字中帶有綿津見的三柱神祇，則統稱為綿津見三神；名字中帶有筒之男的三柱神祇，就統稱為住吉三神。

綿津見三神是從單一神祇中分化而成的三柱神，但原因無人得知。

在《古事記》當中，將綿津見神之子宇都志日金拆命記載為安曇氏的祖神，因此全日本的綿津見神社總本宮——志賀海神社內都供奉了綿津見三神，並且代代皆由安曇氏執掌祭祀工作。

雖然這三柱神並未留下特別的事蹟，職能也不明確，不過在兵庫縣神戶市的海神社內，將出生於水面的上津綿津見神奉為航海之神、出生於中層的中津綿津見神奉為漁業之神、出生於水底的底津綿津見神奉為海藻之神兼鹽之神，各自肩負著恰如其名的職責。

與綿津見三神關係密切的神祇

伊邪那岐神

▶P.026

祂在祓除黃泉之國的汙穢時誕下了綿津見三神，因此算是祂們的父神，同時也是另一個海神大綿津見神的父親。

住吉三神

▶P.086

伊邪那岐神在祓禊的過程中，與綿津見三神同時生下的三柱海神。祂們和綿津見三神屬近親，也是同一系列的神祇。

坐鎮住吉的航海守護神

住吉三神

祂們是創立將屆一千八百年的住吉大社主祭神，曾在神功皇后出兵新羅之際守護航海安全，因而成為廣受尊崇的神祇。

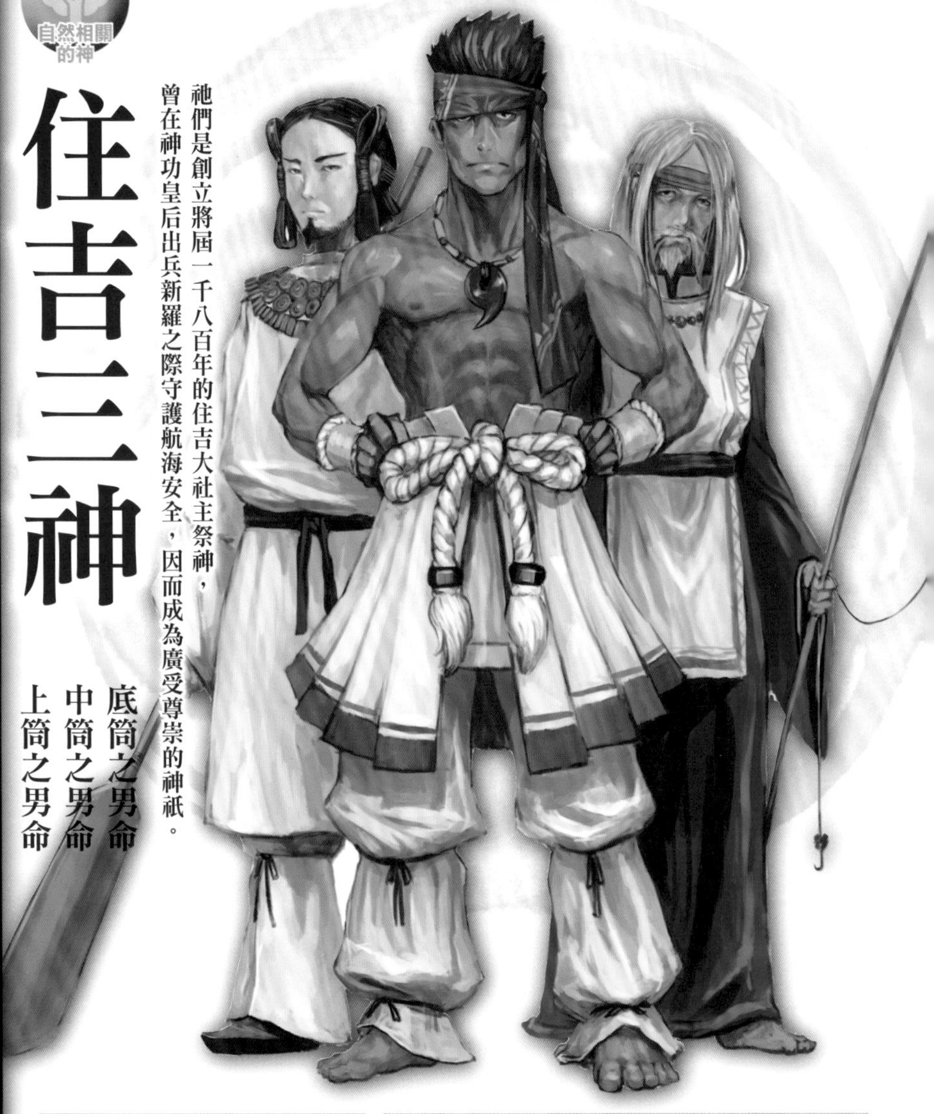

底筒之男命
中筒之男命
上筒之男命

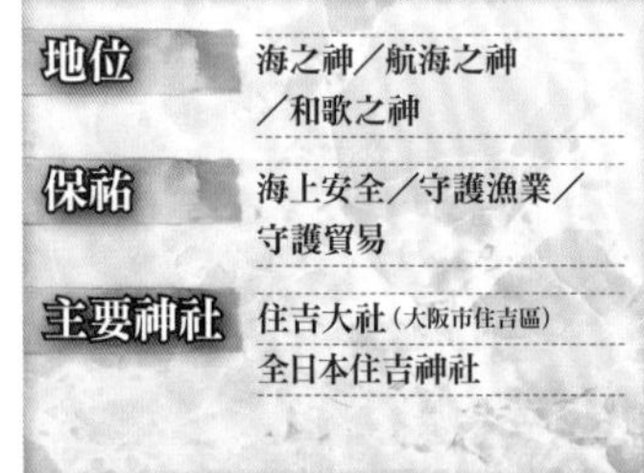

地位	海之神／航海之神／和歌之神
保祐	海上安全／守護漁業／守護貿易
主要神社	住吉大社（大阪市住吉區）全日本住吉神社

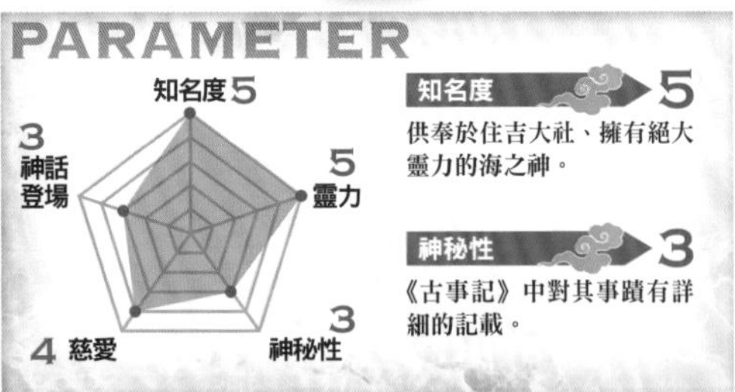

知名度 5

供奉於住吉大社、擁有絕大靈力的海之神。

神秘性 3

《古事記》中對其事蹟有詳細的記載。

illustration：米谷尚展

鎮座於住吉 守護航海、貿易的海之神

●誕生於伊邪那岐神的禊祓儀式

以「住吉神」聞名的住吉神社主祭神——住吉三神，自古以來就是人們篤信的海神與航海之神。

住吉三神是指上筒之男命、中筒之男命、底筒之男命，祂們都是伊邪那岐神在安波岐原清洗黃泉穢氣時出現的神祇。

上筒之男神出生於伊邪那岐神在水面淨身之際，中筒之男神生於水中淨身之際，底筒之男神則生於水底淨身之際。當時和祂們一起出現的綿津見三神也一同被奉為海神，自古即成為人們的信仰，因此兩者之間或許也有某些關聯。

例如住吉大社的境內攝社大海神社裡，供奉了曾擔任住吉大社宮司的津守氏氏神——大綿津見神，由此可見祂們之間關係匪淺。

關於神名的解讀，有人主張「筒」意指夜晚的明星（金星）或月亮，因此祂們是指引方向的航海之神；也有人認為「筒」代表了祭祀船靈的桅桿；「津」又可指稱港口，所以也不乏主張祂們是港口之神的說法，並沒有確切的定論。

不論是哪一種觀點，祂們無庸置疑是海與船相關的神祇，語源的解讀也證明了祂們是海神兼航海之神。

●海上交通的絕對守護神

《古事記》中詳細記載了住吉三神的事蹟。在神功皇后遠征新羅前，住吉三神曾以附身的方式為她帶來神諭：「西方有一金銀萬貫的繁華國度，當去征服。」在皇后出兵之際，祂們也一路守護著航道與船隊，協助軍隊征服新羅國。

凱旋歸來的神功皇后心懷感激，便按照神諭在攝津國（今大阪府）的住吉建立神社、供奉住吉三神，這就是住吉大社的由來。根據大社的歷史記載，二一一年，神功皇后曾經下令在田裳見宿禰舉行住吉大神鎮祭。

供奉於住吉大社的住吉三神，被大和王權尊為守護大陸外交、貿易船的神祇，同時也是遣唐史與遣隋史的守護神。祂們以驚人的力量守護航海安全、漁業振興，其信仰因此普及至全日本各地；另外，祂們也保祐商業繁榮、家運昌隆，至今已成為全日本超過兩千三百座住吉神社的祭祀神祇。

與住吉三神關係密切的神祇

伊邪那岐神

▶P.026

在祂祓除黃泉之國的汙穢時，出現了三柱筒之男神。因此住吉三神便被奉為祓穢的神祇。

綿津見三神

▶P.084

在伊邪那岐神在祓穢之際，與住吉三神同時出生的三柱神；性質和住吉三神相同，目前仍在推測其中的關聯。

八雷神

祂們是黃泉之國的伊邪那美神身上纏繞的八柱雷神，象徵了地底的汙穢，曾一路追殺著伊邪那岐神。

圍繞著伊邪那美神的八柱雷神

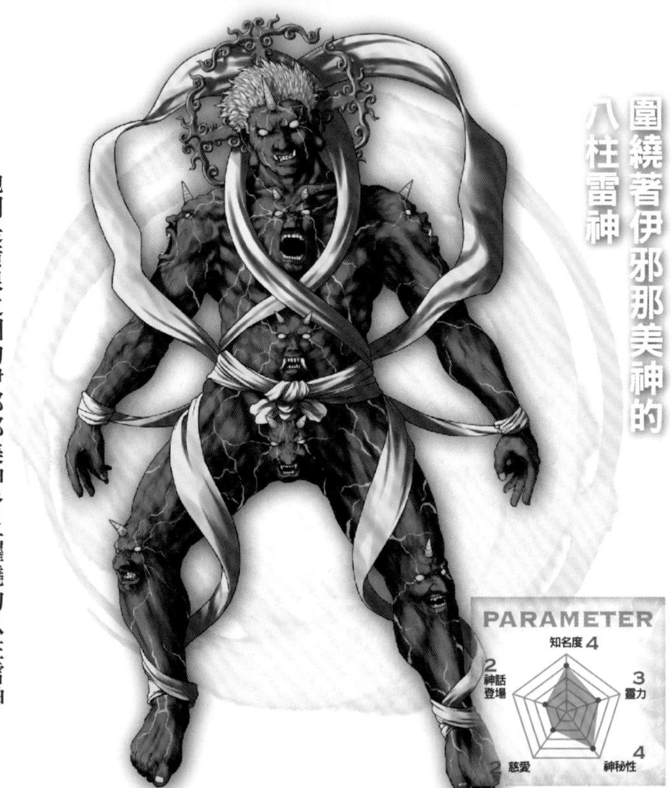

降災的轟雷神格化而成的八柱神祇

●象徵雷的八柱雷神

八雷神，是指伊邪那美神死後墮入黃泉之國時、身體各個部位所纏繞的八柱雷神，每一柱神都有各自的名稱與特徵。

纏在頭部的大雷神，象徵了雷本身。

纏在胸部的火雷神，顧名思義就是火雷的意思，因為雷的出現總是伴隨著火；纏在腹部的黑雷神，代表了打雷時黑暗的天空；從陰部出現的拆雷神，則表現出雷撕裂天空的情景。

纏在左手的若雷神，名中的「若」意指年輕氣盛，引伸為雷中蘊含的飽滿能量；纏在右手的土雷神，表現的是雷（乍看之下）被吸入地面的景象。

纏在左腳的鳴雷神，代表的即是雷聲；纏在右腳的伏雷神，表現出雷雲中閃爍的雷光。因此，八雷神就是將雷千變萬化的各種現象神格化，亦可說是各自象徵了死亡的穢氣，由此可見古人對於雷有多麼畏懼。

地位	保祐	主要神社
雷神	祈雨／除災	雷神社（神奈川縣橫須賀市）

illustration：七片藍

道俁神

祂是負責阻擋瘟神與惡靈入侵村落的守護神，與道祖神融合後，供奉於全日本各地的道路岔口與邊界。

保祐邊境居民的守護神

寄宿於岔路和邊境的村落守護神

●與道祖神互相調和

道俁神是逃出黃泉之國的伊邪那岐神在祓禊時，從祂脫下的褲子化成的神祇。「道俁」意指道路的岔口或交叉口，所以祂即代表了岔路之神。祂之所以從脫下的褲子裡出現，大抵是源於褲子從胯間分成兩道的結構。

雖然《古事記》中並沒有記載道俁神究竟是個什麼樣的神祇，不過大致可以將祂與民間信仰的岐之神、塞之神等同視之。岐之神是供奉在村莊或地區邊界、道路岔口的神祇，專門預防瘟神與惡靈等會為人類帶來災難的神靈入侵。

而同樣供奉在邊境和岔口的還有道祖神，祂原本是中國的神明，不過真正的由來不詳。道祖神是由道俁神、塞之神、佛教的地藏菩薩等各個信仰與宗教混合而成的神祇，雖然神格複雜，性質卻並無二致。

在天孫降臨之際，曾在天八達之衢等待接引的猿田彥神被人們奉為道之神、旅人之神，因此祂也可說是等同於道俁神，同樣與道祖神信仰互相調和。

地位	保祐	主要神社
道之神／邊境之神	驅逐惡靈／家庭安全	葛上白石神社（奈良縣吉野町）

illustration：日田慶治

八十禍津日神・大禍津日神

祂們出現於伊邪那岐神祓除的黃泉之國汙穢，為帶來災禍的惡神；不過後來卻成為替人除厄的神祇。

從黃泉穢氣中現身的災厄之神

PARAMETER

知名度	靈力	神秘性	慈愛	神話登場
4	4	3	3	2

從降下災難的惡神轉為除厄的善神

●深受信仰的除厄之神

伊邪那岐神為追尋伊邪那美神而到黃泉之國走了一遭，最後逃至安波岐原祓禊之際，生出了八十禍津日神與大禍津日神。神名當中的「禍」即是災厄，「日」是神靈的意思，因此禍津日神便是災厄之神。

從誕生的過程與名稱來看，可以推斷祂們是將死者世界的汙穢神格化而成的神祇。日本人自古便把穢氣視為突來的重病、意外身亡的事件或不祥的起因，所以從黃泉之國的穢氣中誕生的這兩柱神便被視為帶來災厄的惡神，換言之即是瘟神。

不過，人們也相信只要祭祀惡神與瘟神，便能消災解厄，因此這兩柱神也成為神社裡供奉的除厄之神。

在這兩柱神出現以後，隨即誕生了神直毘神與大直毘神。相對於象徵了災禍、不幸、穢氣、惡等凶兆的惡神禍津日神，這兩柱直毘神則是象徵了平安、幸福、除災、善等吉兆的善神，雙方之間擁有明確的對立關係。

地位	保祐	主要神社
災厄之神	除厄／疾病痊癒	太白山神社（石川縣津幡町）

illustration：七片藍

神直毘神・大直毘神

為除禍而誕生的禊祓之神

祂們是為了除去禍津日神帶來的災難，而從伊邪那岐神的穢氣中出現的祓厄之神，擁有與禍津日神完全相反的性格。

以對抗災厄之神的靈力逢凶化吉

●鮮少受人祭祀的神祇

神直毘神與大直毘神，是為了驅除伊邪那岐神祓除黃泉穢氣之際、所生出的八十禍津日神與大禍津日神帶來的災厄，而隨之出現的神祇。

神名中的「直」代表消解，「毘」意指神靈，全名直接指出祂們消災解厄的職能。而名稱開頭冠上的「神」是神聖，「大」是偉大，屬於讚美祂們的一種稱呼。

繼兩柱神之後，又立刻出現了伊豆能賣。雖然祂也是為了除禍而生，但《古事記》並沒有為祂加上「神」或「命」的稱謂；而且在祂前後出現的神祇全都是成雙成對，《日本書紀》甚至沒有提起祂，算是個充滿爭議的神祇。有人認為祂的神格是否源自舉行禊祓儀式的巫女，不過到目前並沒有明確的論點。

全日本只有警固神社（福岡縣福岡市）將神直毘神、大直毘神、八十禍津日神這三柱神祇一同供奉為警固大神，除此之外幾乎沒有神社祭祀這兩柱直毘神。而供奉伊豆能賣的，除了位於宮崎縣日南市鵜戶神宮境內的九柱神社以外，僅僅只有數座神社將祂視為信仰的對象。

地位	保祐	主要神社
禊祓之神	除厄／疾病痊癒／身心安泰	伊蘇乃佐只神社（鳥取縣八頭郡）

illustration：藤川純一

鳥居

～區隔神域與人間的大門～

■形狀各有千秋的鳥居

提起神社，總會令人想起鳥居。它不僅是地圖上的神社標記，鳥居＝神社的印象也深植人心。

鳥居不只代表了神社的入口，同時也象徵著神的世界（神社境內）與人類世界的界線。所以儘管有不少神社境並沒有修建社殿，但除了調神社（埼玉縣埼玉市）外，只有極少數的神社沒有建造鳥居。

鳥居也有許多不同的形式，大致上可以分為外型雄偉卻簡單的神明系鳥居，以及講究結構的島木系鳥居。雖然島木系鳥居的外觀華麗，會讓人誤以為門內的神社非常宏偉；不過實際上鳥居的設計大多是出於建造者的個人喜好，與神社本身的格局毫無關聯。

島木系鳥居的基本形狀

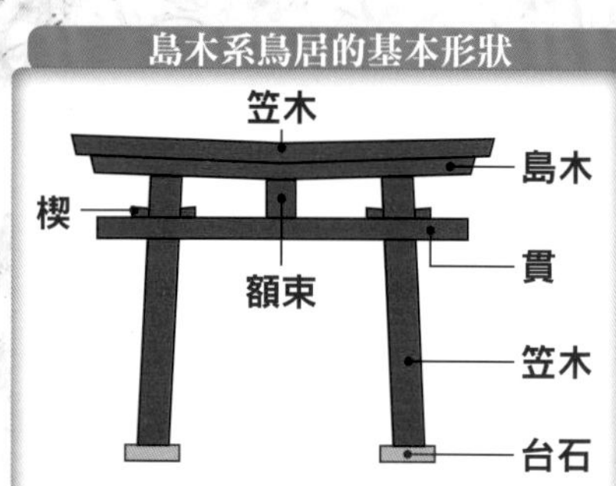

神明系鳥居的基本形狀

笠木
貫
柱

- **明神鳥居**：柱子向內側傾斜，島木與笠木翹起、使兩端呈傾斜狀態，為最常見的鳥居形式。
- **稻荷鳥居**：柱子與笠木的接合處裝設了圓形的「台輪」，為稻荷神社最常用的形式，又稱為台輪鳥居。
- **山王鳥居**：在明神鳥居的笠木上加一道合掌型的破風，又稱為破風鳥居、總合鳥居。使用這種鳥居的代表神社為日吉大社。
- **春日鳥居**：柱子向內側傾斜，島木與笠木翹起的弧度不高，兩端呈垂直狀態；若兩端為傾斜的形式，則稱為八幡鳥居。
- **住吉鳥居**：柱子為四角型，貫的部分不會凸出柱子之外，為住吉大社裡使用的古老樣式，又稱為角柱鳥居。
- **神明鳥居**：柱子與地面垂直，上方架設圓型笠木；貫的部分不會凸出柱子之外，構造非常簡單，外形也有圓型與四角型兩種。
- **伊勢鳥居**：伊勢神宮所使用的鳥居，基本型態與神明鳥居相同，但特色是笠木採五角型、兩端呈現傾斜。
- **鹿島鳥居**：柱子與地面垂直，柱與笠木為圓型，貫為四角型，特色是貫會凸出柱子之外。代表神社為鹿島神宮。
- **靖國鳥居**：基本型態與神明鳥居相同，不過貫一律採用長方型。名稱源自於靖國神社，又稱為招魂鳥居、二柱鳥居。
- **黑木鳥居**：外型與神明鳥居相同，但建材是直接使用帶有樹皮的圓木，造型簡樸，而且也是最原始的鳥居。

第四章

三貴子物語

三名尊貴的御子生於伊邪那美神的穢氣之中。
其中身為么弟的須佐之男命未能統率祂所獲得的海原，
甚至與治理高天原的長女天照大御神對立，
從此引發一連串事件，令神界不得安寧。

須佐之男命的誓約

證明自身清白的誓約儀式

未能治理國家的須佐之男命被逐出海原後，便前去探望天照大御神。然而在那裡等著祂的，卻是全副武裝的姊神。

獲賜統治地的三貴子

●全副武裝來迎接弟弟的天照大御神

對三貴子的出生大為歡喜的伊邪那岐神，將身上的首飾賜給天照大御神，命祂統治高天原，另外也分別讓月讀命統治「夜之食國」、須佐之男命統治「海原」。

天照大御神和月讀命皆奉命治理祂們獲得的國度，唯有須佐之男命不從，長鬚幾乎要觸及胸口一般垂頭頭號啕大哭，結果樹木因此枯朽、河海因此乾涸，令惡神開始四處為非作歹。

伊邪那岐神問其緣由，須佐之男命才緩緩道出：「我哭是因為想去母親所在的根之國。」沒想到伊邪那岐神聽了卻大為光火，罵道：「既然如此，那你就走吧！」從此將須佐之男命逐出海原，改由自己親自鎮座於淡海之多賀。

遭到流放的須佐之男命打算先將原委告知姊姊天照大御神，再自行前往根之國，遂往高天原而去。此時山河發出巨響、國土震盪，讓天照大御神以為須佐之男命打算來侵佔國家，便全副武裝向祂質問：「有何貴幹？」

須佐之男命辯解：「我沒有惡意，只是想來告訴妳，伊邪那岐神把我趕出了海原。」天照大御神又問道：「那麼，你有什麼證據可以證明呢？」須佐之男命回答：「我可以發誓，並生出新的神子。」於是，天照大御神和須佐之男命便舉行了誓約儀式。

三貴子的統治地

神名	古事記	日本書紀
天照大御神	高天原	天上、天地、高天原
月讀命	夜之食國	天地、海原、共同統治
須佐之男命	海原	根之國、天之下、海原

天照大御神和須佐之男命的誓約

●五男三女神的誕生

天照大御神和須佐之男命各據天安河兩岸，開始進行誓約儀式。

首先，天照大御神接下須佐之男命交出的十拳劍，將之折成三段、用真名井之水洗淨後再咬碎。從祂吹出的氣息中便出現了三柱女神，祂們的名字分別是多紀理毘賣命、市村島比賣命、多岐都比賣命，統稱為宗像三女神。

之後，須佐之男命接下天照大御神交出的勾玉，將它浸入真名井之水中涮淨後再咬碎。從祂吹出的氣息中即出現了天之忍穗耳命、天之菩卑能命、天津日子根命、活津日子根命、熊野久須毘命共五柱神祇。天照大御神宣布：「從我的勾玉中出現的五神就是我的孩子，而從劍中出現的三女神便是須佐之男命的孩子。」至此，誓約儀式宣告結束。

在誓約中誕生的眾神

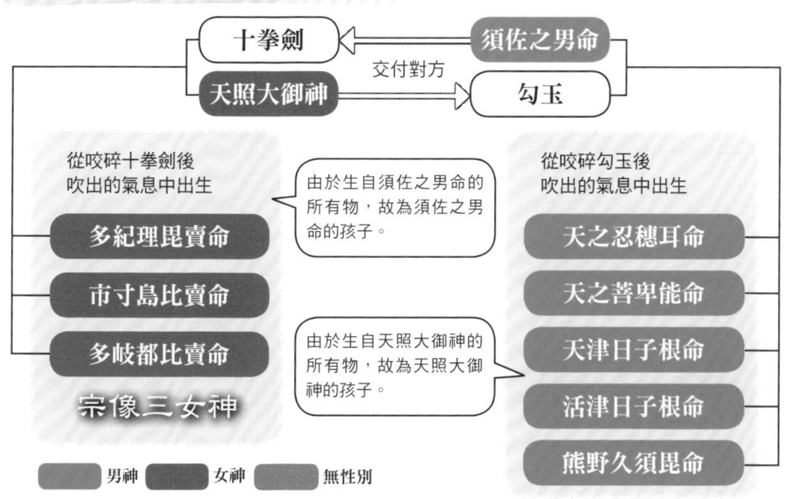

證明自身清白的須佐之男命

●獲准進入高天原

誓約的結果出現後，須佐之男命宣稱：「吾心清白無瑕，孩子皆為柔弱的女性，足以證明我所言不假。」便光明正大地進入高天原。祂開始在高天原裡橫行作亂，讓恐懼的天照大御神因此躲進了天之岩戶裡。

這段發誓的故事，除了在《日本書紀》中記載須佐之男命生下五柱男神、證明自己清白的橋段以外，另一書則是寫道祂們並沒有交換劍和玉，而且還出現了其他儀式的方法與結果。雖然無人得知為何會流傳這麼多種說法，不過這姑且也可說是神話的神秘之處吧。

宗像三女神

多岐都比賣命
市村島比賣命
多紀毘賣命

由天照大御神吹出的這三個女神不但是絕世美女，至今也是受到超過八千座神社供奉的知名神祇。

地位	海之神 財福、技藝之神
保祐	航海安全／交通安全／漁獲豐收／商業繁榮
主要神社	宗像大社（福岡縣宗像市） 江島神社（神奈川縣藤澤市） 嚴島神社（廣島縣廿日市市）

PARAMETER

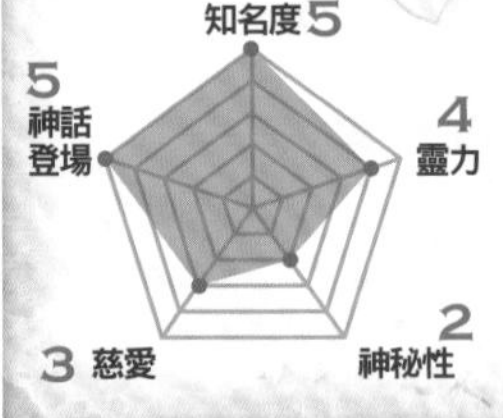

知名度 5

美麗的外表是祂們最大的特徵，也因此吸引眾人的注意。

神話登場 5

祂們出生的故事皆記載於《古事記》和《日本書紀》中。

illustration：虹之彩乃

安撫危險的大海
並守護玄界灘居民的女神

●從天照大御神吹出的氣息中誕生的女神

宗像三女神是多岐都比賣命、市村島比賣命、多紀毘賣命三位女神的統稱，祂們是守護海上安全的神祇，每一個都是赫赫有名的絕世美女，也因此聲名遠播。

祂們的出生與天照大御神和須佐之男命息息相關。這兩柱神在高天原進行誓約儀式時，須佐之男命將一把劍交給了天照大御神，天照大御神接下以後，便用牙齒把劍給咬碎，再一口氣將碎片吐出來。三女神即是伴隨著祂口中吐出的霧氣而生，可見其出生的方式有多麼神秘。

原本以北九州地方的宗像氏為中心的海女一族，自從他們發展出宗象信仰以後，便逐漸流傳至中國與朝鮮半島，因而聲名大噪。尤其是位於北九州地方的玄界灘，那裡的海面非常洶湧危險，使得人們在出海前習慣向宗像三女神祈求平安。因此，祂們便成了大海與航海安全之神，名聲傳遍了整個日本。

多岐都比賣命的別名為奧津島北賣命，這個名字源自於其鎮座之地——玄界灘上的沖之島沖津神宮，而「多岐都」也與天照大御神吹出的霧有因果關係。

多紀毘賣命坐鎮於大島的中津宮。主流說法認為，其名中的「多紀」（takitsu）可能是來自於形容玄界灘海流湍急的用詞「翻滾」（tagiru）。

●市寸島比賣命與弁天的深刻關係

市寸島比賣命是三女神當中容貌最出眾的一位，箇中理由雖然不明，但從本地垂跡思想（一種日本佛教思想）來看，祂與七福神中的弁天神是為同一神祇。弁天神也是一名水神，兩者的共通點是皆以美貌聞名，因此便有人認為祂可能是市寸島比賣命的化身。

市寸島比賣命的名字由來也大有學問。「市寸」是「嚴」的語源，所以凡是供奉祂的寺院皆稱作嚴島神社。而且市寸島同時指的也是祭祀神的聖地「齋島」，可見其名中的每一個字意義非凡。

與宗像三女神關係密切的神祇

天照大御神

▶P.078

象徵太陽，至今仍受到非常多信徒崇拜的神祇。從祂口中所吹出的霧氣即生成了宗像三女神。

須佐之男命

▶P.080

留下了許多誕生軼事的神祇，宗像三女神即是生於祂交給天照大御神的劍之中。

天照大御神直系的稻穗之神

天之忍穗耳命

祂是掌管收穫與收成的農業之神，其出生、名諱以及與兒子的之間的種種故事，涵義之深耐人尋味。

地位	農業之神 稻穗之神
保祐	商業繁榮／入學／就職／結婚／疾病痊癒
主要神社	新田神社（鹿兒島縣川內市） 阿賀神社（滋賀縣八日市市） 英彥山神宮（福岡縣田川郡）

知名度 5

為天照大御神和須佐之男命的孩子，血統非常純正。

慈愛 4

將統治大地的重責大任交付給剛出生的兒子，可見其愛子心切。

illustration：米谷尚展

眾所皆知的農業之神 所流傳的親情故事

●父神須佐之男命對其出生的喜悅之情

天之忍穗耳命從出生的那一刻開始，便充滿了令人饒富興味的經歷。祂是天照大御神和須佐之男命進行誓約儀式時所生的第一個孩子，為天照大御神直系子嗣當中的長男。須佐之男命將天照大御神從左耳取下的勾玉咬碎後，吐出的霧氣裡便生出了天之忍穗耳命。

祂的別名相當長，稱作正勝吾勝勝速日天之忍穗耳命，但這冗長的別名其實背後具有更深的意義。正勝吾勝勝速日的意思是「果真是我贏了。宛如日出一般取得了勝利」。因為在誓約儀式中，須佐之男命吹出了天之忍穗耳命等五個男孩，而這個名字就代表祂當時對天照大御神所展現的自豪態度。根據《日本書紀》記載，須佐之男命在這場誓約中生下男兒，足以證明自己心無邪念。附帶一提，當時一同生下的其他四個孩子，則分別是天之菩卑能命、天津日子根命、活津日子根命、熊野久須毘命。

從其名中的「穗」字可以看出，祂是農業、稻穗之神。「耳」是形容結滿果實的稻穗低垂的模樣，一般將之視為招財福耳的象徵。可見這是一個取自五穀豐收的祥瑞之名。

●將重任傳承給兒子的原因為何？

天之忍穗耳命的出生雖然精采，不過祂的兒子的經歷也不遑多讓。祂與高御巢日神的女兒栲幡千千姬命結婚後，生下了邇邇藝命；也就是那位在天孫降臨神話中，為統治中津國而降臨大地的邇邇藝命。

有一天，天之忍穗耳命接到天照大御神下賜統治大地的命令，但祂卻將這份任務交付給兒子邇邇藝命。關於此事的緣由眾說紛云，其中最有力的說法，主張原因就出在邇邇藝命當時是個初生的嬰兒。嬰兒的靈力一向特別強大，所以天之忍穗耳命才會認為兒子是最足以勝任統治大業的人選。

與天之忍穗耳命關係密切的神祇

天津日子根命

▶P.104

在天照大御神隱身岩戶時，曾以太玉串試圖引誘祂現身；和天之忍穗耳命為兄弟關係。

邇邇藝命

▶P.158

天之忍穗耳命的兒子，為掌握統治大權而動身前往葦原中津國之際，天兒屋命曾隨行作為五伴緒之一。

宇迦之御魂神

以「稻荷神」聞名的五穀豐收之神

即使未曾聽說宇迦之御魂神，民眾也必定耳熟能詳、鼎鼎大名的「稻荷神」，正是祂的別名。

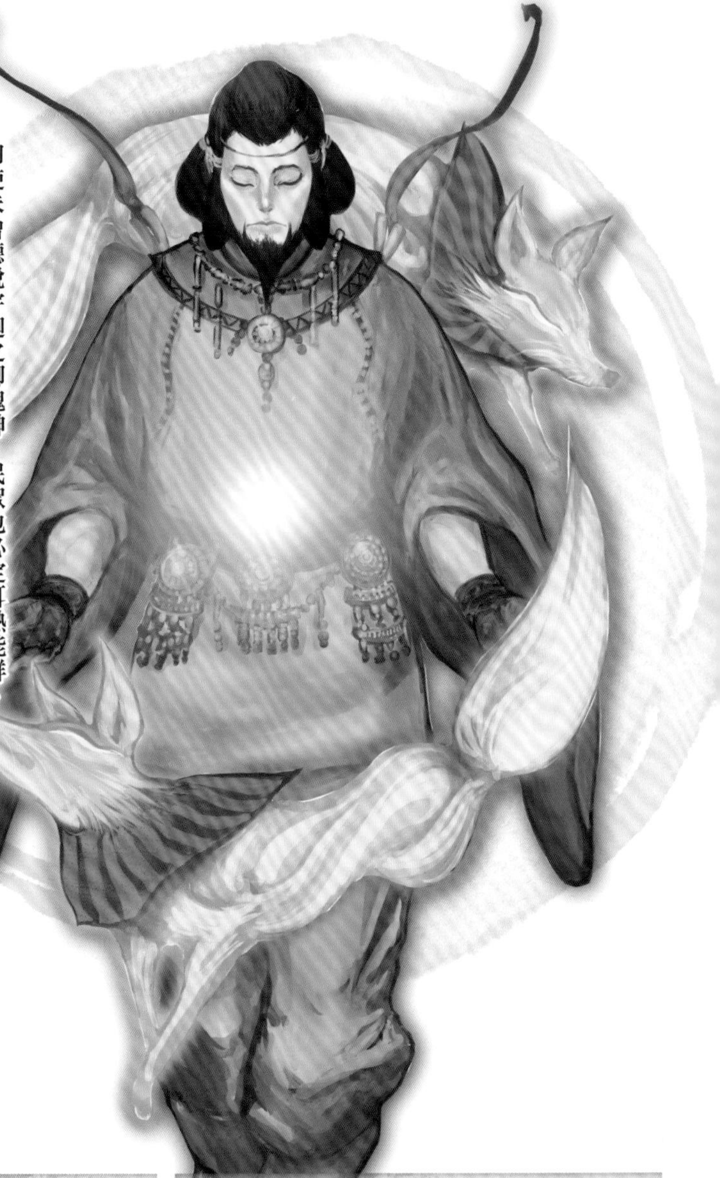

地位	穀靈之神 工商業之神
保祐	五穀豐收／產業興隆／商業繁榮／家庭安全／藝能進步
主要神社	伏見稻荷大社（京都市伏見區） 笠間稻荷神社（茨城縣笠間市） 祐德稻荷神社（佐賀縣鹿島市）

PARAMETER

知名度 5

受到全日本四萬座以上的神社供奉，眾所皆知的神祇。

神秘性 4

源自鳥兒佇足之處長出稻穗的傳說，其餘不詳。

illustration：池田正輝

名諱與秦氏淵源深遠
日本家喻戶曉的農業之神

●稱為「稻荷神」的原因

宇迦之御魂神是由須佐之男命與大市比賣神所生，別名即是廣為人知的「稻荷神」。祂以農業之神的身分掌管五穀收成，名中的「宇迦」意義等同於「食」，所以祂代表了穀物與食物。

祂雖然供奉在稻荷神社的總本社——京都市伏見區的伏見稻荷神社中，不過全日本各地祭祀稻荷神的神社實則多達四萬座以上，由此可見其知名度與人氣有多麼高。附帶一提，伏見稻荷神社與祐德稻荷神社（佐賀縣鹿島市）、笠間稻荷神社（茨城縣笠間市）統稱為日本三大稻荷。

為什麼「稻荷神」的名氣會如此響亮呢？答案就寫在《山城國風土記》裡。日本秦氏是秦始皇的後裔氏族，其祖先伊侶具為豪門出身，傳說他曾把年糕當作射擊用的標靶，當他射出箭時，作為箭靶的年糕卻突然化成一隻白鳥衝向天際；最後，那隻白鳥停在山頂上，而牠佇足的地方因此長出了稻穗。這段收錄在《風土記》裡的故事標題就叫作〈伊禰奈利生〉，於是伊侶具便於當地建立了神社，並將名稱從「伊禰奈利生」改為「伊奈利」（inari），這就是「稻荷（inari）神」的起源。之後，秦氏家族的勢力遍布日本各地，「稻荷神」也隨之聲名遠播，最終在全國設立了超過四萬座以上的神社。

●與狐狸的深刻關聯

提起「稻荷神」，就不得不提起祂與狐狸的關係。神社裡經常可以見到狐狸的雕像，那些狐狸本身即是「稻荷神」、也就是宇迦之御魂神的使者。

此外還有一說可以證明祂與狐狸的關係匪淺。宇迦之御魂神的別名為御食津神，「食津」與狐狸的古語發音相同，因此兩者之前必有關聯。姑且不論真偽，這種說法也確實相當具有說服力。

而且，狐狸從冬眠中甦醒、於春曉後下山的習性，也與五穀收成的週期性不謀而合。

與宇迦之御魂神關係密切的神祇

大年神

▶P.194

神道當中的神，為須佐之男命與神大市比賣所生，和宇迦之御魂神為兄弟，同樣是為穀靈之神。

保食神

▶P.224

只在《日本神話》當中登場的神。供奉稻荷神的神社中，大多祭祀的是保食神，而非宇迦之御魂神。

擁有兩種來歷的農業神

天之菩卑能命

祂是在誓約儀式中出生的五柱男神之一，曾奉母親天照大御神之命前去勸說大國主神，最後卻事與願違……

地位	稻穗之神 農業神
保祐	商業繁榮／升官發財／消災解厄
主要神社	天穗日命神社（鳥取縣鳥取市） 龜戶天神社（東京都江東區） 蘆屋神社（兵庫縣蘆屋市）

神話登場 5

受天照大御神之託，前去說服大國主神。

神秘性 5

關於祂是否成功統治了出雲國，至今仍議論不休、無從證實。

illustration：磯部泰久

與大國主神之間的協商
究竟是成功？抑或失敗？

●反被交涉對象所征服

天之菩卑能命是天照大御神和須佐之男命在誓約儀式中生成的神祇。祂生於天之忍穗耳命之後，代表的是天照大御神別在右邊髮際上的勾玉被咬碎、吹出以後的模樣。

其名中的「菩」帶有「穗」的意味，由此可以推測祂可能是掌管農業的神祇。

然而，天之菩卑能命卻還有另外一段截然不同的來歷。

《古事記》裡詳細記載了統治出雲國的大國主神將支配權交給天神的經過，即所謂的讓國神話，天之菩卑能命也是這段神話當中的角色之一。

祂奉天照大御神之命擔任協商者，前往大國主神的所在地要求讓國。儘管天之菩卑能命在降臨大地以前毫無異狀，但最後祂卻徹底拜倒在大國主神的褲腳下，宛如家臣一般隨侍在側。而且祂整整三年杳無音訊，未向天照大御神稟報期間事由，顯然已經回天乏術。從這段事蹟即可看出，天之菩卑能命完全無法勝任交涉的工作。

●統治是否成真？

然而，《古事記》對此事的描述卻恰恰相反，書中有一文寫出這段協商最後是以成功收場，而該文出自出雲國有力豪族出雲氏的誓詞〈出雲國造神賀詞〉。

賀詞裡提到，天之菩卑能命奉天照大御神之命前去統治出雲國，並且確實向天照大御神回報了成果。祂還派出了自己的兒子建比良鳥命與用劍名手經津主神，成功統治了該地。

其子建比良鳥命劍術高超，舉世聞名，加上傳說中祂也曾經憑著武術成功治理許多國家，因此這段經歷相當具有可信度。

不過，〈出雲國造神賀詞〉是由豪族出雲氏所寫，該族的勢力不僅足以在出雲國隻手遮天，而且他們還奉天之菩卑能命為祖先；把自家的祖神描寫成英雄，此舉著實令人難以否認出雲氏絲毫沒有誇耀祖先的意圖。

與天之菩卑能命關係密切的神祇

天之忍穗耳命

▶P.098

從天照大御神身上的勾玉出生、為五柱男神裡的長男。祂是司掌收穫與收成的農業之神，與天之菩卑能命是兄弟。

大國主神

▶P.126

象徵了大地的神祇，其別稱多不勝數，妻妾成群。因受到天之菩卑能命的崇拜，使祂整整三年斷了音訊。

天津日子根命

生於誓約儀式的高靈力神祇，祂的靈力可以透過聯結全日本各地的土地神而更加高強。

身為各地氏族祖神的風之神

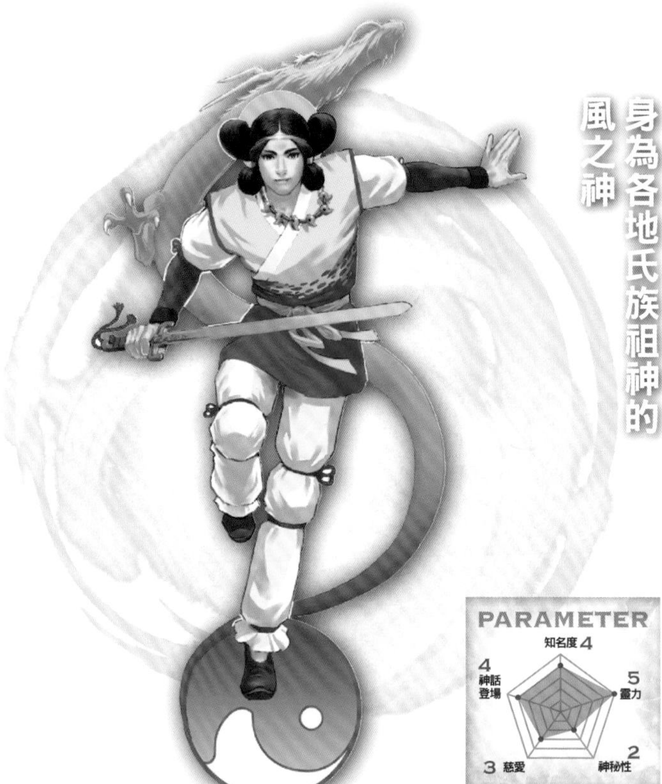

普及全日本的天皇家直屬氏族的信仰

●大顯神威的風之神

天津日子根命是天照大御神和須佐之男命進行誓約儀式時所生出的五柱男神之一，和天之忍穗耳命與天之菩卑能命為兄弟關係。祂生於天照大御神佩戴在髮際的勾玉咬碎後吹出的氣息之中，不但是祈雨之神，同時也是風神，以其靈威保護作物不受到暴風的侵襲，由此可見祂是掌管風雨的神祇。

此外，祂最大的特色是被奉為許多有力氏族的祖神。這些氏族之間都有一個共通點，就是他們全都發誓效忠天皇。他們分布於全日本各地，天津日子根命也因此與各地的土地神融合、成為當地信仰的神。而透過這樣的聯結，也讓祂的靈力更加強大，得以守護農業、漁業和產業開發等各個方面。

附帶一提，將天津日子根命尊為祖神的氏族有凡川內直、額田部連、茨城國造、山城直、山城國造、大和田中直、馬來田國造、三枝部造等等。

地位	日之神／風之神 等	保祐	農業／守護漁業 等	主要神社	多度大社（三重縣多度町）

illustration：藤川純一

熊野久須毘命

祂是生於誓約的五柱男神之一，與火的發源地熊野之間淵源深遠。

與火的起源關係匪淺的熊野之神

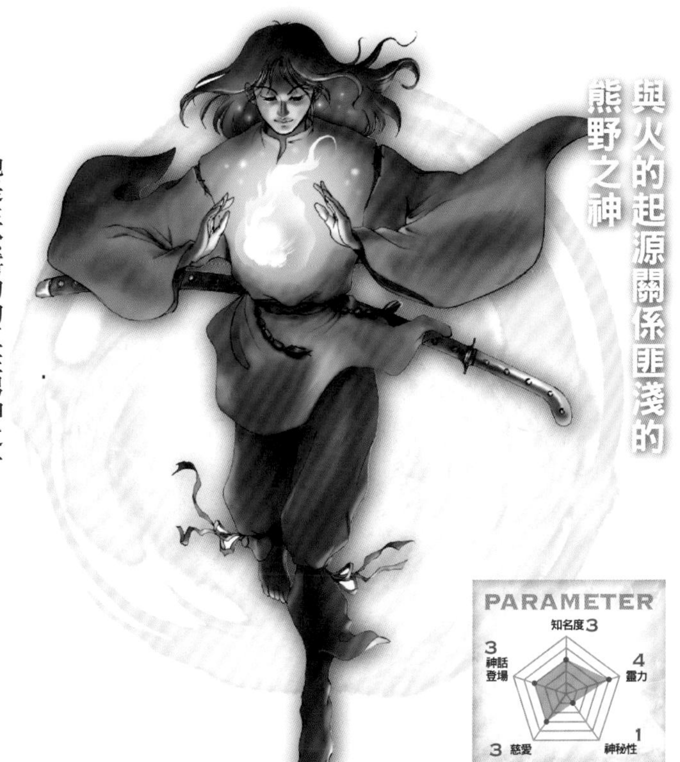

PARAMETER
知名度 3
靈力 4
神秘性 1
慈愛 3
神話登場 3

「熊野」和「久須毘」，與名稱息息相關的火之物語

●火的發祥地熊野之神

熊野久須毘命是天照大御神和須佐之男命進行誓約儀式時所生的神祇，因此祂和天之忍穗耳命、天之菩卑能命與天津日子根命是兄弟，為五柱男神之一。上述三柱神各自生於天照大御神身上的勾玉碎片中，但熊野久須毘命則是生自祂左手佩帶的飾物。

其名中的「久須毘」代表「秘靈」，由此可以推測祂擁有靈威，靈力也非常強大。

此外，尚有一說認為該名也意指「秘火」，這種主張與祂名中的「熊野」二字擁有相當大的關聯。「熊野」是指供奉熊野久須毘命的島根縣八束郡的熊野神社，別名為火出初神社。

這種名稱的典故是來自於某一天，人們將熊野神社裡的檜木砍下做成火切臼與火切杵，藉此獲得了一株純淨的火苗，於是人們才為「久須毘」一名賦予了「秘火」的意義。

地位	熊野之神	保祐	家庭安全／學業進步／五穀豐收等	主要神社	熊野神社（島根縣八束郡）

illustration：中山慶翔

岩戶之隱

隱沒於黑暗的高天原

天照大御神對須佐之男命大鬧高天原一事怒不可遏，遂藏身於天之岩戶中。結果讓世界從此墮入黑暗，令眾神苦惱不已……

橫行作亂的須佐之男命

●隱身的天照大御神

通過誓約儀式的須佐之男命一踏入高天原後，便開始恣意作亂。祂先是破壞了田畦、將所有土溝填平，接著又朝放在祭壇上供奉神祇的新穀潑糞。

但是，天照大御神竟在這個節骨眼上包庇須佐之男命，認為「祂這麼做一定是有什麼理由」，所以完全沒有責備祂的意思。

然而須佐之男命卻得寸進尺。天照大御神有一棟裁縫小屋，專門用來紡織獻給神的衣物，但須佐之男命竟在小屋屋頂上開了一個大洞，將剝了皮的馬從洞口丟進屋裡。天服織女因此飽受驚嚇，不慎讓梭（織布機的工具）刺入陰部而死。

天照大御神終於動了怒，隱身於天之岩戶裡。太陽神躲了起來，使得高天原和葦原中津國陷入無盡的黑暗，惡神借機橫行、在各地掀起大大小小的災禍。

為此大傷腦筋的八百萬神齊聚天安之河原，集思廣益，最後才由高御產巢日神之子思金神獻策，成功解決了這場事件。

這段「岩戶之隱」的故事，在神話當中尤其出名。全日本各地都留存了號稱為天之岩戶的地點，其中絕大部分都成了神社，而且又融合了神話的要素，如讀者有機會赴日，不妨親自前去一探究竟。

留存於日本各地的天之岩戶

- ■白鬚神社．岩戶社（滋賀縣高島市）
- ■舊伊勢神宮內宮．岩戶神社（京都府福知山市）
- ■伊勢神宮外宮．高倉山古墳（三重縣伊勢市）
- ■二見興玉神社．天之岩屋（三重縣伊勢市）
- ■惠利原之水穴（三重縣志摩市）
- ■茅部神社．岩倉山（岡山縣真庭市）
- ■天之岩戶神社（德島縣劍町）
- ■天岩戶神社（宮崎縣高千穗町）
- ■隈谷洞窟（沖繩縣平屋村）

思金神的策略

●被笑聲吸引的天照大御神

思金神想出辦法後，先讓一群常世長鳴鳥啼叫，接著找出負責鍛冶的天津麻羅，要求伊斯許理度打造八咫鏡、請玉祖命製作八尺瓊勾玉。之後，祂要天兒屋命與布刀玉命進行占卜，將八尺瓊勾玉掛於常綠樹上枝、八咫鏡掛於中枝，讓玉祖神手捧掛於下枝的青白布帛。

於是，天兒屋命開始吟起祝詞，天手力男神則藏在岩戶旁邊等待；天宇受賣命宛如神靈附體般跳起奇妙的舞，跳著跳著袒出了胸部，鬆脫的鈕釦讓衣物滑落、露出陰部，令八百萬神、哄堂大笑。

天照大御神禁不起笑聲引誘，好奇地從天岩戶探頭一窺，問：「天宇受賣命為何而跳、眾人又是為何發笑？」沒想到，祂的舉動正中了天手力男神的下懷。

岩戶之隱故事中登場的眾神

流放須佐之男命

●恢復光明的世界

面對天照大御神的疑問，天宇受賣命答曰：「有個比您更高貴的神露了面，我們才會如此歡欣。」於是天兒屋命和布刀玉命獻上了八咫鏡，天照大御神知道鏡中映出的自己就是那所謂高貴的神，為了看清鏡中的容貌，遂將岩戶的門打開；而躲在一旁的天手力男神便趁機捉住祂的手，把祂拖出了洞外，高天原與葦原中津國這才終於重現光明。

八百萬神為了懲罰須佐之男命，扣押祂身上大多數物品，剃了祂的鬍子、拔了祂手腳的指甲，將祂徹底逐出高天原。

三種神器

八咫鏡
在後續天孫降臨之際，賜予邇邇藝命。

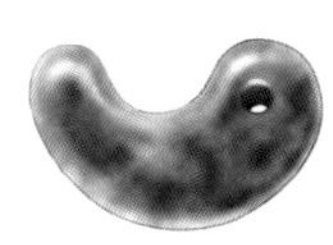

八尺瓊勾玉
與八咫鏡同樣賜給邇邇藝命、讓祂帶往大地。

草薙劍
唯一沒有出現在岩戶之隱神話中的神器。

illustration：中山慶翔

主掌岩戶之隱儀式的智慧之神

思金神

祂是日本神話中不可或缺的神祇，其卓越的智慧解決了眾多疑難雜症，而聲名遠播。

地位	智慧之神 學問之神
保祐	商科測驗合格／技術進步／升官開運
主要神社	秩父神社（埼玉縣秩父市） 思金神社（神奈川縣橫濱市榮區） 戶隱神社中社（長野縣長野市）

PARAMETER

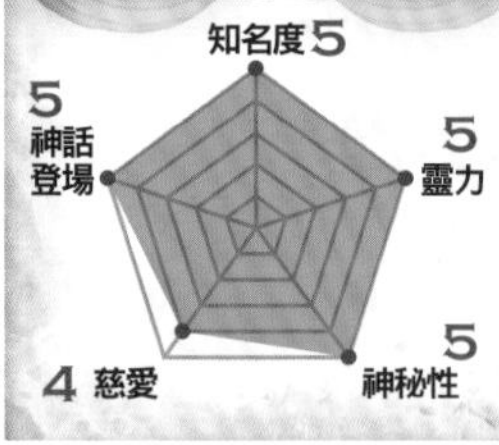

知名度 5
靈力 5
神秘性 5
慈愛 4
神話登場 5

神話登場 5

岩戶之隱與天孫降臨神話中的重要人物。

靈力 5

可從多方面觀察事物，擁有解決任何疑難雜症的過人智慧。

illustration：龍膽向日葵

岩戶之隱與天孫降臨中不可或缺的重要神祇

●解決岩戶之隱危機的大功臣

天照大御神對須佐之男命的暴行怒不敢言，遂藏身於天之岩戶，結果令世界失去了陽光、包圍在暗夜之中，這就是知名的岩戶之隱神話。眾神為了讓世界早一步重現光明，便集結商討解決之道，而在這場議論中掌握主導權的，即是智慧之神思金神。如果沒有祂，這場危機便無人能解，由此可見祂的存在有多麼重要。

思金神是高御產巢日神的孩子，名中的「思金」代表思慮周全、從多方面檢視與構思事物的意思，因此祂可以說是最適合解決岩戶之隱這種困境的神祇。

祂在這次事件中的表現也相當出色。首先，祂讓常世長鳴鳥齊鳴、一掃周邊的邪氣，並指示鍛冶之神天津麻羅開採鐵鑛；之後要求伊斯許理度賣命用這些鐵鑛石打磨成鏡子，令玉祖命製作後來的三神器之一八尺瓊勾玉，布刀玉命等神則使用動物的骨頭來進行太占（占卜）。

至此，召喚天照大御神的儀式即準備就緒，全程由思金神主導指揮。宛如擁有三頭六臂一般神乎其技的祂，最終也成功將天照大御神引出了天之岩戶、讓世界重返光明。

●天孫降臨的要角

思金神的活躍不只如此。在邇邇藝命為統治中津國而下降大地的天孫降臨神話裡，祂豐富的智慧也發揮得淋漓盡致。

天照大御神和高御產巢日神正在考慮「誰是平定中津國的最佳人選」時，首先派出的是天之菩卑能命。但是在這之後三年，天之菩卑能命卻失去音訊，於是祂們只好放棄、改派天若日子前去，結果也同樣無疾而終。最後，思金神推薦建御雷之男神赴任，這才終於完成平定大業。

之後，在邇邇藝命降臨中津國時，其祖母天照大御神也命令思金神一同隨行，由祂負責掌管祭祀儀式與神宮政務等多項要務。

與思金神關係密切的神祇

天照大御神

▶P.078

將太陽神格化以後的神，其孫邇邇藝命降臨中津國之際，曾派思金神與祂一同隨行。

玉祖命

▶P.117

在岩戶之隱神話中，奉思金神之命打造了三神器之一——八尺瓊勾玉。

以言靈來連結神與人的祝詞之神

天兒屋根命

祂在高天原裡侍奉天照大御神，專門擔任重要的祭司，同時也是取悅神祇的文章——祝詞的創作之父。

地位	言靈之神 祝詞之神
保祐	產業繁榮／家庭安全／子孫繁榮／交通安全／除厄開運
主要神社	牧岡神社（大阪府東大阪市） 春日大社（奈良市春日野町） 大原野神社（京都市西京區）

PARAMETER

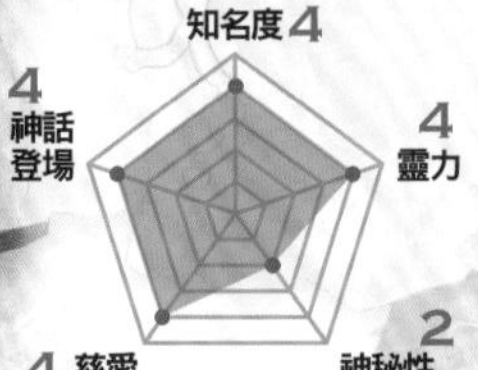

知名度 4
靈力 4
神秘性 2
慈愛 4
神話登場 4

知名度 4

原本被中臣氏奉為祖神，因而普及成為全國各地的信仰。

神話登場 4

曾寫下討好天照大御神的祝詞，在岩戶之隱神話中佔有一席之地。

illustration：月岡圭瑠

成為中臣氏的祖神 吸引更多信徒參拜

●現代祝詞的起源

一旦提起言靈之神天兒屋根命，就必須提起祝詞的起源。只要了解祝詞的由來，便能更進一步認識天兒屋根命的性格。

現代人在許多儀式中也會朗誦祝詞，例如在建築工地舉辦的地鎮祭中，神主所朗讀的文章即是祝詞的一種。這種儀式的目的是對寄宿於該地的神祇表達感謝之意，進而安撫神明、祈求工程平安。而儀式中朗讀的祝詞，即是源自於天兒屋根命。

天照大御神隱身於天之岩屋戶之際，眾神一齊使用了各式各樣的道具，舉行了將天照大御神引出岩戶的儀式，同樣參與儀式的天兒屋根命也曾經嘗試吟唱了一段祝詞。

祂在詞中盛讚天照大御神是多麼出眾、多麼美麗的存在，讚美之辭溢於言表，希望藉此討祂歡心。而天兒屋根命的祝詞也成功取悅了天照大御神，情況之所以開始好轉，全都是多虧了祂精心撰寫的祝詞。這種對神的讚美與感謝，也成了現代祝詞的起源。

此外，亦有人主張祝詞是「神所發出的命令」。基於這種解讀，也可以說祝詞帶有「人對神」或「神對人」、為神與人之間建立溝通橋樑的作用。

●以中臣氏祖神之身廣為人知

如前文所述，天兒屋根命巧妙地使用祝詞，才終於讓天照大御神心中的陰霾一掃而空、走出天之岩戶。除此之外，祂也在天孫降臨神話裡扮演重要的角色，不僅隨著邇邇藝命一同降臨大地，還負責司掌神事相關的儀式，從此聲名遠播。

而且，有力氏族中臣氏也將天兒屋根命奉為祖神。後來以藤原氏之名開始治國的中臣氏，藉由主宰宮廷內所有神事來拓展勢力；隨著勢力的擴張，身為祖神的天兒屋根命也因此名揚四海。附帶一提，中臣氏這個名字，意味著人與神之間的聯結，與天兒屋根命可謂關係深遠。

與天兒屋根命關係密切的神祇

布刀玉命

▶P.117

在岩戶之隱神話中，曾使用太玉串引誘天照大御神出洞，是為司掌神事的神祇，與天兒屋根命淵源深遠。

邇邇藝命

▶P.158

奉天照大御神之命前去統治中津國時，曾帶上天兒屋根命作為隨行的五伴緒之一。

裸身舞動的藝能女神

天宇受賣命

一邊袒露乳房和半裸的身體、一邊扭動狂舞的女神，宛如其妖豔的舞蹈一般，祂的生涯中永遠不乏荒唐放蕩之事。

地位	藝能之神
保祐	技藝進步／夫妻美滿／結緣
主要神社	藝能神社（京都府京都市） 椿大神社（三重縣鈴鹿市） 佐倍乃神社（宮城縣名取市）

PARAMETER

知名度 3
靈力 5
神秘性 5
慈愛 4
神話登場 4

靈力 5
以猶如靈異附身般亂舞的模樣，將看倌誘向狂亂的世界。

神秘性 5
袒胸半裸的姿態，性感的身段吸引了不少人注意。

illustration：磯部泰久

展現出妖嬈舞藝 日本最古老的舞孃

●令眾神歡聲雷動的裸之舞

天宇受賣命是個為了引出藏身在天之岩屋戶裡的天照大御神，願意跳起豔舞、引祂注意的女神。當時祂所跳的並非單純的舞蹈，而是一邊踏著小碎步、一邊袒出祂自豪的乳房，甚至舞到最後還露出陰部，令人嘆為觀止。這段現代所謂的「脫衣舞」，也讓周圍的眾神熱烈喝采、歡聲四起。

這場不小的騷動驚動了天照大御神，讓祂也不禁從岩洞暗處探頭窺伺。

由於這段舞蹈驚世駭俗，著實無法和神事中常見的舞蹈之間劃上等號。有一說認為，如此狂亂的舞姿，象徵的正是巫女被神附體的模樣，由此可見天宇受賣命所呈現的舞動有多麼驚人。

附帶一提，天宇受賣命也是日本第一個舞孃。但事實上，祂雖然擁有穠纖合度的身材，容貌卻絕非沉魚落雁，可說是「世上無完人」的典型代表。

●命中相遇猿田毘古神

除了岩戶之隱以外，天宇受賣命在天孫降臨神話中也有一段情色的故事。

根據《日本書紀》記載，天宇受賣命跟隨邇邇藝命從天降臨時，途中遇見了一個擁有奇怪長鼻、氣質異常的男子。

邇邇藝命頓時提高警覺，派出身旁的天宇受賣命前去刺探對方身分。於是祂奉命來到男子面前，袒露美麗的雙乳、擺出妖豔的姿態威嚇對方：「來者何人？」男子因這突來一幕而開始猶疑不定、語無倫次，最後才終於自報家門，表明自己是猿田毘古神，為了替邇邇藝命一行人帶路，才會在此等候。

這名猿田毘古神，後來成了天宇受賣命的丈夫。這場爆炸性的初次見面，也可以說是命運的相會，進而促成兩神結為連理。

根據民間傳說，祂們婚後便前往伊勢，從此過著和樂美滿的生活。

與天宇受賣命關係密切的神祇

高御產巢日神

▶P.016

在天孫降臨途中偶遇猿田毘古神之際，曾和邇邇藝命一同派天宇受賣命前去刺探對方身分。

猿田毘古神

▶P.160

在眾神中受歡迎的程度堪稱名列前矛，為天宇受賣命的丈夫，同時也被奉為性器之神。

兼具理想肉體與臂力的大力神

天手力男神

祂的名字即象徵了「臂力強大的男子」，以其自豪的臂力在眾多傳說中寫下令人印象深刻的事蹟。

地位	力之神 技藝之神
保祐	技藝精通／運動進步／五穀豐收
主要神社	戶隱神社（長野縣長野市） 湯島天神（東京都文京區） 伊勢神宮內宮（三重縣伊勢市）

PARAMETER

知名度 5
靈力 5
神秘性 2
慈愛 3
神話登場 5

知名度 5
象徵「力」的事蹟不勝枚舉，因而吸引了眾多信徒。

靈力 5
臂力不但強大，提升運動技能的靈威也相當驚人。

illustration：中山慶翔

以蠻力將天照大御神帶出天之岩屋戶 擁有驚異力量的神祇

●岩戶之隱當中的關鍵角色

天手力男神是擁有強韌的肉體、象徵力大無窮的神祇。祂在天照大御神的岩戶之隱故事中，扮演了非常重要的角色。

須佐之男命不斷作亂，令天照大御神再也無法包庇祂，於是藏身至天之岩屋戶裡。身為太陽神的祂隱身後，大地便籠罩在黑暗之中，邪神開始四處橫行，讓世界陷入一片混亂。

為了讓天照大御神現身，眾神開始集思廣益並付諸行動。祂們在岩屋戶外掀起騷動，讓天照大御神因好奇而探頭，於是天手力男神就在那一瞬間用怪力將祂拉回外面的世界。天手力男神完成了這場計劃最後的大任務，世界也因此重現光明、恢復原有的秩序。

根據戶隱神社的傳說，當時天手力男神擔心天照大御神再度隱身，為了讓祂無處可藏，便用蠻力直接將石門（岩戶）遠遠丟開。據說這扇門最後掉落在信濃國，成了現在的戶隱山。正如這段傳聞所言，建於戶隱山山腳下的戶隱神社當中，供奉的即是天手力男神。

●從全日本神樂中可見其人氣

天手力男神在岩戶之隱神話中的壯舉，讓祂在現代成為大受歡迎的神祇。全日本各地的祭典和神事中表演的神樂，也經常以天手力男神作為舞蹈主題。

在宮崎縣高千穗町的夜神樂中，有一段名為「戶取舞」的舞蹈，這段舞也是以天手力男神丟擲岩戶的故事改編而成。

與天手力男神關係密切的神祇

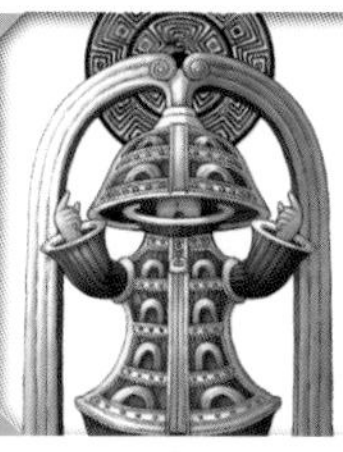

思金神

▶P.108

凡事皆能深入思考、多方面觀察的智慧之神。在岩戶之隱神話中與天手力男神聯手大顯神威。

天宇受賣命

▶P.112

曾以妖豔的舞姿引誘天照大御神現身的藝能女神，專門為天手力男神準備餐食。

伊斯許理度賣命

▶P.116

曾打造三神器之一八咫鏡的金屬器具之神，與天手力男神同為岩戶之隱的功臣之一。

布刀玉命

▶P.117

掌管占卜與神事的神祇。在岩戶之隱神話中負責進行一種叫作太占的占卜儀式，和天手力男神合作讓世界重返光明。

充滿謎團的鍛冶之神

自然相關的神

天津麻羅

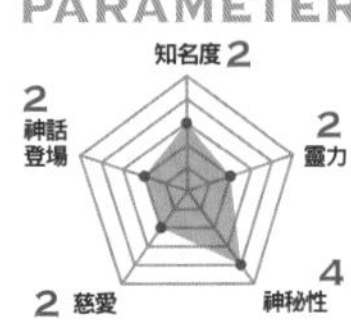

illustration：佐藤仁彥

●是神？是人？神秘的工藝專家

在天照大御神躲進天之岩屋戶裡、使世界失去光明之際，天津麻羅也參與了眾神的協商。雖然祂們齊聚商討「究竟該如何讓天照大御神現身」，但神話中並沒有具體描述天津麻羅做了什麼事，其任務內容一概不詳。不過，《古事記》中寫道祂「前去採掘天之金山的鐵」，伊斯許理度賣命才得以製造八咫鏡，因此人們普遍認為祂的任務就是負責製鐵。另外也有人主張「麻羅」一詞，在蒙古語中即是「鐵」的意思。

岩戶之隱背後的大功臣

工業相關的神

伊斯許理度賣命

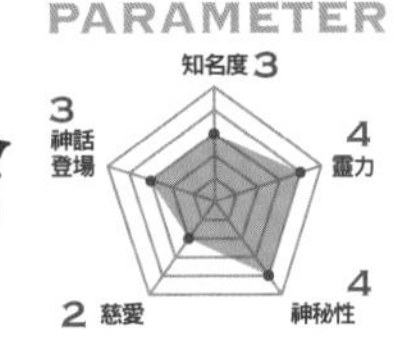

illustration：佐藤仁彥

●打造三神器之一的八咫鏡

天照大御神因須佐之男命的行為而震怒，遂躲入了天之岩屋戶裡，世界從此失去光明。伊斯許理度賣命，即是當時為蒼生解決困境的神祇之一。祂打造了八咫鏡，用來引誘天照大御神走出岩屋戶，可謂貢獻深遠。

這道八咫鏡，和玉祖命製造的八尺瓊勾玉同樣是知名的三種神器之一。八咫鏡本身也作為御神體、被奉為鏡子的元祖，故伊斯許理度賣命便因此擁有了打造鏡面與金屬容器的神格。

打造八尺瓊勾玉的玉造部祖神

玉祖命

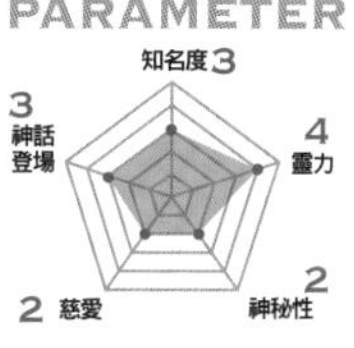

illustration：中山慶翔

●三神器之一的製造者

在岩戶之隱神話中，玉祖命打造了三種神器之一的八尺瓊勾玉。勾玉和鏡子都是有神靈依附的「附體之物」。八尺瓊勾玉中的八尺並不是代表玉的尺寸，只是形容它「巨如八尺、龐然大物」的意思。

玉祖命曾經隨著邇邇藝命一路從高天原降臨至日向，之後便定居在玉祖神社，開始治理中國地方。這項事蹟，也使得和玉祖命關係匪淺的出雲將當地一片特定的土地命名為玉造。

以神事與占卜深受信仰的神

布刀玉命

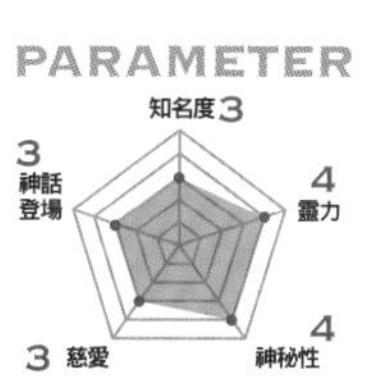

illustration：月岡圭瑠

●拯救岩戶之隱危機的功臣

布刀玉命是人們篤信的神事與占卜之神。當天照大御神隱身、使世界陷入黑暗的岩戶之隱神話中，為了讓天照大御神露面，布刀玉命曾經使用鹿骨進行一種名為太占的占卜，並從天香具山挖來了一棵常錄樹，將勾玉的細繩、八咫鏡、白色布帛與青色麻布帛裝飾好的太玉串（樹枝）作為神聖的祭品捧在手心。這個儀式最後成功讓天照大御神重回大地，而當時所使用的太玉串，便成了布刀玉命這個神名的由來。

八岐大蛇

須佐之男命擊退妖怪的傳說

被逐出高天原的須佐之男命，在地上遇見了一對老夫婦。他們以嫁出女兒為條件，請求須佐之男命打敗妖怪八岐大蛇。

拜訪大宜都比賣

●五穀的起源

被逐出高天原的須佐之男命，曾向大宜都比賣神索求食物。於是大宜都比賣神便從口鼻和臀部取出美味的食材，烹調成佳餚來招待須佐之男命。

然而，須佐之男命偷看祂料理的過程後，認定食物的來源不乾淨，便親手殺死了大宜都比賣神。結果，從大宜都比賣神的遺體頭部中生出了桑蠶、眼睛抽出了稻穗、耳朵竄出了小米、鼻子化成了紅豆、陰部長出了麥子、肛門吐出了大豆。神產巢日神便將這些作物取走作為五穀的種子，而這就是五穀的起源。

這種食物起源神話，在《日本書紀》當中也有類似的記述，只不過書中身為穀物起源的神祇是保食神與和久產巢日神。

食物起源神話

出處	起源之神	行兇之神	
古事記	大氣都比賣神	須佐之男命	從遺體中生出五穀
日本書紀	保食神	月讀命	從遺體中生出五穀、牛馬、蠶
日本書紀	稚產靈	——	頭上生出桑蠶、肚臍生出五穀

遇見老夫婦

●以迎娶女兒為條件擊退怪物

須佐之男命來到了出雲國肥河上游的鳥髮，發現河面上漂來了筷子，便沿著河岸往上游去，這才發現一對老夫婦擁著美麗的女兒正在啜泣。

這對老夫婦是大山津見神的孩子足名椎命與首名椎命，女兒名叫櫛名田比賣。雖然他們膝下有八個女兒，但每年都必須獻上一名女兒作為八岐大蛇的祭品，如今倖存的只剩下櫛名田比賣。於是，須佐之男命便和老夫婦約定，只要擊退八岐大蛇，就能迎娶他們的女兒為妻。

擊退八岐大蛇

●從尾巴出現的天叢雲

須佐之男命將櫛名田比賣變成梳子、插在髮際上藏起來，並要求足名椎命和首名椎命製作必須釀造八次才能釀成的八鹽折之酒，還修起籬笆、準備八扇門和看台，在看台上擺滿了盛好酒的酒器。

老夫婦按照指示做好萬全的準備。八岐大蛇現身後，八顆頭隨即從各扇門入侵，喝乾了所有的酒，直接醉臥在地。

須佐之男命見狀，立刻拔出十拳劍斬殺這頭妖怪。但在祂砍下蛇尾之際，劍刃卻裂出了缺口，祂納悶地割開尾巴，這才發現裡面藏有一把都牟刈之大刀。須佐之男命覺得這把大刀非常神奇，便獻給了天照大御神，而這把刀後來就成了三神器之一——草薙劍。

須賀宮的建造

須佐之男命打敗八岐大蛇後，將櫛名田比賣變回原形，開始在出雲國尋找能夠建造宮殿的地方。

當祂來到某一片土地時，頓時覺得神清氣爽，便決定在當地建宮鎮座，該地也從此命名為須賀。

須佐之男命建造須賀宮時，天邊冒出雲彩，於是祂即興吟起和歌，這就是日本第一首和歌。落成後，須佐之男命召來足名椎命，將祂賜名為稻田宮主須賀之八一年神，並任命為宮殿裡的長官。

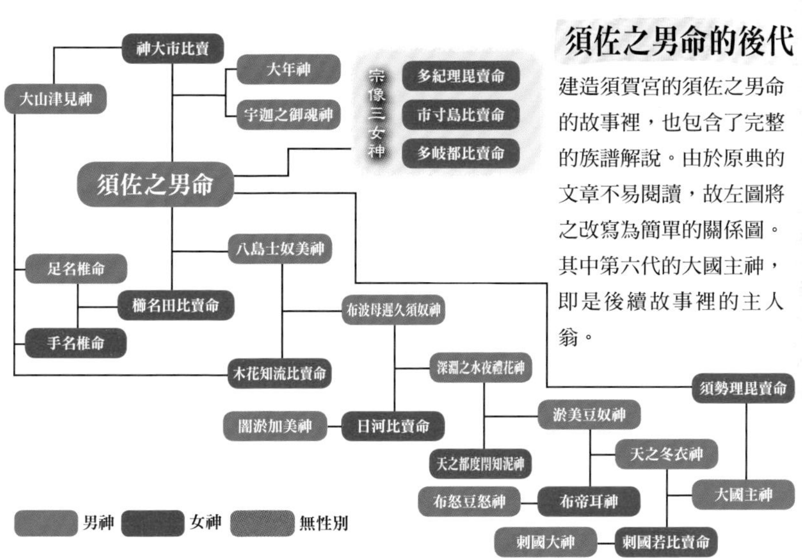

須佐之男命的後代

建造須賀宮的須佐之男命的故事裡，也包含了完整的族譜解說。由於原典的文章不易閱讀，故左圖將之改寫為簡單的關係圖。其中第六代的大國主神，即是後續故事裡的主人翁。

櫛名田比賣

在八岐大蛇神話中唯一保住性命的祂，與救命恩人須佐之男命結為連理。

逃過一劫的稻田女神

PARAMETER

知名度	3
靈力	4
神秘性	3
慈愛	3
神話登場	3

與救命恩人須佐之男命成婚

●化為梳子的身影

櫛名田比賣名中的「櫛」字帶有「奇妙（美妙）」的意思，「名田」代表「稻田」；換言之，「櫛名田」意即「優美的稻田」，由此可見祂是能夠用靈力讓稻田五穀豐收的神祇。

櫛名田比賣出現於擊退八岐大蛇的神話當中。足名椎命與手名椎命膝下共有八個女兒，櫛名田比賣是年紀最小的么女。每一年，祂們都必須獻出一個女兒作為八岐大蛇的祭品，直到祂們遇見從高天原降臨的須佐之男命、懇求祂幫忙拯救最後僅剩的女兒以後，櫛名田比賣才成為八姊妹中唯一得以活命的女孩。

當時，須佐之男命把櫛名田比賣變成一把梳子，佩戴在自己的髮際上。因此後人推測就是基於這段傳說，祂的名中才會帶有「櫛」字（意即梳子）。

因須佐之男命打退八岐大蛇才保住一命的櫛名田比賣，後來便與須佐之男命結婚。根據《日本書紀》記載，祂們日後所生下的孩子即是大國主神。

地位	保祐	主要神社
稻田之神	五穀豐收／結緣 等	永川神社（埼玉縣大宮市）

illustration：雙羽純

足名椎命・手名椎命

臣服須佐之男命的稻之神

祂們受到須佐之男命幫助、脫離八岐大蛇的威脅後，獻上么女櫛名田比賣作為謝禮。

女兒陸續命喪蛇口的不幸老夫婦

●委託須佐之男命拯救么女

足名椎命與手名椎命，都是在八岐大蛇神話中出現的稻之神。

祂們一共養育了八名女兒，但每年必須獻上一個女兒作為八岐大蛇的祭品。直到最後，祂們不得不交出僅剩的么女櫛名田比賣時，卻意外遇見了須佐之男命。須佐之男命得知了來龍去脈，便以迎娶美麗的櫛名田比賣為條件，自願替祂們打敗八岐大蛇。面對如此唐突的要求，起初足名椎命還面有難色，不過當祂得知須佐之男命是天照大御神的弟弟以後，二話不說隨即答應了這個提議。由此可見，天照大御神的威力多麼令人難以抗拒。

於是，足名椎命和手名椎命也在須佐之男命的幫助下，成功從八岐大蛇口中救出了櫛名田比賣。

須佐之男命與櫛名田比賣成婚後，立即著手建造須賀宮，開始過起夫妻生活。此外，祂還召了足名椎命入宮，將其任命為宮中的首長。足名椎命爽快地接下了這道命令，從此便隨侍於須佐之男命身邊。

地位	保祐	主要神社
稻之神	國運昌隆／五穀豐收／商業繁榮	須佐神社（島根縣出雲市）

illustration：伊吹飛鳥

神話專欄4

眾神的道具

～神明使用的武器和道具～

■鮮少出現超自然工具

在希臘與北歐神話當中，經常可以見到宛如《哆啦A夢》裡神奇道具般的武器和工具。然而在《古事記》裡，卻極少出現這種道具。日本神祇所用的武器大抵都是十拳劍（長劍），幾乎都只有名稱上的差異、外型並無二致的普通刀劍。

唯一稱得上特殊的劍，或許只有布都御魂劍了，當神倭伊波禮毘古命一拿起這把劍，瞬間就讓橫行熊野的邪神全數倒下。

即使論及道具以外的用途，例如交通，眾神也大多是以徒步或船來行動，從未出現過飛行工具。三神器的草薙劍、八咫鏡、八尺瓊勾玉，本身也都沒有特殊能力。

造成這種情況的主因在於《古事記》是記述歷史的「史書」，或許是在編纂當時就已刻意省略所有超越現實的工具。

草薙劍

取自八岐大蛇尾巴中的不可思議的劍，後來用於倭建命東征之際。

八咫鏡

製作於岩戶之隱時天照大御神將這面鏡子賜予邇邇藝命，命祂將鏡子視為自己的化身並供奉之。

八尺瓊勾玉

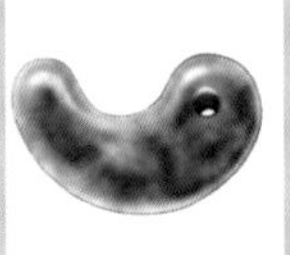

在岩戶之隱時製造的巨大勾玉，後來賜給邇邇藝命帶往大地。又可稱作璽。

名稱	類型	解說
天沼矛	矛	天津神命令伊邪那岐神、伊邪那美神將漂浮不定的大地塑型，並賜予祂們這把帶有玉飾的矛。順著矛邊滑落至海中的鹽巴足以形成島嶼，可見其體積非常巨大。
天之尾羽張	劍	伊邪那岐神斬殺火之迦具土神時使用的劍，長度為十個拳頭、寬度也相當廣大。這把劍同時亦可視為天之尾羽張神的化身。
大量	劍	阿遲志貴高日子根神參加友人天若日子的葬禮，因被誤認成死者而勃然大怒，憤而將靈堂砍倒，當時所用的即是這把十拳劍。
布都御魂	劍	在熊野遇難的神倭伊波禮琵古命，從建御雷之男神手中獲賜的劍。這把劍也曾被建御雷之男神用來平定葦原中津國。
天之麻古弓・天之波波矢	弓箭	名稱的含義為射鹿用的弓、飾羽的箭。天若日子奉命降臨葦原中津國時即獲賜這把弓箭，別名為天之波士弓與天之加久箭。
湯津津間櫛	裝飾品	伊邪那岐神插在髮際上的梳子。祂曾在黃泉之國折下一根梳齒、用來點火照明，後來遭到宇母都志許賣追殺之際，祂將燃燒的梳齒棄置在地的那一瞬間，梳齒隨即化成了竹筍。
御倉板舉之神	裝飾品	伊邪那岐神命令天照大御神統治高天原時，一併贈送給祂的首飾。該名稱意即倉櫥之神，其用途說法不一、尚無定論。
桃	食物	伊邪那岐神逃出黃泉之國時，用來打退八雷神的桃子。古日本人普遍相信堅硬的桃子可以驅散邪惡之物。
八鹽折之酒	食物	須佐之男命要求足名椎命、手名椎命釀造的烈酒，目的是為了讓八岐大蛇喝酒醉倒以後，再拔劍將其斬殺。
尻久米繩	道具	將天照大御神引出天之岩戶以後，布刀玉命為了防止祂再度隱身而設下的注連繩，為一種劃定結界的道具。
鹽盈珠・鹽乾珠	道具	綿津見大神送給火遠理命的奇妙珍珠，能夠用來操縱潮汐變化；用鹽盈珠可使海水漲潮，鹽乾珠則可使海水退潮。

illustration：中山慶翔

第五章

大國主物語

大國主神是建立了出雲國的須佐之男命後代，祂深受兄長八十神的迫害，遂逃向根之國，與須佐之男命的女兒結婚，以須佐之男命的太刀和弓箭擊敗八十神，平定葦原中津國。

大國主與八十神

克服迫害、成為出雲的主宰者

身為須佐之男命後代的大國主神，雖然從小就遭受壞心的兄長八十神百般欺凌，然而當祂造訪根之國以後，命運便從此改變。

因幡的白兔

●心懷惡意的八十神

大國主神之上有名為八十神的眾多兄長。祂們都想迎娶因幡的八上比賣為妻，於是便把大穴牟遲神（大國主神的幼名）當作跟班，讓祂背著行李陪同前往因幡。

當祂們到達氣多岬時，看見地上趴著一隻全身赤裸無皮的兔子，八十神建議牠：「你先到海裡洗個澡，再到高山上吹風養傷就好。」兔子照著祂們的話做，但皮膚卻在海水風乾後出現了嚴重龜裂。

白兔痛苦地伏在地上，姍姍來遲的大穴牟遲神見狀，便問牠發生何事。兔子回答：「我原本想從淤岐島渡海過來，但想不到其他辦法，只好欺騙海鱷說『我們來比誰的夥伴多，你們從這裡開始排成一列、一直排到氣多岬，這樣我只要一邊踏過你們的身體一邊往前數，就能分出勝負了』。但是我卻得意忘形，在靠岸前就說溜了嘴，笑說『你們都上了我的當！』結果最後一隻海鱷氣得剝了我的皮。剛剛八十神恰巧路過此地，讓我按祂們的話去做，反而又落得如此下場。」

因此，大穴牟遲神告訴兔子：「你馬上到河口用淡水淨身，之後為皮膚撲上蒲黃（香蒲的花粉），枕著花粉睡一覺後，應該就能痊癒了。」兔子照著祂的話做了以後果真康復了，便向大穴牟遲神說：「八十神肯定無法娶到八上比賣，能娶祂為妻的就只有你了。」而這隻稻羽素菟，也就是現代所稱的白兔明神。

大國主神的別名

出處	別名	意義・備註
古事記	大穴牟遲神	偉大尊貴的神。年輕時所用的名字。
古事記	葦原色許男神	葦原國的強大男神。
古事記	八千矛神	矛象徵了武力。強大的武神。
古事記	宇都志國玉神	守護國玉的神。地上的守護神。
日本書紀	大物主命	偉大的萬物之主。
日本書紀	大國魂大神	國魂守護神。偉大的守護神。

遇害的大國主神

●逃向黃泉之國

不出白兔明神所料，八上比賣拒絕八十神的求婚，嫁給了大穴牟遲神。憤怒的八十神為了殺掉大穴牟遲神，將祂帶往伯伎國的手間山山麓，說：「這座山裡有一頭紅豬，等我們把牠趕下山後，你就把牠抓起來。」接著八十神燒紅一塊外型狀似野豬的滾燙大石並將它推下山，活活將大穴牟遲神燒死。

大穴牟遲神的母親刺國若比賣悲慟欲絕，前往高天原的神產巢日神門下請求相救。神產巢日神便派出蚶貝比賣、蛤貝比賣讓大穴牟遲神復活，在祂們的治療下，大穴牟遲神才終於起死回生。

八十神見狀，又再度將大穴牟遲神帶至山下，把祂塞入大樹的裂縫中將祂夾死。刺國若比賣哭喊著尋找兒子，直到發現祂被夾在樹中，立刻將祂復活以後，便把祂送到木國的大屋毘古神門下避難。

結果，八十神追到了木國來，用弓箭威脅大屋毘古神交出大穴牟遲神，但大屋毘古神卻讓大穴牟遲神逃進樹洞裡，告誡祂：「你快到須佐之男命所在的根之堅洲國去！」

神祇關係圖

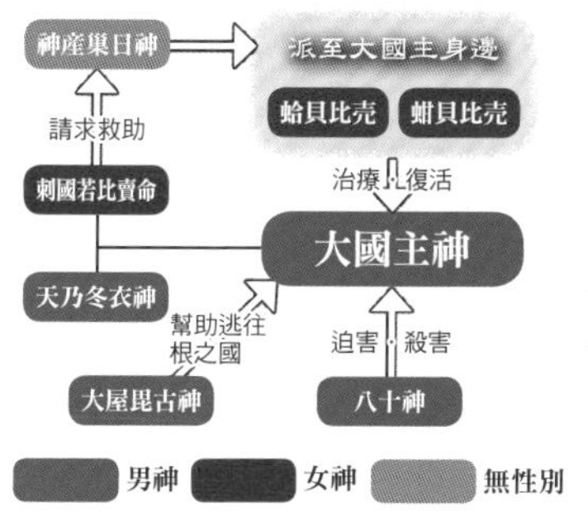

遇見須勢理毘賣

●通過試練結為連理的兩神

大穴牟遲神來到須佐之男命的家，隨即對祂的女兒須勢理毘賣一見鍾情，當場決定要與對方結婚。但祂必須通過須佐之男命的四個考驗，所幸在須勢理毘賣的幫助下，終於成功克服所有試練。

大穴牟遲神趁須佐之男命熟睡時，把祂的頭髮綁在柱子上，而後帶著大刀、弓箭與天詔琴，和須勢理毘賣命一同私奔，但途中天詔琴不慎發出聲響，吵醒了須佐之男命。不過祂們最後仍在須佐之男命解開髮結前順利逃至遠方。

須佐之男命一路追到黃泉比良坂，但當祂見到大穴牟遲神時，卻只是喊道：「你就用那大刀與弓箭趕走八十神、自立為大國主神吧！照顧須勢理毘賣，建起宮殿好好生活！」語畢，須佐之男命旋即轉身返去。此後大國主神便如祂所言，正式展開建國之路。

須佐之男命設下的四個試煉

1. 在臥房內與百蛇共處
2. 睡在充滿室蜈蚣與蜜蜂的屋裡
3. 在原野上被火包圍
4. 抓走頭上的蜈蚣

擁有各種靈威與精采故事的知名神祇

大國主神

祂是掌握出雲統治權的建國之神，在神話中相當活躍，祂歷經重重困難而成長茁壯的身影，也深深擄獲眾人的心。

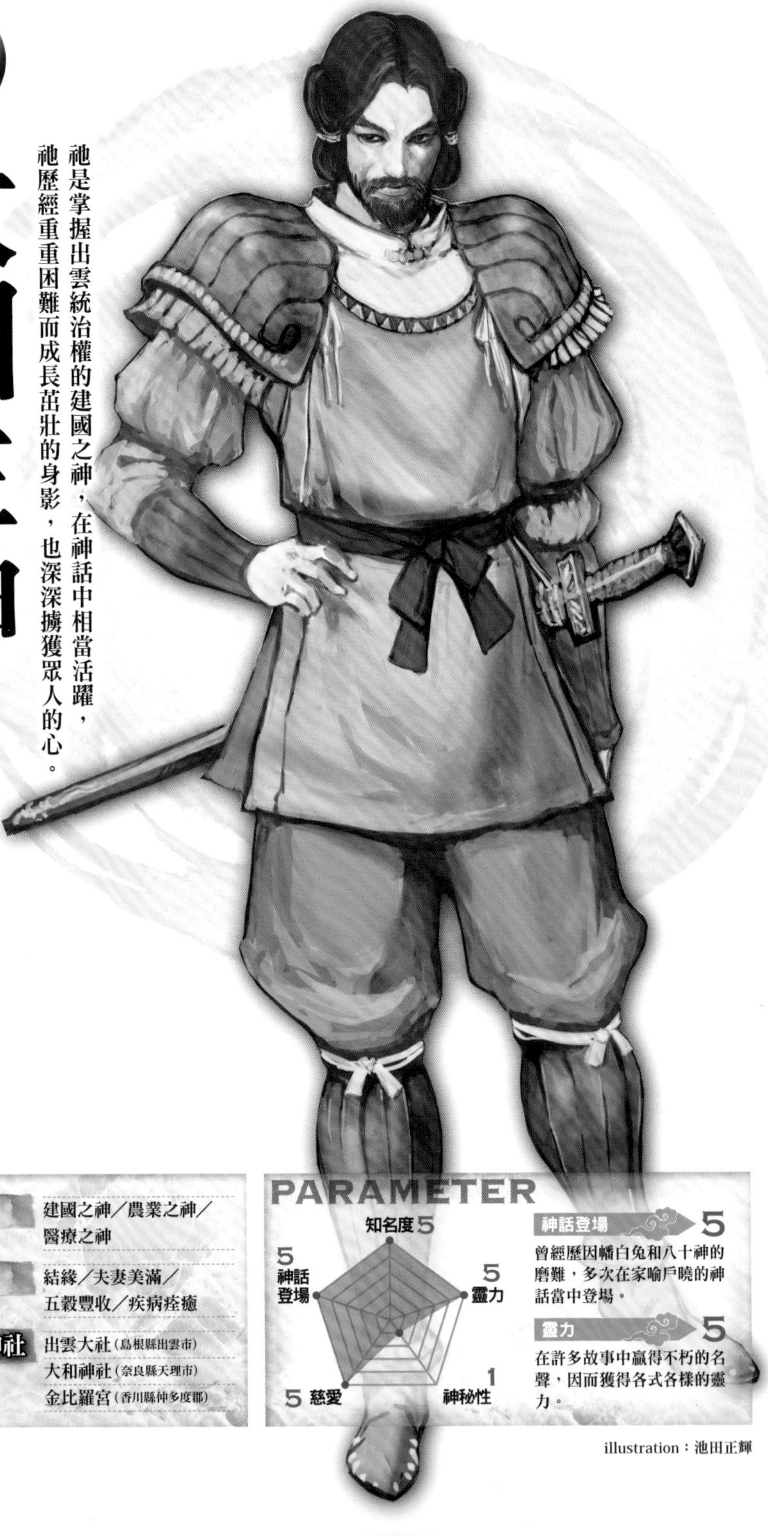

地位	建國之神／農業之神／醫療之神
保祐	結緣／夫妻美滿／五穀豐收／疾病痊癒
主要神社	出雲大社（島根縣出雲市） 大和神社（奈良縣天理市） 金比羅宮（香川縣仲多度郡）

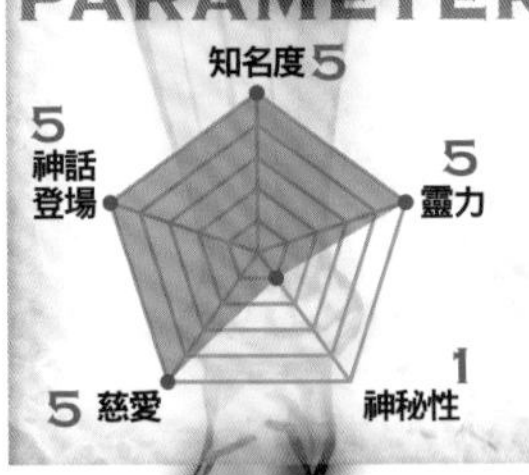

神話登場 5

曾經歷因幡白兔和八十神的磨難，多次在家喻戶曉的神話當中登場。

靈力 5

在許多故事中贏得不朽的名聲，因而獲得各式各樣的靈力。

illustration：池田正輝

——克服眾多試練 最終獲得高強的靈威

●無人不知、無人不曉

大國主神是現代依舊赫赫有名的超人氣神祇，祂活躍於許多神話之中，以其多采多姿的成長歷程深受眾人的支持。祂在《古事記》與《日本書記》裡，也以許多種名字登場，每一個名字都代表了不同的靈力，可見祂能夠發揮的靈威極為強大。

在祂眾多靈威中最具代表性的，即是治癒疾病的力量。在因幡白兔神話中，祂就曾經為負傷倒地的白兔提供正確的治療方法——「用淡水清洗傷口，睡在香蒲花粉上」。《日本書記》裡也提到祂在醫療方面的事蹟，祂和少名毘古那神一同行遍日本、推行醫療普及。現在日本各地許多供奉大國主神的神社，之所以擁有保祐疾病康復的靈力，大多都是源自於這些神話典故。

此外，祂在根之國接受須佐之男命給予的試練，成功克服萬難的神話也耐人尋味。當時，須佐之男命看穿了這個為逃離八十神迫害而來到這裡的大國主神正是自己的後代，便給了祂許多考驗。例如關入蛇屋的蛇之厄災、蜈蚣與蜂之厄災、火攻等等，大國主神一一跨越了這些困境，最後蛻變成一名強者，成功征服了八十神。

從一個稚嫩又懦弱的年輕人成為一個了不起的成熟男子，這段成長故事，或者說是勸善懲惡的故事，至今仍是民眾津津樂道的警世寓言。

●英雄難逃美色

大國主神之所以能夠為人們結緣並保祐夫妻美滿，其實是出自於祂本身異常受到女性歡迎的緣故。祂的妻子包括須勢理毘賣命和多紀理毘賣命在內，一共有六名，而且後代子孫滿堂。根據《古事記》記載，祂膝下育有一八〇個孩子；《日本書記》記載祂有一八一個孩子，由此可見其精力對現代日本所謂的草食系男子而言著實超乎想像。

此外，祂也是一名保祐商業繁榮的神祇。其名中的「大國」日語讀音與印度神祇大黑天相同，因此雙方調和以後，便成了七福神當中的大黑神。

與大國主神關係密切的神祇

少名毘古那神

▶P.134

掌管穀物和醫藥的神祇。在大國主神建國之際，以名參謀的身分大展身手，從此名垂千古。

八十神

▶P.139

大國主神同父異母的兄長，曾多次迫害大國主神，是粗野又暴力的神祇。

擁有強大咒力的大國主神正妻

須勢理毘賣命

祂激動的舉止與咒力令人畏懼，然而建國事業的推動卻萬萬少不了祂。

地位	結緣之神
保祐	語文、技藝精進／財運亨通
主要神社	國魂神社（福島縣磐城市） 那賣佐神社（島根縣出雲市） 春日大社（奈良縣奈良市）

PARAMETER

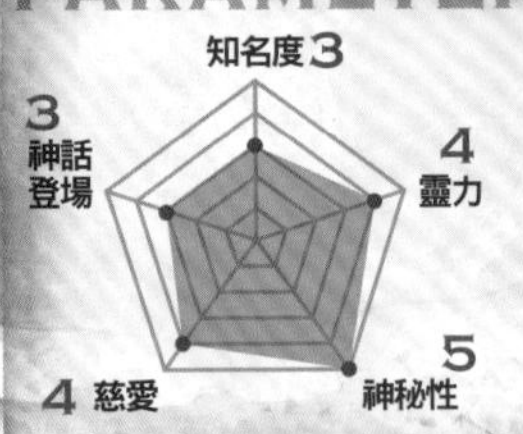

靈力 4

不僅自身擁有強大的咒力，甚至還把這股力量傳授給夫君。

慈愛 4

在背後默默支持丈夫大國主神建國，可見其用情至深。

illustration：月岡圭瑠

擁有無法容忍一夫多妻的剛烈性格
卻又以天生的強大咒力助夫君一臂之力

●好妒的正室妻子

須勢理毘賣命是大國主神的妻子。大國主神一共有六名妻子，其他分別是沼河比賣、八上比賣、多紀理毘賣、神屋盾比賣、鳥取比賣，不過其中作為正妻的是須勢理毘賣命。

須勢理毘賣命的嫉妒心非常強。大國主神曾將美貌出眾的八上比賣從因幡國接到自己與須勢理毘賣命居住的出雲，但八上比賣卻相當畏懼須勢理毘賣命的妒火和剛烈的脾氣，最後只留下了孩子，逕自返回了因幡國。

須勢理毘賣命如此頑劣的性格，從祂的名中即可窺知一二。「須勢理」(suseri)一詞，融合了形容激動狂暴模樣的「susa」(荒)以及帶有前進意味的「susu」，從祂的名字便不難想像其言行激動、義無反顧的行事作風。即使把祂放到現代，也是個宛如河東獅一般兇猛的惡妻吧。

●以咒力助夫建國

不過，須勢理毘賣命並非只是善妒而已。在其父須佐之男命考驗大國主神的故事當中，祂也扮演了相當重要的角色。

尤其是在大國主神被關入遍地是蛇的房間(蛇之厄災)、以及受到蜈蚣和蜂群侵襲之際，多虧了有須勢理毘賣命送給祂的一條領巾，才得以克服這些困境。這條領巾是古代女性披在肩頸上、尾端垂於兩側的一種裝飾品，人們普遍相信它具有驅趕害蟲與毒蛇的魔力。

換言之，大國主神藉由這條領巾的力量，才通過了須佐之男命賜給祂的種種考驗。

當大國主神離開須佐之男命時，一併帶走的生太刀、生弓箭和天之詔琴，也和領巾同樣具有強大的咒力。大國主神在須勢理毘賣命的教導下學會這些魔咒道具的用法，才得以擁有這些力量。

這些靈力成為大國主神成功建國的重大助力。若不是有須勢理毘賣命這麼一位賢妻，大國主神或許就會一事無成，因此也可以說祂毫無保留地將自己的力量徹底奉獻給了丈夫。

與須勢理毘賣命關係密切的神祇

須佐之男命

▶P.080

因大國主神對自己的女兒一見鍾情，故賦予祂各種試練、督促其成長。

多紀理毘賣命(宗像三女神)

▶P.096

宗像三女神之一，不但是個絕世美女，其美貌也廣為人知。祂和須勢理毘賣命同樣是為大國主神的妻子。

大屋毘古神

祂是伊邪那岐神與伊邪那美神所生的孩子，人們普遍將其視為五十猛神。

在神話中展現出強悍之處的樹木之神

在因幡白兔傳說中拯救大國主神的恩人

●眾多與樹木相關的神話

大屋毘古神是掌管樹木的神，也是伊邪那岐神與伊邪那美神在國誕生之後所生的第六個孩子。

此外，祂在因幡白兔神話中，也曾經扮演了幫助大國主神的角色。

大國主神中了八十神的陰謀，不幸被夾在大樹之間而死。母親刺國若比賣命雖然努力使祂復活，卻又擔心祂三度遭遇不測，便把兒子送到了大屋毘古神門下避難。大國主神好不容易來到大屋毘古神身邊，但不願死心的八十神繼續追了過來，於是大屋毘古神要求大國主神逃往須佐之男命所在的根之國。

當時，大屋毘古神讓大國主神鑽進分岔的樹幹之間以便逃生，由此可見大屋毘古神與樹木之間的聯繫非常強烈。

有鑑於此，主張祂與同樣身為樹木之神的五十猛神是為同一神祇的論點也相當普遍。五十猛神在日本全國種滿了樹木，是一位讓日本綠意叢生的神；之後祂定居在紀伊國，而紀伊國也是日本少有的木材產地，所以祂也被全日本奉為木材的祖神。

地位	樹種之神／木材的氏神	保祐	造林／樹林	主要神社	伊太祁曾神社（和歌山縣和歌山市）

illustration：龍膽向日葵

蚶貝比賣・蛤貝比賣

蚶貝比賣與蛤貝比賣是以血蛤和文蛤為由來、負責掌管醫藥的女神。祂們在神話的活躍也令人有目共睹。

用貝殼療法治癒傷口的女神

讓大國主神死而復生的神祇

●貝殼治療法

蚶貝比賣與蛤貝比賣在神話中的事蹟，使人們將其奉為掌管醫藥的神祇。祂們同樣都是以貝殼為典故的女神，蚶貝比賣是血蛤化成的神，蛤貝比賣則是文蛤化成的神。

這兩位女神最著名的事蹟，就是為大國主神療傷並讓祂起死回生。

八十神特地前去向八上比賣求婚，但八上比賣卻表示「吾只願嫁給大國主神」。遭到拒絕的八十神惱羞成怒，便計劃殺害大國主神，用一塊外型神似野豬的燃燒岩石活活將祂燙死。得知此事的大國主神母親刺國若比賣向神產巢日神求救，深表同情的神產巢日神立刻派出蚶貝比賣與蛤貝比賣，命令祂們前去復活大國主神。

蚶貝比賣先是收集了大量貝殼，將之磨成粉末以後，蛤貝比賣再把這些粉末溶於水中、攪拌均勻，接著把它敷在大國主神燒傷的身體上，努力將祂復活。在蚶貝比賣與蛤貝比賣的治療下，大國主神的傷口才得以順利癒合並死而復生。

地位	醫藥之神	保祐	疾病痊癒	主要神社	岐佐神社（靜岡縣濱松市）

illustration：池田正輝

第五章　大國主物語

建國

在強大的夥伴幫助下鞏固國家基礎

出現在大國主神面前的謎樣小神，正是造化三神之一的神產巢日神之子。兩神從此攜手合作，共創建國大業。

少名毘古那神現身

●知識淵博的小小神祇

大國主神待在出雲的御大之御前期間，有一名神祇從海的彼端乘著天之羅摩船、身上穿著鵝（原書記載有誤，應當為蛾）皮作成的衣服，遠道而來。羅摩是一種名為蘿藦的植物，切成兩半的果實會呈現船形；也就是說，這柱神披著蛾皮、搭著蘿藦做成的船，可見其體型嬌小。

大國主神詢問來者何人，但那柱神祇卻不發一語；於是祂改問隨侍在側的眾神，亦無人得知對方身分。此時，多邇具久說：「久延毘古肯定知道祂是誰。」大國主神便向久延毘古求證，結果得到的答案是：「來者為神產巢日神之御子少名毘古那神。」

久延毘古即是稻草人之神山田之曾富騰，雖然祂無法用腳走路，卻熟知所有天下之事。

因此，大國主神便向神產巢日神求證少名毘古那神的存在。神產巢日神答曰：「祂確實是從我的指縫間生出的孩子。吾兒啊，和大國主神結為兄弟、一同建國吧。」於是，大國主神開始和少名毘古那神合力建國，直到某一天，少名毘古那神才突然渡海返回常世之國（大海彼方的異世界）。

眾神關係圖

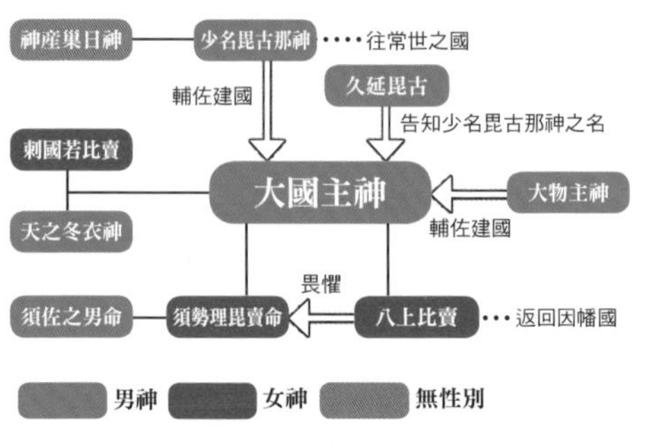

新幫手出現

●三輪山之神

由於少名毘古那神突然返回常世國，令大國主神開始垂頭喪氣：「我該怎麼繼續隻身建國呢？又有哪一尊神可以同我一起打造這個國家呢？」

就在此時，出現一名神祇照耀著海面擺渡而來。「只要你能安撫我的御魂，我願意助你一臂之力；若是辦不到，你這國家恐怕就建不成了。」那名神祇如是說。

於是大國主神探問：「那麼，我該如何安撫、供奉您的御靈呢？」對方答道：「把我供在大和國旁的東邊山頂上罷。」

《古事記》裡僅僅將這柱神稱為坐御諸山上神，除此之外並未觸及祂真正的名字。坐御諸山即是指奈良縣的三輪山，由於山上祭祀的是大物主神，因此人們普遍認為這裡出現的神祇就是大物主神。

大國主神的後代

●名為十七世神的眾多子孫

須佐之男命從八岐大蛇口中救出櫛名田比賣，兩神婚後生下了八嶋士奴美神，而這條直系血脈的第五代子孫，正是大國主神。

大國主神本身也娶了須佐之男命的女兒須勢理毘賣命為妻。雖然這段關係看似相當矛盾不解，不過這種情況是神話裡的常態，毋須過度計較。

大國主神除了須勢理毘賣命以外，還有其他五個妻子。從祂與鳥取比賣命的孩子鳥鳴海神開始、直到第九代子孫遠津山岬多良斯神，這條家系屬於直系血親。因此，從前文提及的八嶋士奴美神起、到遠津山岬多良斯神為止，這條血脈的子孫即統稱為十七世神（但實際上只有十五代）。

大國主神家系圖（局部）

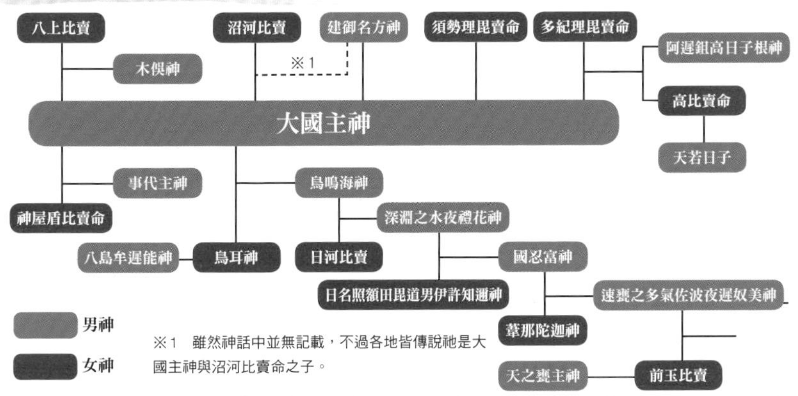

※1　雖然神話中並無記載，不過各地皆傳說祂是大國主神與沼河比賣命之子。

為建國貢獻良多的嬌小神明

少名毘古那神

祂是大國主神在建國過程中最重要的左右手，體型雖小，功績卻不少。

地位	釀酒之神／醫藥之神／溫泉之神
保祐	國土平安／產業昌隆／守護航海／疾病痊癒／結緣
主要神社	少彥名神社（大阪府大阪市） 酒列磯前神社（茨城縣那珂湊市） 溫泉神社（栃木縣那須郡）

PARAMETER

知名度	4
靈力	5
神秘性	3
慈愛	4
神話登場	4

靈力 5

利用溫泉和酒來治療疾病，發揮醫療之神的強大靈力。

慈愛 4

在大國主神病倒時為祂施行溫泉療法，可見其臣下之心滿懷慈愛。

illustration：日田慶治

擁有強大的醫療靈力 為一寸法師的起源神

●醫療、溫泉、釀酒的根源

少名毘古那神自古即被奉為醫藥之神。祂在日本神話當中受歡迎的程度也是名列前茅，其人氣就在於祂小巧可愛的體型。有一說認為祂是日本童話《一寸法師》的原型，雖然身體嬌小，卻擁有驚人的力量，至今仍是家喻戶曉、津津樂道的故事主角。

而祂曾經利用溫泉治療疾病的事蹟，也奠定了祂醫療之神的地位。

根據《伊予國風土記》記載，和少名毘古那神一起建國的大國主神曾經因病倒下，滿懷擔憂的少名毘古那神便帶來了大分特有的速見之湯，讓大國主神泡入熱水中治病。這就是日本首見的溫泉療法，據說大國主神也因此迅速康復。附帶一提，速見之湯即是道後溫泉的源頭，而這也是道後溫泉之所以稱為日本最古老溫泉的緣由。

此外，全日本各地還有許多少名毘古那神設立的溫泉，將祂奉為溫泉之神的神社亦不在少數。

另一方面，少名毘古那神也身兼釀酒之神。《古事記》當中曾經描述神功皇后吟起了一首歌，頌讚少名毘古那神獻上的祝賀之酒，並要求眾人一同飲用。由此可見，少名毘古那神作為釀酒之神的威望有多麼崇高。

●建國的名參謀

在大國主神的建國事業當中，少名毘古那神是祂不可或缺的重要左右手，而且當初祂們在出雲相遇的過程也相當耐人尋味。

當時，有一個體型小巧的神祇乘著蘿藦殼做成的小船，來到大國主神所在的御大之御前。對來者身分百般納悶的大國主神向博學多聞的久延毘古討教，這才得知對方是神產巢日神之子少名毘古那神。對此半信半疑的祂，直接找上神產巢日神求證。「那確實是我的孩子。」神產巢日神說：「你們就一起合力建國吧。」於是，大國主神便聽命與少名毘古那神一起著手建國。

少名毘古那神日後的表現也令人大為讚賞。正所謂小兵立大功，建國之所以能夠成功，說是有祂的幫助也不為過。

與少名毘古那神關係密切的神祇

神產巢日神

▶P.018

和天之御中主神、高御巢日神併稱為造化三神，生下少名毘古那神以後，便命祂前去建國。

大國主神

▶P.126

靈力、人氣、神格等各方面皆為佼佼者的建國之神。祂與少名毘古那神一起合作共同建國。

曾在神話中現身的好色貪權之神

大物主

祂在大國主神的建國事業走投無路之際伸出了援手，同時也是個貪圖色欲、自我表現欲過剩的神祇。

地位	建國之神／農業之神／商業之神／醫療之神
保祐	產業開發／方位除凶／治病／交通安全／結緣
主要神社	大神神社（奈良縣櫻井市） 大物主神社（兵庫縣尼崎市） 金比羅宮（香川縣仲多度郡）

PARAMETER

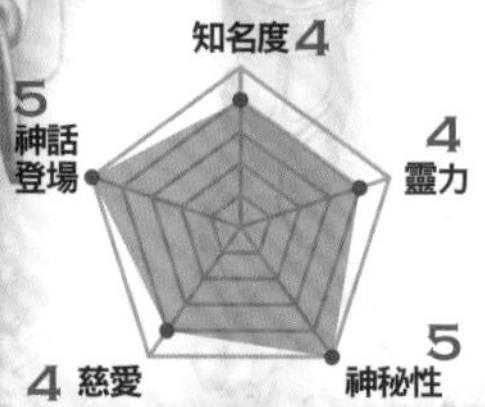

知名度 4
靈力 4
神秘性 5
慈愛 4
神話登場 5

神話登場 5

在建國神話中扮演重要配角，另外在「神武天皇記」與「崇神天皇記」中亦曾露面。

神秘性 5

身為救世主，同時又愛好女色，難以判斷究竟哪一面才是祂的本性。

illustration：磯部泰久

挽回了建國絕境的救世主？抑或單純貪圖女色？

●拯救建國的困境

大物主是奈良縣大神神社裡的祭神，在許多日本神話當中都可以見到祂的蹤影。

例如在建國神話中，祂就曾經現身解救大國主神脫離困境。

大國主神原本在少名毘古那神的幫助下順利建國，但某一天，少名毘古那神卻突然返回常世之國。失去了貢獻重大的參謀，令大國主神走投無路，遲遲無法決定將來的建國走向，喟嘆：「今後該當何從？」就在此時，海的彼端出現了一名全身發光的神祇徐除而來，這名神祇即是大物主。祂來到大國主神面前，說：「只要你供奉我的御魂，我就願意幫助你建國。」於是大國主神按照大物主的意思，把祂供奉在三輪山上。

附帶一提，《日本書紀》中所描述的這個橋段，是大國主神主動詢問：「來者何人？」而大物主答曰：「我是你的幸魂奇魂。」幸魂意指有助繁殖的能力，奇魂代表統一調和的神之靈魂。由此可見，《日本書紀》將大物主視為大國主神的幸魂奇魂。

●天皇記中裡的熟面孔

在《神武天皇記》與《崇神天皇記》當中，也記載了大物主的事蹟。

《神武天皇記》裡的大物主對勢夜陀多良比賣一見鍾情，試圖和祂攀上關係，於是將自己變成一支箭，趁勢夜陀多良比賣排便時刺向祂的陰部，成功讓勢夜陀多良比賣把箭帶回家。到了勢夜陀多良比賣的家以後，大物主這才現出原形，順利娶祂為妻。

在《崇神天皇記》裡，大物主神則是出現在為病所苦的崇神天皇夢中，宣稱：「這病全是因我而起。」並以半帶恐嚇的語氣告訴天皇，要求他將自己的子孫意富多多泥古神奉為神主，疾病方能痊癒。因此，崇神天皇按照指示去做，才終於恢復健康。

從這些事蹟中可以得知，大物主非常喜愛女色，甚至還強求凡人祭拜自己，可說是一個欲望無窮的神祇。

與大物主關係密切的神祇

大國主神

▶P.126

通過各個試鍊，終得領悟高強靈威的神祇。祂在建國過程中受挫之際，曾受到大物主的幫助。

少名毘古那神

▶P.134

擁有醫藥神力的小人神。大物主之所以出現在大國主神面前，主要是因為少名毘古那神離去的緣故。

久延昆古

學識淵博、通曉世間萬事的久延昆古，本尊其實是一柱稻草人。

將稻草人神格化以後的智慧之神

滿腹的學識來自稻草人的外貌

●田原之神暨智慧之神

久延昆古是將稻草人神格化而成的神祇。由於祂源自於稻草人，因而被奉為田原、農業與土地之神；不過祂也展現出自己博學多聞的一面，所以同時也身兼學業與智慧之神。根據《古事記》記載，有一天，大國主神看見一尊素未謀面的小神乘船而來，有人建議祂詢問博學的久延昆古，於是祂便向久延昆古討教這名小神的身分，而久延昆古也明確指出來者即是少名昆古那神。

為何久延昆古無所不知？從《古事記》中的描述或許可以窺知一二：「此即山田之曾富騰，單足雖難行，盡知天下事。」由於久延昆古是稻草人，只有一隻無法行走的腳，因此祂通曉世界上所有事物的原因也引起人們熱烈的討論。其中一說認為，祂長久佇立於田埂之中，所以才能更仔細觀察這世間的萬事萬物；不過最普遍有力的說法，是主張祂的一切學識皆源自飛來田邊報信的烏鴉和其他鳥類。

地位	田原之神／學業之神等	保祐	收穫／升學 等	主要神社	大神神社（奈良縣櫻井市）

illustration：龍膽向日葵

八十神

祂們是大國主神的兄長，兄弟一同居住在出雲國，卻三番兩次試圖殺害大國主神。

迫害大國主神的粗暴神祇

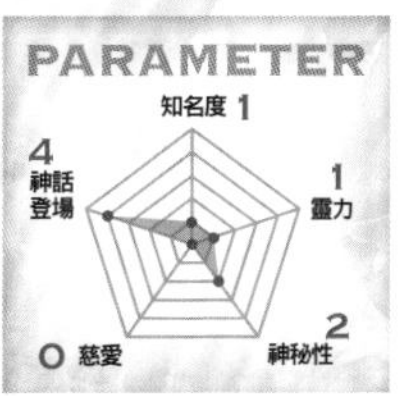

粗野之神自食惡果的結局

●嫉妒心旺盛的粗暴神祇

八十神是大國主神的兄長，其名中的「八十」並不是指稱特定的數字，只是單純形容「眾多」的意思。

八十神性格粗暴，把溫柔和善的大國主神當作下人一樣使喚。有一天，祂們聽說在因幡國有一名為八上比賣的絕美女子，便決定動身前去向祂求婚；但是八上比賣卻以「吾將來只嫁大國主神」一句，回絕了八十神的請求。因此惱羞成怒的八十神遂計劃殺死大國主神，從山上丟下了一顆外型狀似野豬的燃燒岩石，將大國主神燙死。

八十神得知大國主神死而復生以後，又再次召來大國主神，把祂塞進剖開的大樹裡夾死，屢次以粗暴的行為對待自己的弟弟。

最後，大國主神逃至須佐之男命所在的國度，在祂門下幾經鍛鍊後迅速成長，獲得了極大的神力，藉此打敗了先前不斷迫害自己的八十神，將之驅逐出境。而如此粗鄙又暴力的八十神，最終也自食惡果。

地位	—	保祐	—	主要神社	—

illustration：佐藤仁彥

神話專欄5

參拜的作法

～為了獲得神明的保祐～

■正確的作法是對神明的禮儀

新年初詣和祈求考試合格，日常生活中總是少不了這些參拜神社的機會，但若是不知道正確的作法，那可就丟臉丟大了。因此，以下就來告訴大家正確的參拜作法。

如果想要向神明許願，祭拜時最重要的不外乎是遵循禮節、按部就班；對於這種誠心的人，神明自然就會實現他的願望。

踏入神社的方法、在手水舍清洗、參拜也有各自不同的作法和禮儀（參照右欄），許願前最好將這些步驟銘記在心。

日本曾謠傳過女性參拜時不能拍手，導致拍手但不發出聲音的女性越來越多，事實上這是一種叫作「忍手」的葬禮禮儀，兩者不可混淆。參拜時，基本上還是二禮（鞠躬）、二拍手、一禮；偶爾也會出現像出雲大社般進行二禮、四拍手、一禮的情況，作法會隨著神社的不同而異。

參拜前

1・一定要通過鳥居。
2・不可走在參道的正中央。
3・脫下墨鏡和帽子。

如果該神社建有多道鳥居，則需穿過最外側的鳥居、通過參道進入神社，此時別忘了先一鞠躬。由於參道的正中央是神行走的道路，所以信徒應當靠兩旁行走。雖然參拜時不需正式著裝，但儀容要保持整潔，帽子必須脫下。

在手水舍淨身

1・右手拿起杓子舀水來清洗左手。
2・換左手拿杓子來清洗右手。
3・再換右手拿杓子，倒水在掬起的左手上，用來漱口。
4・再洗一次左手。
5・將杓子豎起，讓杓裡剩下的水流過杓柄，最後把杓子蓋回原來的位置。

手水舍是會見神明以前的淨身場所。具體作法如上所述，所有步驟只能靠一開始舀的那杓水來完成，不可重覆舀水。要小心漱口時不可直接以杓就口。以上作法在所有神社皆適用。

神前

1・先輕輕一鞠躬。
2・拉響鈴鐺（如果沒有鈴鐺，就直接跳至步驟3）。
3・安靜地投出香油錢。
4・深深地二鞠躬。
5・拍手兩次。
6・開始許願、祈禱。
7・深深地一鞠躬。
8・最後輕輕一鞠躬。

拉鈴鐺的用意是要通知神明自己前來參拜，可以儘量響得大聲一點。拍手時先將雙手合十，讓右手稍微往後滑以後再開始拍，之後再恢復合十的狀態。如果對祈禱用的祝詞有興趣的人，可以試著背誦下來作為參拜之用。

illustration：中山慶翔

第六章

平定葦原中津國

天照大御神為了讓自己的孩子統治葦原中津國，二度派遣使者要求大國主神出讓大權，但皆以失敗告終。第三位使者建御雷之男神憑著武力征服了大國主神的兩名兒子，最終讓大國主神答應交出統治大權。

讓國

爭奪統治權的高天原眾神與大國主神

天照大御神欲將葦原中津國的統治權交付給自己的孩子，多次派出使者要求大國主神讓出治國大權。

派遣使者要求讓渡統治權

●——遭到懷柔勸服的使者

天照大御神認為「葦原中津國該當吾兒天忍之穗耳命統馭」，便命令天忍之穗耳命降臨大地。然而，天忍之穗耳命卻只是從天浮橋上朝葦原中津國望了一眼，說：「真是個動盪不安的地方。」隨即返回高天原，向天照大御神報告此事。

高御產巢日神和天照大御神將八百萬神召集到天安河河原，向眾神詢問：「葦原中津國該由吾兒統馭，然該國滿是粗鄙無禮的國津神，當由誰平定？」

思金神與八百萬神商討過後，答曰：「當由天之菩卑能命赴任。」於是天照大御神便派天之菩卑能命前去說服大國主神，沒想到祂卻反被大國主神收服，整整三年音訊全無。

由於遲遲沒有收到回報，高御產巢日神、天照大御神又再次向諸神討教：「派去葦原中津國的天之菩卑能神始終未有回音，下一次又當由誰赴任？」思金神答曰：「可由天津國玉神之子天若日子赴任。」

因此，天若日子奉命前去葦原中津國，並獲賜天之麻迦古弓與天之波波矢。天若日子神按照指示降臨葦原中津國，卻寄望與大國主神之女下照比賣命結婚、成為大國主神的繼承者，結果同樣未能說動大國主神讓國，八年間杳無音訊。

天照大御神和高御產巢日神三度尋問諸神：「天若日子也未有回音，這回該派誰去試問前者理由為何？」

眾神和思金神詳加議論後，答道：「當派雉之鳴女赴任。」於是鳴女便奉命前去尋找天若日子神，向祂問明：「你在葦原中津國的任務是為征服該國的粗野之神，為何八年一去不返？」

毫無進展的讓國問題

●遭到射殺的天若日子命

鳴女來到天若日子的家門前傳話，但天若日子卻唆使天佐具賣：「這啼聲為不祥之兆，該當射殺。」並給祂一把弓箭殺死了鳴女。之後，貫穿雉之鳴女胸口的箭隨即送到了天照大御神和高御產巢日神的所在地。

高御產巢日神看見箭上的血跡，便向眾神宣布這把箭乃天若日子命所有，並說道：「若此為惡神所射之箭，天若日子必然無事；若祂確實心懷邪念，就以此箭讓祂受罰。」語畢，高御產巢日神又將箭射了回去，結果正在就寢的天若日子胸口因此中箭，當場身亡。

下照比賣命因丈夫的死而痛哭失聲，哭腔傳到了天上，使雙親下降大地陪祂一同哀傷，並建了靈堂來憑弔死者。然而，來到靈堂的阿遲志貴高日子根神因相貌與天若日子如出一轍，因而被當作死者的化身。祂一怒之下，用劍砍倒了靈堂，將屋子一腳踢飛，結果靈堂就此飛落到美濃國，成了今日所謂的喪山。

最後出面的王牌

繼天若日子以後，由建御雷之男神前往葦原中津國。祂帶著天鳥船降臨出雲國，逼迫大國主神讓出國家。

但是，大國主神卻回答：「您可以問問吾兒事代主神意下如何。」於是便將事代主神召來詢問，事代主神答曰：「此國就獻給天津神之御子吧。」語畢隨即隱身。然而大國主神卻又說：「您也可以問問吾兒建御名方神之意。」建御名方神得知後，表示要和建御雷之男神單挑比試。建御雷之男神以神力將建御名方神的手變成冰塊和劍，甚至一把將祂的手握碎。建御名方神逃至諏訪湖，但終究躲不了建御雷之男神的追殺，只好認敗並同意讓國。

事到如今，大國主神終於表示：「本國就獻給天津神罷。」建御雷之男神就此成功平定了葦原中津國，凱旋返回高天原。

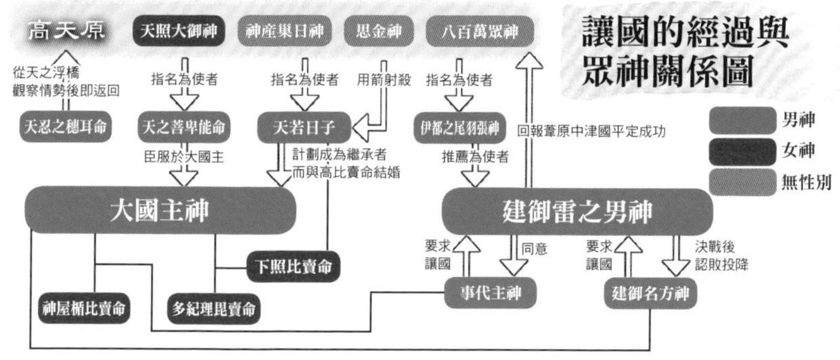

墜入愛河而走上悲劇結局的天上美男子

天若日子

祂是一個外貌眉清目秀的天津神，卻因愛上敵人的女兒而耽擱自己的任務，最終招來了死亡惡果。

地位	穀物神
保祐	守護農業
主要神社	我孫子神社（滋賀縣愛知郡）

PARAMETER

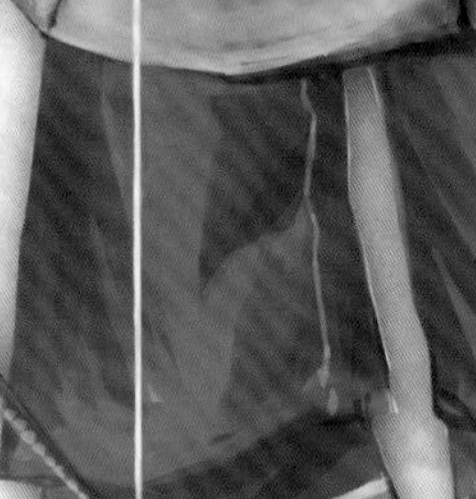

知名度 4 / 靈力 2 / 神秘性 2 / 慈愛 2 / 神話登場 2

知名度 4

雖為一介失職的天津神，卻因俊美的外表和悲劇的經歷而大受歡迎。

神話登場 2

無論是在民間、還是讓國神話當中都相當出眾。

illustration：池田正輝

年少犯下的罪過導致死亡 深受民眾憐愛的悲劇一生

●怠忽職守、終至殞命

天若日子是天津神們派來的使者，目的是要說服大國主神將其統治的葦原中津國讓給天照大御神之子。但祂卻不顧原本的任務，與大國主神的女兒下照比賣命結婚，甚至期望藉此成為大國主神的繼承者，有整整八年的時間不曾向高天原回報成果。

背叛了天津神的天若日子，因此遭到來自天上的箭矢射殺身亡。

而祂的遭遇，也被人們視為象徵了天津神與國津神，也就是大和與出雲各個勢力鬥爭的過程當中不幸受到牽連而死的人民。

附帶一提，天若日子這個名字，意指天上的年輕男兒；正如其名所帶給人的想像，祂就是個五官端正的俊美男子。

天若日子不被自己所屬的勢力束縛，義無反顧地愛上敵人的女兒；祂是個年輕英俊的男子，加上祂不服命令而為自己惹上殺身之禍的際遇，著實令人無法不同情。

有別於大和朝廷以自身立場撰寫的《古事記》、也就是所謂的官方神話裡所描寫的形象，天若日子在一般民間可是深受民眾的愛戴。

寫於平安時代的《宇津保物語》、《梁塵秘抄》、《狹衣物語》等書當中，祂以天若御子之名，襯著音樂從天而降。

室町時代《御伽草子》收錄的〈天稚彥物語〉一文中，祂又以天稚彥一名登場。身為龍王之子的天稚彥雖然與長者之女結了婚，但父親卻只允許祂們一年見一次面。這段故事後來衍生為彥星與織女星只在七夕夜相會傳說，成為日本的七夕起源之一。

●死亡與重生的象徵

天若日子的葬禮上，來了一名外貌和祂極為神似的阿遲志貴高日子根神。阿遲志貴高日子根神是農耕之神，祂們之所以長相神似，是因為祂們原本就是代表了生與死兩種狀態的同一神祇。

換言之，收成的穀物之靈死亡，預示了它將會在春天重生。因此也有人將天若日子視為穀物之神。

與天若日子關係密切的神祇

大國主神

▶P.126

統治葦原中津國的神祇，為天若日子的戀愛對象下照比賣命的父親，原本應是天若日子前來協商讓國的敵人。

阿遲志貴高日子根神

▶P.146

性格暴烈的雷神，同時也是能夠帶來豐收的豐饒之神。曾經前往友人天若日子的葬禮上憑弔。

別名迦毛之大神的有力神祇

阿遲志貴高日子根神

祂身兼雷神與農耕神，雖然並非來自出雲系，後來卻歸入了出雲系眾神之列。

地位	雷神 農業神
保祐	疾病痊癒 除厄
主要神社	都都古別神社（福島縣白川郡） 土佐神社（高知縣高知市） 高鴨神社（奈良縣御所市）

PARAMETER

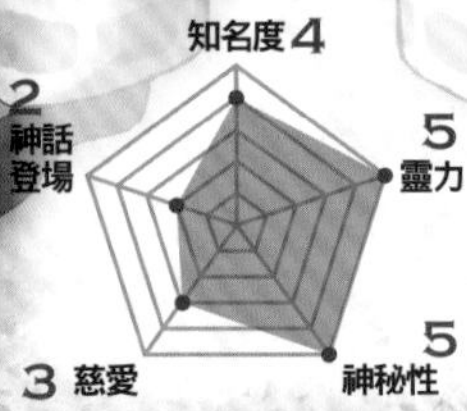

知名度 4
靈力 5
神秘性 5
慈愛 3
神話登場 2

知名度 4

自古即以迦毛之大神之名成為有力豪族祭祀的守護神。

靈力 5

即使身處大和朝廷勢力之下，也始終被人們尊為大神，由此可見其靈力顯著。

illustration：七片藍

為農業帶來耕田必備的慈雨 同時兼具雷神性格的神祇

●稻作不可或缺的雷神

阿遲志貴高日子根神在《古事記》中是為大國主神的兒子，此外祂也是天若日子的朋友，曾經出席葬禮哀悼摯友之死。

阿遲志貴高日子根神名中的「阿遲」是一種美稱，「志貴」代表農耕用的鋤頭，因此祂是以耕田時必備的鋤頭為御神體的農耕之神。

此外，鋤頭同時也有雷神附體的意思，而雷的發生通常伴隨著雨水，所以雷神又可身兼水神，故阿遲志貴高日子根神亦可代表豐饒之神。

阿遲志貴高日子根神身為雷神而特有的剛烈性格，在祂參加天若日子的葬禮時徹底表露無遺。

當時祂出現在天若日子的靈堂上，因為相貌與天若日子極為相似，結果讓天若日子的親屬們誤以為自己的至親死而復生。

被誤認為死者的阿遲志貴高日子根神怒火沖天，隨即拔劍砍倒了安置遺骸的靈堂，憤而離去。由此可見其雷神獨有的粗暴脾氣。

●日本諸神中數一數二的強大力量

《古事記》當中，另外也以迦毛之大神一名來稱呼阿遲志貴高日子根神。

迦毛之大神是鴨氏一族從彌生時代開始祭祀的神祇，後來鴨氏融入了葛城氏一族，最終歸順於大和朝廷之下。

雖然阿遲志貴高日子根神原本的出身，與大國主神這一類出雲系神祇大不相同，但後來卻因此併入了出雲眾神的族譜之中。

另外，根據《續日本紀》記載，雄略天皇前往葛城山打獵之際，曾和當地的老獵人互相爭奪獵物，於是將老獵人驅逐出境。

日後他才得知，那名老獵人其實是葛城山的神靈，這才恭敬地將他奉為迦毛之大神。可見大和與出雲之間的爭鬥，也影射在《續日本紀》的故事中。

附帶一提，正如大神一名所示，阿遲志貴高日子根神是個力量強大的神祇。將其奉為主神的高鴨神社，也因祂擁有保祐疾病痊癒、除厄等強烈的靈力，而吸引了眾多信徒前來參拜。

與阿遲志貴高日子根神關係密切的神祇

大國主神

▶P.126

統治葦原中津國的神，《古事記》裡將祂寫為阿遲志貴高日子根神的父親。

天若日子

▶P.144

奉命與大國主神交涉、將葦原中津國交由天津神之子統治的神祇，最後卻與大國主神之女相戀成婚。

事代主神

祂是天啟之神、漁業之神、海上交通之神、天皇家的守護神，同時也是人們篤信的惠比壽神。

地位	天啟神／海之神／福神
保祐	五穀豐收／海上安全／守護漁業
主要神社	美保神社（島根縣八東郡） 長田神社（兵庫縣神戶市） 三嶋大社（靜岡縣三島市）

PARAMETER

知名度	5
靈力	4
神秘性	4
慈愛	3
神話登場	3

知名度 5

《古事記》的讓國神話中不可或缺的神祇，也是人人信仰的惠比壽神。

靈力 4

《日本書紀》將祂寫為天皇家的守護神，神格尤其特別。

illustration：日田慶治

同為惠比壽神的天啟之神

●以神諭保證讓國的正當性

《古事記》記述大國主神將葦原中津國讓渡給天津神的過程當中，最重要的角色絕非事代主神莫屬。

面對建御雷之男神提出的讓渡出雲國要求，大國主神並沒有親自回覆，而是讓長子事代主神代為回答。

當時，事代主神正在出雲的三保崎垂釣，於是建御雷之男神便派出使者前去詢問祂的意見。事代主神答道：「就將葦原中津國讓給天津神御子吧。」接著便把船變成了綠葉做成的籬笆，隱身其中。

這段故事，表現出事代主神掌管神諭的性質。大國主神之所以要求建御雷之男神去探問事代主神的意見，是因為祂的話能夠傳達出事物的真意。而事代主神的名字又可寫成「言知主」，代表知其所言、代為陳述的意思。

●身兼惠比壽神、天皇家守護神

事代主神在讓國神話中以天啟之神的身分登場，不過另一方面，祂也被人們奉為漁業之神。

讓國神話記述祂垂釣的場面裡，也描寫了祂收竿釣魚的模樣。

而祂的這副姿態，也容易令人聯想到現代廣為人知、手裡抱著鯛魚微笑的某一尊神祇——七福神之一的惠比壽神。將事代主神的外表具象化以後，便成了惠比壽神。

除此之外，《日本書紀》裡還寫到事代主神的子孫成為天皇皇妃，與天皇家族淵源深遠，因此也可以說是天皇家的守護神。

日本供奉事代主神的神社當中，最知名的要屬位於祂隱身之處的島根縣三保關町的美保神社。而這座神社也會定期舉行讓國故事的起源——青柴垣（綠葉籬笆）的神事。

雖然《古事記》和《日本書紀》將事代主神寫作出雲之神，不過事實上祂的出身並沒有定論。祂原本是美保神社周邊從事漁業的人民所信仰的土地神，為了以神諭的形式來表現讓國的正當性，所以才將祂寫入神話之中。另外，祂與葛城地方也小有關聯，這些身世背景都相當引人入勝。

與事代主神關係密切的神祇

建御雷之男神

▶P.056

能力之高足以差遣事代主神，是屈指可數的武神。由於祂是鹿島神社的祭祀對象，故許多武道流派皆冠上鹿島一名。

大國主神

▶P.126

記紀神話故事中將祂寫為事代主神的父親，因統治葦原中津國、身為須佐之男命後代血親而聞名。

建御名方神

在日本擁有極高知名度的軍神

祂不僅是鼎鼎大名的軍神，同時也是人們信奉的農耕之神，但令人遺憾的是《古事記》裡的祂卻敗給了建御雷之男神。

地位	軍神／農耕神／狩獵神
保祐	五穀豐收／心想事成／開運招福
主要神社	全日本諏訪神社 諏訪大社（長野縣諏訪市）

PARAMETER

知名度 5
靈力 5
神秘性 3
慈愛 3
神話登場 2

知名度 5

廣受大眾信仰的軍神，全日本各地皆有供奉建御名方神的諏訪神社的各個分社。

靈力 5

水神、農耕之神、狩獵之神，擁有各個方面的神德，且相當靈驗。

illustration：七片藍

全日本各地信仰的諏訪大明神

●香火鼎盛的軍神

人們普遍將建御名方神稱為諏訪大明神、諏訪神。一提起祂，就會令人想起「關東以東的戰神，鹿島、香取、諏訪之宮」，是武士之間人人盛讚的軍神。

《古事記》將建御名方神寫為國津神大國主神與沼河比賣所生的御子神。需要千人才能搬得動的大岩石，祂一肩就能扛起，可謂力大無窮的神祇。

在《古事記》的讓國神話中，祂自恃甚高，向建御雷之男神發下戰帖來比試力氣，結果卻意外敗北，一路被追殺到了諏訪（今長野縣）。最後祂認敗投降，並發誓永遠留在該地，這才保住了一命。

《古事記》雖把建御名方神寫作出雲系的神祇，但諏訪大社的社史當中卻記載祂是來自外地的神，因戰勝了當地的神祇才取而代之，與《古事記》的記述截然相反。也就是說，當地並不認為建御名方神如同《古事記》所述一般、是為出雲系的神祇。

因此，也有人將這種情況解讀為《古事記》以建御名方神臣服於天津神及其子孫的神話，來呈現大和朝廷往東國拓展勢力時征服各地勢力的情況。

●建御名方神的各個神德

建御名方神名中對神的美稱「御名方」，原本是寫作「水那方」「水潟」，因此祂也可以說是諏訪當地的諏訪湖水神。

既然提到水，那麼必定也與農耕脫不了關係，所以建御名方神同時身兼農耕之神。而祂所鎮座的諏訪當地屬於群山環繞的地形，因此祂也是人們篤信的狩獵之神。

換言之，建御名方神原本就如同諏訪大社的社史所寫的那般，不但是治理諏訪湖一帶的神祇，還與妻子八坂刀賣神同為能夠帶來五穀豐收的夫妻神。所以，諏訪大明神才會被視為保祐五穀豐收的神祇。

說起諏訪大社，就一定要提起七年一度的御柱祭。這場祭典的最高潮，就在於讓眾多氏子（祖神的子孫）跨在砍下的巨大杉木樹幹上，沿著陡俏的山坡俯衝而下，如此震憾的場面著實令人驚心動魄。

與建御名方神關係密切的神祇

建御雷之男神

▶P.056

在《古事記》的讓國故事中打敗建御名方神的天津神，為鹿島神宮的祭神，同樣是日本著名的軍神。

大國主神

▶P.126

在《古事記》中是建御名方神的父親、須佐之男命的後代，擁有許多神德與別名，深受人民的信仰。

喪夫後成為安產之神

下照比賣命

祂是大國主神的女兒，與天若日子相戀成婚，並在丈夫死後成為人人景仰的安產之神。

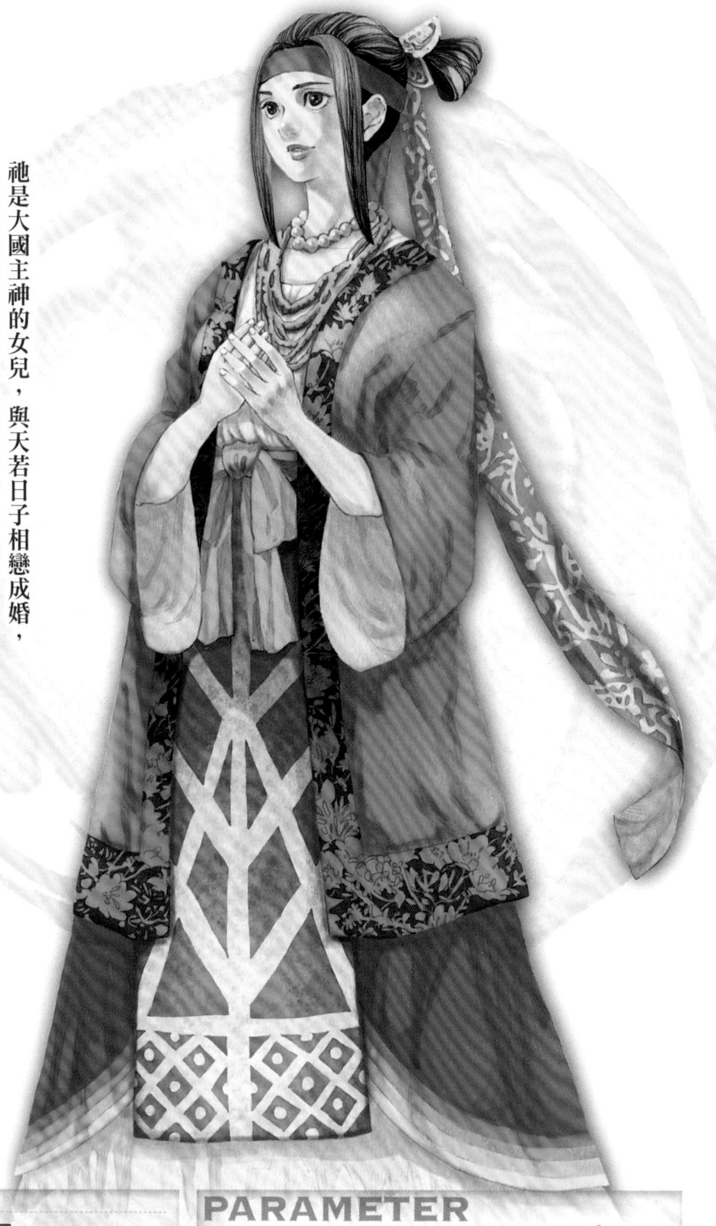

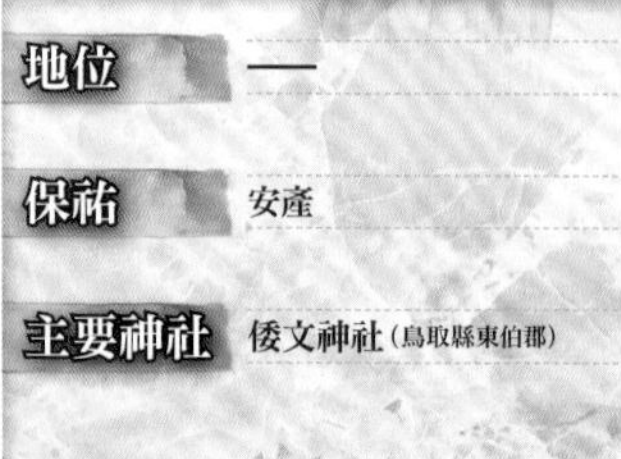

地位	—
保祐	安產
主要神社	倭文神社（鳥取縣東伯郡）

PARAMETER

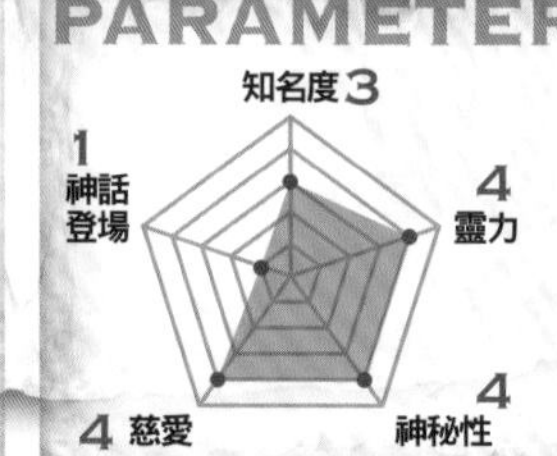

神秘性 4

在記紀神話裡除了和天若日子之間的故事以外，並沒有其他事蹟。

慈愛 4

克服喪夫的悲慟、成為安產之神，展現出其胸中滿懷的慈愛之心。

illustration：月岡圭瑠

與天若日子墜入愛河的安產守護神

●與天若日子的死別

根據《古事記》下照比賣命是大國主神的女兒，與阿遲志貴高日子根神為同一父母的兄妹，也是天若日子的妻子。

其名中的「下照」，即是照耀下界的意思；別名「高姬」則是與阿遲志貴高日子根神成對而取的名字。

天若日子奉命從高天原而來，勸說統治葦原中津國的大國主神讓國；而令祂怠慢職責的最大原因，就是與下照比賣命擦出的愛情火花。即使女方父親是和自己爭奪國家主權的敵人，天若日子卻仍然義無反顧地和祂成婚，由此可見下照比賣命非常富有魅力。不過也有人認為，天若日子其實只是為了奪得大國主神的權力，才會和祂的女兒結婚。

遺憾的是，天若日子最後被天津神射回的箭刺死，使得這段婚姻最後以悲劇的離別收場。

然而災難並未就此結束。下照比賣命的兄長阿遲志貴高日子根神參加天若日子的葬禮時，因容貌相像而遭天若日子的親屬誤認為死者復生，便憤而拔刀劈毀了安置天若日子遺體的靈堂。可見下照比賣命著實是個霉運當頭的女神。

●民眾篤信的安產之神

鳥取縣東鄉町的倭文神社，是祭祀下照比賣命的神社之一。從出雲渡海而來的下照比賣命，在當地成為民眾篤信的安產之神。

倭文神社的參道上有一塊「安產岩」，傳說有一名非常擔心難產的女性夢見下照比賣命以後，就在這塊岩石旁邊順利生下了孩子。

即使是醫療發達的現代，也不可輕乎生產對母體所造成的負擔。而在缺乏醫療的古代，懷孕生子無法和現代相提並論，是個會讓母子面臨生命危險的難題。由此可見，安產之神的存在足以安撫孕婦心中的擔憂。

此外，祭祀阿遲志貴高日子根神的奈良縣高嶋神社當中，也同樣供奉了下照比賣命。原本那裡只供奉了兄妹兩柱神祇，不過後來受到神話的影響，才將其丈夫天若日子也一同列位祭祀。這種複雜的神明地位觀點，也充分表現出古代史中令人難以捉摸的神秘之處。

與下照比賣命關係密切的神祇

天若日子

▶P.144

非常年輕俊美的天上之神，和下照比賣命無疑是一對天造地設的美麗佳偶。

阿遲志貴高日子根神

▶P.146

別名為迦毛之大神，為下照比賣命的哥哥，身兼農耕之神與雷神，曾在天若日子的葬禮上引起不小的騷動。

神話專欄6

神與佛

～了解神佛的歷史～

■神社與寺院有什麼差別？

一言以蔽之，神社與寺院的不同在於，供奉神明的就是神社，供奉佛祖的就是寺院。所謂的神明，是日本自古流傳至今的神祇；佛祖則是因為佛教才受人祭祀、泛指「已經開悟的人」。

但是，現代日本卻將「神明佛祖」的概念混成一氣，令人難以理解其中的差異。

這種現象可以從歷史的脈絡窺知一二。在佛教傳入日本之初，佛祖是屬於異國神祇（蕃神），和日本眾神處於對立的關係。隨著人們逐漸了解佛祖與神明的不同以後，神社境內便開始建造神宮寺，寺院也開始建造神社來供奉守護神，兩者之間越來越和睦。

進入平安時代，各個因素讓佛教日漸盛行，神明是佛祖化身的思想也成了主流；換句話說，這個時代的神明＝佛祖。

這種思想就叫作「神佛調合」，例如八幡神成為八幡大菩薩，各個神祇也慢慢與佛祖合而為一。

然而，日本在明治新政府統治期間，卻又頒布了「神佛分離令」，使得神與佛之間從此出現了嚴格的區別。

如此一來，神社與寺院便徹底分離。但日本人自古就養成了萬物皆有神的觀念，對宗教的認知相當淺薄，因此他們仍習慣將長年熟悉的佛祖視為神明的好夥伴。

神與佛的關係

佛教傳入

外國的神明來了!!

神明
物部氏

佛祖（蕃神）
蘇我氏

奈良時代

理解神與佛的性質差異

神明

佛祖

神宮寺
神皈依佛教

友好

向神社請靈
寺的守護神

奈良時代末期～平安時代

神變成守護佛法的護法善神

神明 → 佛祖

八幡大菩薩等

平安時代～

神成為佛的化身

神明　佛祖

江戶時代中期～明治時代

神佛分離政策使兩者再度劃分區別

神明
神道・神社

分離

佛祖
佛教・寺院

第七章 天孫神話

邇邇藝命接下天照大御神的命令，
從天上降臨高千穗、統治葦原中津國。
祂與木花之佐久夜毘賣結婚，生下了三柱御子，
但長子火照命與么子火遠理命卻因枝微末節之事形成對立。

第七章　天孫神話

天孫降臨

從高天原降臨的天孫・邇邇藝命

奉天照大御神之命從高天原降下的邇邇藝命一行人，來到高千穗建立宮殿，開始統治葦原中津國。

由天津神統治的葦原中津國

●現身迎接的猿田毘古神

天照大御神和高御產巢日神命令天之忍穗耳命「葦原中津國已平定，可降臨治理當地」，不過天之忍穗耳命卻答道：「在我準備行裝之際誕下了邇邇藝命，該當由祂降臨治理眾生。」

於是，邇邇藝命接下了天降的任務。在祂即將下凡時，遇見一名上照高天原、下映葦原中津國的神祇天之八衢，因此天照大御神和高御產巢日神便要天宇受賣命前去問清對方身分。來者表示自己是名叫猿田毘古神的國津神，聽說天津神御子從天而降，便在此等候以便帶路。

最後，邇邇藝命就在天兒屋命、布刀玉命、天宇受賣命、伊斯許理度賣命、玉祖命這五伴緒的陪同下，出發前往葦原中津國。

天照大御神將三神器的八尺瓊勾玉、八咫鏡、草薙劍賜予邇邇藝命，並讓思金神、大手力男神、天石門別神的魂魄一同隨行，告誡祂：「此鏡乃吾之御魂，奉它如奉我，且祭事皆由思金神掌理。」於是，邇邇藝命便將天照大御神和鏡子供奉在伊勢神宮裡，另外讓一起降臨的豐宇氣毘賣神鎮座於度相（外宮）之中。

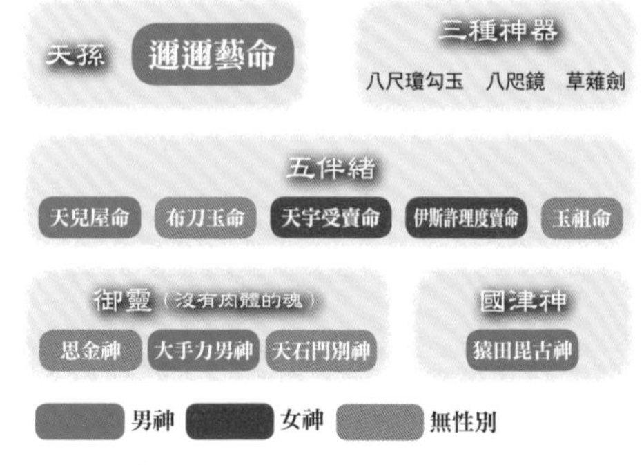

宮殿建於高千穗

●死去的猿田毘古神

邇邇藝命一行人排除層層密雲，威風凜凜地開路向前，一路從天浮橋來到浮島，接著降落在筑紫日向高千穗的久士布流多氣。

用長劍和弓箭武裝萬全的天忍日命與天津久米命領頭前進，一行人朝著韓國而去，在笠沙岬通過一條筆直的路以後，發現了一片朝陽普照、夕陽燦爛的地方，便決定在那裡建造宮殿定居。

此時邇邇藝命要求天宇受賣命追隨猿田毘古神，並賜名猿女君，因此往後以天宇受賣命為始祖的氏族才開始以猿女君為名。

猿田毘古神後來在阿邪訶捕魚時，被比良夫貝給夾住了手，不幸墜海溺斃。

據說天宇受賣命送走猿田毘古神後，召集了所有魚類，問牠們「是否願意效命天津神御子」。幾乎所有魚類都答了「悉聽尊便」，唯有海參不發一語，讓天宇受賣命勃然大怒：「你啞了嗎！」便用小刀割裂了牠的口。從此以後海參便有了一張裂開的嘴巴。

高千穗所在地

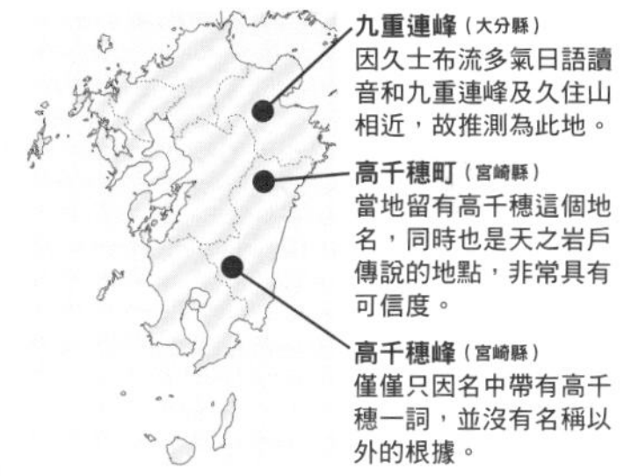

遇見木花之佐久夜毘賣

●生於火焰的三名王子

有一天，邇邇藝命在笠沙岬邂逅一名美若天仙的女子，祂就是大山津見神的女兒木花之佐久夜毘賣。邇邇藝命希望與祂結婚，於是祂回答必須先徵詢父親的意見。

大山津見神得知這件事後異常欣喜，不僅送給木花之佐久夜毘賣大量物品，甚至讓姊姊石長比賣一同陪嫁。由於姊姊的容貌相當醜陋，邇邇藝命便回絕了這多餘的婚事，只留下了妹妹木花之佐久夜毘賣、與祂繾綣一夜。

大山津見神對石長比賣遭到退婚一事深感羞恥，嘆道：「若祂願接納石長比賣，後代天津神御子之命將如磐岩一般恆久；但祂卻獨留木花之佐久夜毘賣，往後天津神御子之命將如木花般稍縱即逝。」而這也就是天皇壽命無法長久的典故。

木花之佐久夜毘賣和邇邇藝命一夜纏綿後懷了孕，但邇邇藝命卻懷疑道：「這是國津神的種吧？」於是木花之佐久夜毘賣便建了一座沒有出口的御殿，說：「若我懷的是國津神的孩子，必定會難產，只有天津神的孩子才能平安出生。」隨後在臨盆之際踏入殿中並放火，在燃燒的御殿中生下火照命、火須勢理命和火遠理命三名御子，證明了自己的清白。

擁有太陽神血脈的天孫降臨之神

邇邇藝命

祂是地位無可撼動的皇祖，同時也是帶著「三神器」從高天原下降葦原中津國、天孫降臨神話中的主人翁。

地位	稻穗之神
保祐	五穀豐收／國家安泰／家庭安全
主要神社	高千穗神社（宮崎縣西臼杵郡） 箱根神社（神奈川縣足柄下郡） 霧島神宮（鹿兒島縣姶良郡）

PARAMETER

知名度 5
靈力 5
神秘性 2
慈愛 3
神話登場 5

知名度 5

「天孫降臨」就是指邇邇藝命從高天原下凡的過程。

神話登場 5

不僅是天照大御神的孫子，也是海幸彥和山幸彥之父，出身於高貴神祇家系。

illustration：伊吹飛鳥

象徵「豐饒大地孕育出的稻之精靈」《古事記》裡的重要主角

●天孫降臨的主人翁

天邇岐志國邇岐志天津日高日子番能邇邇藝命，這串有如咒語般冗長的名字，一般就簡稱為邇邇藝命。祂是《古事記》中從高天原降臨葦原中津國的神話主角。

自古以來，「天孫」指的就是邇邇藝命；「天孫降臨」，也特別代表了邇邇藝命從高天原下凡的意思。

祂的祖母是天照大御神，外祖父是高天原的總司令官高御產巢日神。雖然祂純正的血統已教人吃驚，但更令人咋舌的還不止如此。

天孫降臨之際，邇邇藝命從天照大御神手中獲得唯有直系天孫才得以擁有的「三種神器」（八咫鏡、八尺瓊勾玉、草薙劍）。至今仍是皇靈繼承儀式中不可或缺的這些神器，就是從這個時候開始代代傳承的。

之後，邇邇藝命在國津神的有力首長猿田毘古命的引導下，順利降臨葦原中津國。祂陸續於現在的宮崎和鹿兒島等南九州各地修建宮殿，作為統治葦原中津國的據點。

而且，祂也是在這裡初次遇見妻子木花之佐久夜毘賣命，夫妻倆一同生下了火照命、火須勢理命、火遠理命三個孩子。

事實上，天照大御神原本是想讓自己的兒子天之忍穗耳命降臨統治葦原中津國，所以才派出天津神前去說服大國主神。然而直到葦原中津國平定以後，天之忍穗耳命卻在赴任前夕生下了邇邇藝命，於是祂才向天照大御神請求改由邇邇藝命降臨統治眾生。

●父子二代皆為穀物之神

邇邇藝命原名中所謂的「天邇岐志國邇岐志」，象徵的是豐饒的天地；「天津日高」是對天津神的美稱；「日子」是男性的意思；「番能邇邇藝」代表稻穗結實累累的飽滿模樣。換言之，邇邇藝命即是「豐饒大地孕育而成的稻之精靈」。

如前文所述，其父天之忍穗耳命名中的「忍穗」也代表了「飽滿的稻穗」。因此，降臨神話中的主角父子同樣都是稻之精靈、穀物之神。

與邇邇藝命關係密切的神祇

猿田毘古神

▶P.160

擁有既是猿猴又是天狗的外貌，令人印象深刻。祂在天孫降臨神話中擔任嚮導。在祂的指引下，邇邇藝命才能順利降臨大地。

木花之佐久夜毘賣命

▶P.164

以美貌深深吸引了邇邇藝命，進而成為其妻的女神。後來祂因貞潔遭到丈夫質疑，遂投入大火中生產以證明清白。

猿田毘古神

引導天孫邇邇藝命降臨的神祇

祂是在天孫邇邇藝命降臨時負責帶路的神祇，在現代人心中也是驅逐道路惡靈、保障行人安全的守護神。

地位	太陽神／稻作之神／道路之神
保祐	交通安全／夫妻和樂／安產／長命百歲
主要神社	猿田彥神社（三重縣伊勢市） 椿大神社（三重縣鈴鹿市） 都波岐神社（三重縣鈴鹿市）

PARAMETER

知名度 4　靈力 3　神秘性 4　慈愛 3　神話登場 5

神秘性 4

擁有可以發光的身體與天狗猿的特異容貌，因而成為大受歡迎的神祇。

神話登場 5

身為嚮導的祂，在天孫降臨之際是不可或缺的重大角色。

illustration：七片藍

隨著伊勢信仰的盛行
從「稻作之神」轉型成為「道路之神」

●在天孫降臨中肩負重任的指路人

猿田毘古神是太陽神、稻作之神、道路之神，能夠保祐交通安全、夫妻和樂、生產平安、長命百歲。祂初次登場是在《古事記》的天孫降臨神話中。當時邇邇藝命正從高天原前往葦原中津國，而全身散發光芒的猿田毘古神就待在天與地的邊界，等著天孫一行人到來。

天照大御神派出天宇受賣命出面去問來者何人。根據《日本書紀》，天宇受賣命袒胸露乳、以妖嬈的姿態出現在猿田毘古神面前，所以民間才會流傳祂們因此相遇並結婚。附帶一提，天宇受賣命就是那位在天之岩屋戶前跳豔舞、將天照大御神引出岩屋戶的知名女神。

猿田毘古神表明來意：「聽說天津神御子欲降臨大地，我想為祂指路，所以才在此地等候。」當祂順利將邇邇藝命帶往目的地後，便逕自踏上歸途。不過書中並沒有記載祂回到何處，僅僅只提到祂後來在阿耶訶海被比良夫貝夾住了手、最後溺死的故事，因此大致可以推斷那裡就是祂的故鄉。《古事記》中還另外寫道，猿田毘古神死後沉至海底時生出了底度久御魂，在海中化為泡沫時生出了都夫多都御魂，而泡沫浮到水面破裂時則生出了阿和佐久御魂。

●父子皆為穀物之神

猿田毘古神原本是伊勢的土地神，供奉於伊勢神宮內宮旁邊的猿田彥神社中，為仕於伊勢神宮的神官、海人系氏族的宇治土公氏所信仰的太陽神。有一說主張天孫降臨神話裡所描述的猿田毘古神事蹟，是源自於在伊勢信仰盛行的時期、宇治氏代代流傳的猿田毘古神故事。

猿田毘古神之所以被視為保祐眾生的太陽神、稻作之神，主要是因為祂原本是宇治氏田地的守護神。隨著伊勢信仰的風行，民眾紛紛從京都前來參詣，於是祂又化身為保護旅途平安的守護神，因而在神話中被塑造成為天孫指引方向的嚮導。由於祂當時是在天之八衢等待天孫，因此又稱為「衢之神」。猿田毘古神身為守衛道路邊界、保障通行安全的神祇，和道祖神互相調合後，成為供奉在路旁的「塞之神」「境之神」，可見其神格中帶有守護村落邊界的特性。

與猿田毘古神關係密切的神祇

天宇受賣命

▶P.112

民間傳說祂是猿田毘古神之妻。猿田毘古神以嚮導之身在途中等待引領天孫時，祂奉命出面問其身分，這也是祂們初次見面。

邇邇藝命

▶P.158

猿田毘古命自願擔任嚮導、引領的知名神祇。在祂降臨大地以前，曾獲賜了三種神器。

守衛宮殿出入口的屋敷境界神

天石門別神

祂是破例陪同天孫降臨的神祇，專門驅逐來自異界的災厄。

地位	山之神／石之神／宮城之門的守護神
保祐	降災除厄 家庭安全
主要神社	天岩門別神社（岡山縣美作市） 櫛石窗神社（兵庫縣篠山市） 大祭天石門彥神社（島根縣濱田市）

PARAMETER

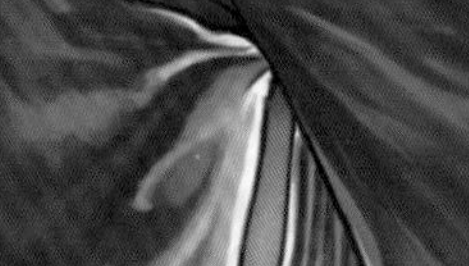

知名度 2
靈力 4
神秘性 3
慈愛 3
神話登場 3

靈力 4

雖然與「石」的關係匪淺，但大多被人們奉為寄宿於邊境的神祇。

神秘性 3

《古事記》裡的祂並未出現在岩戶之隱神話中，卻罕見地被召入天孫降臨的行列。

illustration：日田慶治

伴隨「三神器」的三神之一 宮殿裡不可欠缺的大門守衛

●防止惡靈入侵的屋敷境界神

神話裡總有「此為御門之守護神」這樣的存在，而天石門別神自古以來就是供奉於天皇宮殿四方之門的神祇。

祂的別名為櫛石窗神與豐石窗神，人們把祂奉為除厄之神，負責驅逐入侵的邪鬼惡靈或災難、預防疾病並保障家庭安全。既然有專門守護地區邊界的道祖神，那麼當然也少不了守護屋敷境界的天石門別神了。

●以宮殿守衛之身加入天孫降臨的眾神行列

天石門別神初次登場是在《古事記》的天孫降臨神話當中。根據書中記載，邇邇藝命下降大地時除了持有「三神器」以外，還另外帶了神器附屬的思金神、天手力男神以及天石門別神。在天孫降臨神話中出場的神祇，大多都曾參與過岩戶之隱事件，唯有天石門別神是例外。那究竟是為什麼，祂能夠加入天孫降臨的行列之中呢？

天石門別神名中的「石門」，顧名思義即是岩石打造的門扉；加上「天」字以後，就成了「位於天界入口的堅固大門」。如前文所述，在邇邇藝命降臨時，天照大御神不僅指派了幾名眾要神祇陪同隨行，又額外加派了三名神祇，分別是智慧之神思金神、力大足以扳開天岩戶之門的天手力男神、最後一名即是天石門別神。派遣天石門別神出行的理由，在於祂是宮殿必備的守衛。

當天孫統治大地時，天石門別神必須待在宮殿出入口為天孫效命，肩負阻擋惡靈入侵宮內的重任。而這也是現代人之所以將祂視為家門、村界等邊境之神的原因。

此外，全日本也有許多把巨石、巨岩奉為御神體的神社，祭祀天石門別神的神社亦是其中之一。

不只在日本，全世界都有這種相信神靈寄宿於岩石的信仰。因為這樣的神與「石」的淵源深遠，人們相信祂們擁有強大的靈力，所以才會對祂們如此敬畏尊崇。

與天石門別神關係密切的神祇

天照大御神

▶P.078

擁有強烈領袖魅力的高天原主宰神。在天孫降臨時選擇了天石門別神作為「三神器」的附屬神。

天手力男神

▶P.114

擁有足以打開天岩戶的強大怪力，與思金神一同加入天孫降臨的眾神之列。祂是人類對肉體力量的憧憬而塑造出來的神。

美貌與花朵的象徵

木花之佐久夜毘賣

祂雖以如花的美貌著稱，卻能勇敢投身燃燒的產房中生產，無疑是擁有非凡剛毅母性的女神。

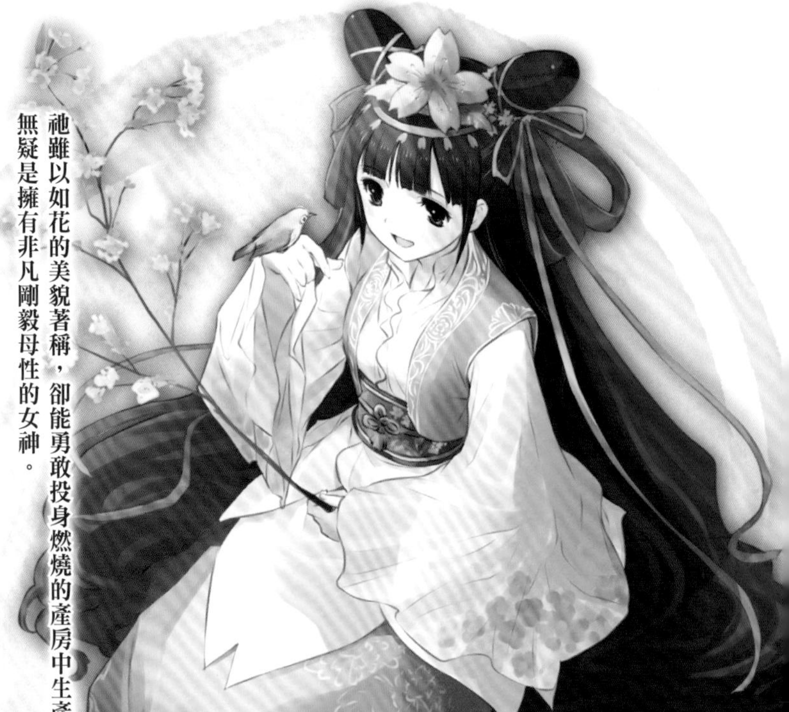

地位	酒解子神 妻之守護神
保祐	結緣／懷孕／安產／鎮護森林火災
主要神社	全日本淺間神社（約300座） 箱根神社（神奈川縣足柄下郡） 梅宮大社（京都府京都市）

PARAMETER

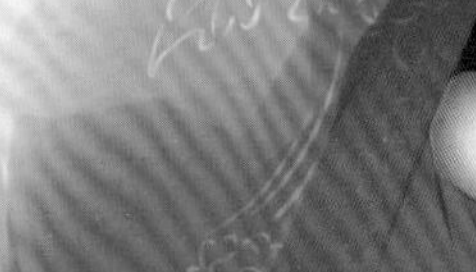

知名度4
5 靈力
3 神秘性
4 慈愛
5 神話登場

靈力 5

能在大火中產下三個兒子，可見其靈力強韌，但除了靈力之外並沒有特別的長處。

神話登場 5

天孫邇邇藝命的妻子，經常出現在神話中。著名事蹟是賦予人類「壽命」的限制。

illustration：雙羽純

為掃除丈夫邇邇藝命的疑慮而投身大火的女神 以保祐安產的神德而聞名。

●在火中分娩的安產之神

木花之佐久夜毘賣是天孫邇邇藝命的妻子，祂所生下的火照命、火遠理命也是日本皇室的起源。由於祂當初是在熊熊大火中產下三子，因而被人們視為安產信仰的代表神祇。

木花之佐久夜毘賣與邇邇藝命只在一夜交歡後便懷了孕，結果遭到丈夫懷疑腹中的孩兒並非自己的骨肉。祂為了證明自己的清白，便逕自放火燒了產房，投身其中生下了孩子，由此即可看出其精神無比強韌。

祂是全日本山脈的統帥——大山津見神的女兒，也是淺間神社供奉的神祇。祂的別名為神阿多都比賣，《日本書紀》中則寫作木花開耶姬，此外尚有一書稱祂為神吾田鹿葦津姬。

●天皇之所以有「壽命」的緣由

木花之佐久夜毘賣與邇邇藝命的婚姻，其實蘊含了一個非常重要的隱喻。

邇邇藝命在笠沙岬遇見木花之佐久夜毘賣，一眼即被祂的美貌給虜獲心房，便立刻向祂的父親大山津見神提親。大山津見神欣然答應了婚事，並讓姊姊石長比賣一起陪嫁，希望姊妹倆可以共侍一夫。然而石長比賣其貌不揚，邇邇藝命於是退回了這門婚事。

事實上，大山津見神將姊妹倆一起送嫁，意味著「與木花之佐久夜毘賣交合，可如木花一般欣欣向榮；與石長比賣交合，可享磐岩般永恆不朽的生命」。

根據《古事記》記載，天皇之所以無法獲得永生，正是因為邇邇藝命拒絕了石長比賣的婚事所致。

●別名為酒解子神

木花之佐久夜毘賣曾經使用邇邇藝命從高天原帶來的稻米釀造出天甜酒，因此祂也是著名的釀酒之神。邇邇藝命帶來的稻穗，正是葦原中津國的第一株稻米；因此，天甜酒也就是御神酒的元祖。基於這個背景，掌管所有稻田的大山津見神同時也是酒解神，而身為其女的木花之佐久夜毘賣便是酒解子神。

與木花之佐久夜毘賣關係密切的神祇

邇邇藝命

▶P.158

天孫降臨神話中知名的主人翁。因懷疑一夜懷孕的妻子木花之佐久夜毘賣不忠，使祂決定在大火中生產以證明清白。

石長比賣

▶P.166

木花之佐久夜毘賣的姊姊，容貌比妹妹遜色許多，大多用來反諷轉瞬即逝的美麗。

石長比賣

祂象徵了生命的永恆，卻也與美麗無緣，因而成為人類「壽命」的起源。

孕育「壽命」的女神

擁有美醜對比的姊妹神之一

●遭到妹夫退婚的悲哀女神

石長比賣是木花之佐久夜毘賣的姊姊，兩者互為對比。祂不如妹妹那般美麗，甚至可以說是醜陋又悲哀的女神。

祂象徵著岩石的恆常性，其中代表意義是「生命的永恆與美豔的存在無法兩立」。岩石是永遠的存在，但外貌卻相當簡陋；櫻花固然美麗，卻脆弱易逝。木花之佐久夜毘賣與石長比賣，正是一雙各自象徵了正反兩面的姊妹。

父親大山津見神雖將石長比賣作為陪嫁、一同送給了邇邇藝命，但邇邇藝命卻只選擇了妹妹，並將石長比賣退回。這段典故也被視為天皇之所以壽命短暫的緣由。

《日本書紀》中寫道：「磐長姬（《古事記》中寫作石長比賣）因此又羞又怒，一邊嘔吐一邊哭著咀咒『生於此世的青人草（人民）必定如木花般稍縱即逝』。」

不過，石長比賣仍以祈求長壽的岩之女神身分，成為全日本的淺間神社、京都大將軍神社、兵庫磐長姬神社、宮崎銀鏡神社的祭神。

地位	岩之女神	保祐	長壽	主要神社	全日本淺間神社

illustration：七片藍

萬幡豐秋津師比賣命

祂是能夠為人們牽線結緣的棚機姬神，深受女性的歡迎。

誕下邇邇藝命的織品之神

為七夕祭典「織女」由來的結緣之神

●民眾信仰的織品之神

萬幡豐秋津師比賣命是高御產巢日神之女，後來成為天之忍穗耳命之妻、邇邇藝命的母親，是個相當重要的女神。

祂名中的「萬幡」意指織布機，「師」意指技師；別名是七夕祭典的織女——棚機姬，為民眾普遍信奉的織品之神。既然與七夕有關，也就代表祂能夠為人們結緣，因此深受女性的歡迎。靜岡縣濱松市的服織神社當中，即供奉了萬幡豐秋津師比賣命。

另外，祂名中的「豐秋津」意指上等的布料，也有人解釋為結實累累的稻穗；無論如何解讀，祂的名字都與織布機和織品脫不了關係。根據民間傳說，織布的美麗少女是異界與人間的媒介。須佐之男命之所以被逐出高天原，主要也是因為祂害死織布的少女。由此可見紡織對古人而言是非常神聖的工作，紡織之神的誕生也是在這種背景下產生。

萬幡豐秋津師比賣命在《日本書紀》當中，也寫作栲幡千千姫命、栲幡千千媛萬媛命、天萬栲幡媛命、栲幡千幡姫命。

地位	織品之神	保祐	結緣	主要神社	龜山神社（廣島縣吳市）

illustration：月岡圭瑠

海幸彥與山幸彥

邇邇藝命嗣子的兄弟之爭

火遠理命因遺失了哥哥的釣鉤而遭到斥責，為了找回失物，遂啟程前往海神的宮殿。

遺失哥哥釣鉤的山幸彥

●為尋回釣鉤而深入海之宮殿

火照命是以海幸彥（漁夫）為業，專門捕魚維生；火遠理命則是以山幸彥（獵人）為業，專門狩獵野獸維生。有一天，火遠理命對火照命說：「我們來交換工具吧！」火照命猶豫了一會兒，最後才答應只能交換一小段時間。火遠理命拿到工具後，立刻開始用釣鉤試著捕魚，結果非但沒釣到半條魚，甚至還讓釣鉤掉進了海裡、不知去向。

火遠理命只好向火照命據實以告，並將十拳劍打碎、做成五百副魚鉤當作賠償，但火照命卻不領情；即使火遠理命又做了一千副釣鉤給祂，祂也拒絕收受，堅持只要拿回原來的釣鉤。

喪氣的火遠理命來到海邊，巧遇了鹽椎神，便把事情經過全盤托出。於是鹽椎神做了一條小船，讓火遠理命乘著前往海神的宮殿。祂按照指示來到宮殿門口，遇見海神之女豐玉毘賣命，兩人一見定情。

海神見到了火遠理命後，隨即看出祂是天津神御子，便舉辦了盛宴、讓祂與豐玉毘賣命結婚。火遠理命也因此在海底住了三年。

直到某一天，火遠理命終於想起釣鉤的事，忍不住唉聲嘆氣。海神問其緣由，火遠理命這才將尋找釣鉤的經過娓娓道出。

火照命・火遠理命的別名

出處	第一王子	第二王子	第三王子
古事記（山幸彥海幸彥）	山幸彥		海幸彥
古事記（天孫降臨）	火照命	火須勢理命	火遠理命 天津日高日子穗穗手見命
日本書紀·本文	火闌降命	彥火火出見尊	火明命
日本書紀·一書	火酢芹命	火明命	彥火火出見尊
日本書紀·一書	火明命	火進命	火折尊
日本書紀·一書	火明命	火夜織命	彥火火出見尊

海幸彥投降

●綿津見大神賜予的神奇珍珠

海神得知事情原委後，召來海裡所有的魚，命令牠們尋找遺失的釣鉤。魚群說：「紅鯛因為喉嚨被骨頭刺到、無法進食而正傷心著呢。」於是綿津見大神前去尋找紅鯛，這才終於尋獲了釣鉤。

綿津見大神將釣鉤還給火遠理命，說：「當你交出釣鉤時，要說『此乃淤煩鉤、須須鉤、貧鉤、宇流鉤』，然後用後面那隻手交出釣鉤。日後你哥哥在高地墾田，你就要在低地墾田；祂在低地墾田，你便於高地墾田。天下之水皆由我掌控，如此不出三年，你的兄長就會一貧如洗。」接著，祂又拿出鹽盈珠和鹽乾珠，吩囑：「如祂對你懷恨，就用鹽盈珠使祂溺水；如祂痛苦求救，就用鹽乾珠令祂活命，讓祂痛不欲生吧。」火遠理命答應下來，乘著鱷魚離開海底。

返回陸地的火遠理命隨即嘗試了海神教祂的招數，結果也如祂所料，痛苦不堪的火照命俯首稱臣，發誓：「讓我成為你日夜的守護者吧。」

鵜草葺不合命的誕生

●「不可見」的禁忌

火遠理命的妻子豐玉毘賣命懷有身孕，但天津神之子無法在海中出生，於是祂只好來到陸地生產。

夫妻倆打算用鵜的羽毛當作屋頂的葺草，在海邊蓋一座產房。然而就在屋子完成以前，陣痛卻先襲來。火遠理命雖向豐玉毘賣命再三保證：「既然妳臨盆時會變回原本的相貌，那我不看就是了。」但最後祂還是禁不住好奇偷窺產房，沒想到映入眼簾的竟是妻子化為鱷魚的身影。

發現丈夫偷窺的豐玉毘賣命羞恥不已，便留下孩子、切斷海陸之間的通道，逕自遁回海中不再歸來。因此，這個新生的御子便取名為鵜草葺不合命。

鵜草葺不合命後來與撫養祂長大的玉依毘賣結婚，生下了四個孩子。而其中的么子若御毛沼命，即是未來的神倭伊波禮毘古命、傳說中的神武天皇。

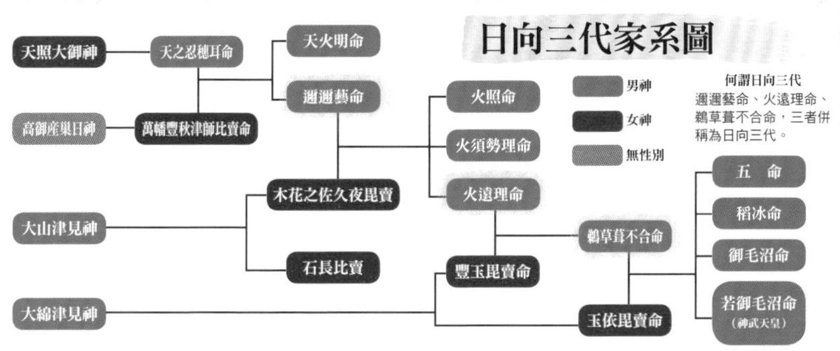

以海幸彥一名傳頌後世的豐漁之神

火照命

祂是與弟弟火遠理命爭權失敗的哥哥，也是至今仍傳頌民間的兄弟神話主角之一

地位	稻穗之神
	漁業之神
保祐	豐漁
	祈求豐收
主要神社	潮嶽神社（宮崎縣北鄉町）
	止上神社攝社大隅神社（鹿兒島縣國分市）
	阿陀比賣神社（奈良縣五條市）

PARAMETER

知名度 5

為「海幸彥・山幸彥」故事中的兄弟神之一。

神話登場 5

書中將祂寫為九州南部隼人族的祖先。

illustration：池田正輝

生於火中的三兄弟長男 記紀中的九州南部隼人族始祖

●善於打獵的弟弟和+擅長捕魚的哥哥

火照命是天孫邇邇藝命與木花之佐久夜毘賣的長子，也是火遠理命的哥哥，《日本書紀》中把祂寫作火酢芹命。

弟弟火遠理命擅長在山中狩獵，以「山幸彥」聞名；哥哥火照命則擅長在海中捕魚，以「海幸彥」聞名。

根據《古事記》的描述，「祂，火照命，以海佐知毘古之身捕捉鰭之廣物、鰭之狹物」。所謂的鰭之廣物、鰭之狹物，就是指神饌（供品）所用的大魚小魚，由此可見火照命是以漁業維生。

然而另一方面，祂名中的「火」同時也帶有「穗」的意思，所以人們經常把祂與其雙親一同奉為稻穗之神。「照」字則是象徵了稻穗泛紅成熟的樣子，同時也代表了火焰紅光照耀的情景。

●成為弟弟守護神的哥哥

記紀神話中的海幸彥與山幸彥兄弟之爭，後來也衍生成為現在的日本民間故事（「海幸・山幸」）。

有一天，兄弟倆互相交換彼此重要的謀生工具，但弟弟火遠理命卻不小心遺失了哥哥的魚鉤。火照命怒言：「把原本那副釣鉤還來！」令火遠理命大傷腦筋，只好前往海中的宮殿尋求幫助。

宮中的大綿津見神非常欣賞火遠理命，不但將女兒豐玉毘賣嫁給祂為妻，並在祂找回釣鉤時賜給祂可自由操控水的鹽盈珠、鹽乾珠。獲得這些力量的火遠理命按照指示，在火照命攻來時用鹽盈珠使其溺水，待祂痛苦求救時再用鹽乾珠救祂一命，藉此贏得哥哥的效忠。

受到這番對待的火照命最終在兄弟的權力鬥爭中認敗。敗北的祂向弟弟舉手投降，宣誓：「此後我就是你的守護神。」

根據記紀當中記載，山幸彥是天皇家始祖，海幸彥則是九州南部的隼人族始祖；換言之，這段故事源自於隼人族向大和朝廷發起抗爭，後來又投降臣服的歷史。如海幸彥所發的誓一般，隼人會在大嘗祭中跳舞，並於天皇出巡之際隨侍在側、發出狗吠聲作為警戒等等，長久以來都是天皇與朝廷少不了的重臣。

火照命在現代以保祐豐漁、豐收而聞名，供奉於宮崎縣北鄉町潮嶽神社等地。

與火照命關係密切的神祇

木花之佐久夜毘賣

▶P.164

火照命的母親，在火中生下三名孩子的堅強女神。而火照命就生於大火剛開始竄升的產房之中。

火遠理命

▶P.172

在龍宮獲得神力的弟弟山幸彥。火照命與弟弟爭權失敗以後，便成為服從弟弟的守護者。

以「山幸彥」聞名的「日向三代」之一

火遠理命

祂是天皇家的祖先山幸彥，在權力鬥爭中打敗兄長海幸彥，成為正統皇族的源頭——初代神武天皇的祖父。

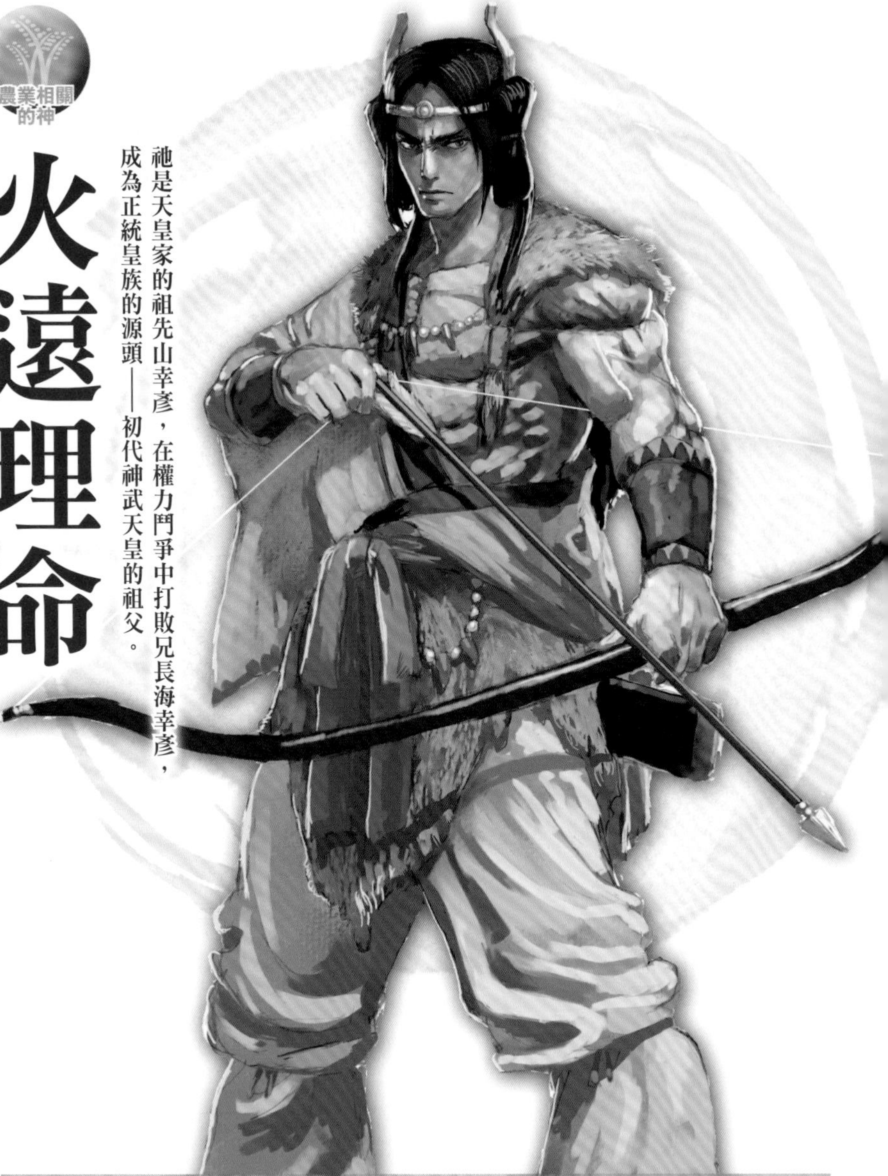

地位	稻穗之神
保祐	五穀豐收／豐漁／安產／一家繁榮
主要神社	青島神社（宮崎縣宮崎市） 益救神社（鹿兒島縣熊毛郡） 鮭神社（福岡縣嘉麻市）

PARAMETER

知名度 5

初代神武天皇的祖父，為皇族的祖先。

神話登場 5

與哥哥海幸彥同為著名的兄弟神話主角。

illustration：伊吹飛鳥

生於火中的三兄弟么子 以天皇祖先之身保祐婦女安產

●名中蘊藏的誕生秘密

火遠理命即是日本人人皆知的「山幸彥」;《古事記》中的祂又稱作天津日高日子穗穗手見命;《日本書紀》則寫作火折彥火火出見尊、彥火火出見尊。

「火遠理命」這個名字，其實背後隱藏了一個天大的出生秘密。母親木花之佐久夜毘賣遭到父親邇邇藝命懷疑出軌，一怒之下放火燒了產房，並投入火中生產。而火遠理命象徵了火勢消滅的情景，意指祂生於產房大火燃盡的那一刻。根據《古事記》記載，哥哥火照命生於火焰剛燃起的時候，二哥火須勢理命則生於火勢漸弱的時分。

除此之外，祂的名字還包含了其他意義。「火」(ho)又可寫作「穗」、「遠理」(ori)又可寫作「彎折」，表現出稻穗結實後下垂的模樣。而祂的別名中也帶有「穗穗」二字，可說是特別強調了祂稻穗之神的身分。

別名中的「天津」「日子」皆與天孫有所關聯，因此又可解讀成火遠理命即是唯一、真正的天孫。

●初代神武天皇的血脈根源

火遠理命與哥哥「海幸彥」爭權勝出以後，和豐玉毘賣命生下了初代神武天皇的父親鵜草葺不合命。根據記紀神話記載，火遠理命因遺失了哥哥的釣鉤，便來到海神宮殿求助，結果對海神之女豐玉毘賣命一見鍾情。

從邇邇藝命到火遠理命、鵜草葺不合命，這條血脈就稱為「日向三代」，象徵著傳承天皇正統血脈的純粹天津神代代君臨這片國土。

●九州人篤信的稻穗之神

火遠理命同時也是稻穗之神，能夠保祐五穀和漁穫豐收、懷孕、安產、育兒、一家繁榮。

宮崎縣的青島神社和鹿野田神社、鹿兒島縣的鹿兒島神社、鹿兒島縣屋久島町的益救神社、福岡縣嘉麻市的鮭神社、長崎縣對馬市的和多都美神社等等，許多位於九州的神社都供奉了火遠理命。除此之外，神奈川縣的箱根神社、愛知縣的知立神社、福井縣的若狹彥神社上社也都將火遠理命奉為祭神。

與火遠理命關係密切的神祇

豐玉毘賣命

▶P.174

火遠理命遺失哥哥的魚鉤後，前往海神宮殿求助時所遇見的女神。雙方一見鍾情、就此成婚。

鵜草葺不合命

▶P.176

火遠理命的兒子、初代神武天皇的父親，並身兼農業和漁業的守護神。後來祂迎娶了養母，也就是母親豐玉毘賣命的妹妹為妻。

生下初代天皇之父的海神之女

豐玉毘賣命

祂雖對火遠理命一見鍾情、懷孕生子，最後卻因暴露了原形而掩泣遁回海中。

地位	懷孕生子 結緣之神
保祐	開運除厄／安產／殖產興業／育兒
主要神社	若狹彥神社（福井縣小濱市） 海神神社（長崎縣對馬市） 青島神社（宮崎縣宮崎市市）

PARAMETER

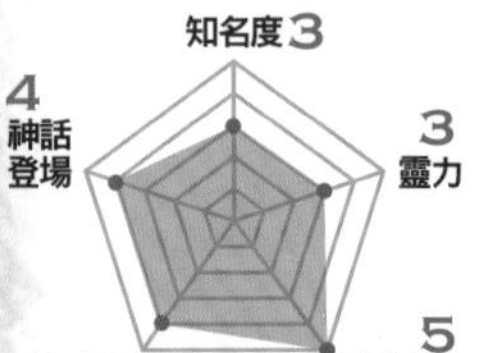

知名度 3
靈力 3
神秘性 5
慈愛 4
神話登場 4

神秘性 5

丈夫偷窺產房後，才發現祂的真面目竟是鱷魚！這種真相難免令人驚嚇失聲。

慈愛 4

返回海底後仍無法忘懷丈夫與兒子，便派妹妹前去照料祂們。

illustration：中山慶翔

與火遠理命結婚並生下神武天皇之父 因深愛丈夫而不惜隱藏真面目的可憐女神

●公主令人驚異的真實面貌

豐玉毘賣命是綿津見大神的女兒，因對火遠理命一見鍾情而出嫁為妻，是「海幸．山幸」故事當中不可或缺的人物。

《古事記》中把祂寫作豐玉毘賣命，《日本書紀》寫作豐玉姬命。其名中的「豐」字即是「豐潤」的意思，全名意為「心靈依附於豐潤美玉的巫女」。此外，傳說名中帶有玉字的女性，大多都會和來自異鄉的神祇結婚、生下神子。

豐玉毘賣命對前來尋找遺失釣鉤的火遠理命一見鍾情，其父綿津見大神便憑著神力使雙方成婚。後來夫妻倆生下了日後神武天皇的父親鵜草葺不合命，《古事記》中也詳細生動地描述了這段生子的故事。

為火遠理命懷了孕的公主，在綿津見大神的宮殿中度過三年，之後為了追隨返回陸地的丈夫而離開宮中。祂們在海邊用鵜的羽毛作為屋頂來搭建產房，然而在產房建造完成以前，公主腹中的胎兒卻開始蠢蠢欲動。祂向丈夫再三提醒：「你千萬不可以偷看！」隨即步入產房臨盆。但火遠理命卻無法壓抑自己心中的好奇，往產房內偷看了一眼，結果眼前所見的竟是化身成為巨大鱷魚的妻子。

身為海神之女的豐玉毘賣命，真面目其實是一隻大鱷魚。祂因身分暴露而感到羞愧難耐，於是拋下剛出生的孩子返回了海中。

豐玉毘賣命的孩子之所以命名為「鵜草葺不合命」，即是意指祂出生在鵜羽搭建的產屋尚未完工的時刻。

●神武天皇的祖母

返回海中宮殿的豐玉毘賣命仍然忘不了自己的丈夫，只好拜託妹妹玉依毘賣命幫忙撫養孩子。

鵜草葺不合命長大以後，便迎娶了身為養母、同時又是母親之妹的玉依毘賣命為妻。

這兩神膝下最小的孩子，即是日後的神武天皇。換言之，豐玉毘賣命也就是天皇的祖母。

到了現代，豐玉毘賣命則被人們奉為保祐安產和育兒的神祇，供奉於山梨縣的山中諏訪神社、京都的下鴨神社、鹿兒島縣的豐玉姬神社、鹿兒島神社等地。

與豐玉毘賣命關係密切的神祇

火遠理命

▶P.172

祂在海神宮殿遇見豐玉毘賣命，彼此互相吸引而結婚，卻直到妻子生產時才看見祂所暴露的真面目。

玉依毘賣命

▶P.180

豐玉毘賣命之妹。姊姊雖拋下丈夫兒子、潛回海中，但仍無法對此忘懷。祂受託前往陸地育兒，最後成了這位外甥的妻子。

身為天皇家始祖的頂尖神

鵜草葺不合命

祂是以天皇家的根源大和朝廷建國始祖——神武天皇之父的身分聞名天下的農業神。

地位	農業之神
保祐	守護農業／夫妻和樂／安產／開運／長命百歲／武運昌隆／技藝進步
主要神社	鵜戶神宮（宮崎縣日南市） 知立神社（愛知縣知立市） 月讀神社（鹿兒島縣鹿兒島市）

PARAMETER

知名度 1
5 靈力
3 神秘性
4 慈愛
2 神話登場

慈愛 4

身為神武天皇的父親，其夫妻關係象徵著天皇家擁有足以統治天涯海角的權力。

神話登場 2

《上記》《竹內文書》皆可見其蹤影，這些都是與正史相去甚遠的「超古代文書」。

illustration：虹之彩乃

自己的出生造成雙親的永別 因緣和養母相識成婚、生下初代天皇

●身為初代天皇父親的山幸彥之子

鵜草葺不合命是火遠理命與綿津見大神的女兒豐玉毘賣命之子。祂的名字當中包含了許多謎團。首先，名字的由來是取自母親豐玉毘賣命在海邊用鵜羽搭建產房屋頂時、中途陣痛生產的故事。

鵜草葺不合命出生的鵜羽產房（當時尚未搭建完成），據說就位於宮崎縣鵜戶神社的所在地。而名中也隱喻了祂是大和王朝建國始祖——初代天皇神武之父的立場。凡被視為皇室祖神的神祇，名中都冠有「穀物」相關的字（稻、火、穗等），唯有「鵜草葺不合命」的名中並不包含這些字眼。

這是因為，祂與養育自己長大成人的姨母（母親的妹妹）玉依毘賣命結婚、生下了四個孩子，但民間卻只流傳祂的第四個孩子、也就是後來建立大和王朝的神武天皇的事蹟，因此有人認為祂或許只是個編造出來的神祇。

●以悲劇收場的異種婚姻

為什麼必須強調鵜草葺不合命所代表的意義呢？因為自古以來，王朝的成立都是將異類之間所生的特殊人物奉為始祖，所以祂才會被視為異類的神。有一說主張鵜草葺不合命的出生象徵了山之靈與海之靈的結合，足以用來代表皇室莫大的統治力。此外，《日本書紀》當中則是以別名彥波瀲武鵜草葺不合尊來稱呼祂。

在鵜草葺不合命誕生的故事中，也描述了其父神與母神分離的緣由。母親豐玉毘賣命在臨盆之際變回鱷魚的姿態，原本不該偷看的火遠理命卻犯下大忌，結果令豐玉毘賣命羞恥不已，隨即與火遠理命訣別、返回海之宮。

然而，這件事卻也促成了另一段姻緣。豐玉毘賣命拜託妹妹玉依毘賣命前往陸地、擔任鵜草葺不合命的乳母，後來母子結為夫妻。雖然鵜草葺不合命失去了母愛，卻能和撫養自己的乳母維持和睦的夫妻關係、一同孕育了四個孩子。因此祂不僅是農業之神，同時也能保祐人們廣結良緣、夫妻美滿。

與鵜草葺不合命關係密切的神祇

火遠理命

▶P.172

以山幸彥一名廣為人知，為鵜草葺不合命的父親、神武天皇的祖父，也是「山幸彥與海幸彥」神話當中的主角。

玉依毘賣命

▶P.180

豐玉毘賣命的妹妹，原是鵜草葺不合命的養母，後來成為鵜草葺不合命的妻子，為神武天皇之母。

為眾神指引通往未知世界道路的預言者

鹽椎神

祂博學多聞，是能夠為面臨困境的眾神貢獻智慧的海洋與產業之神。

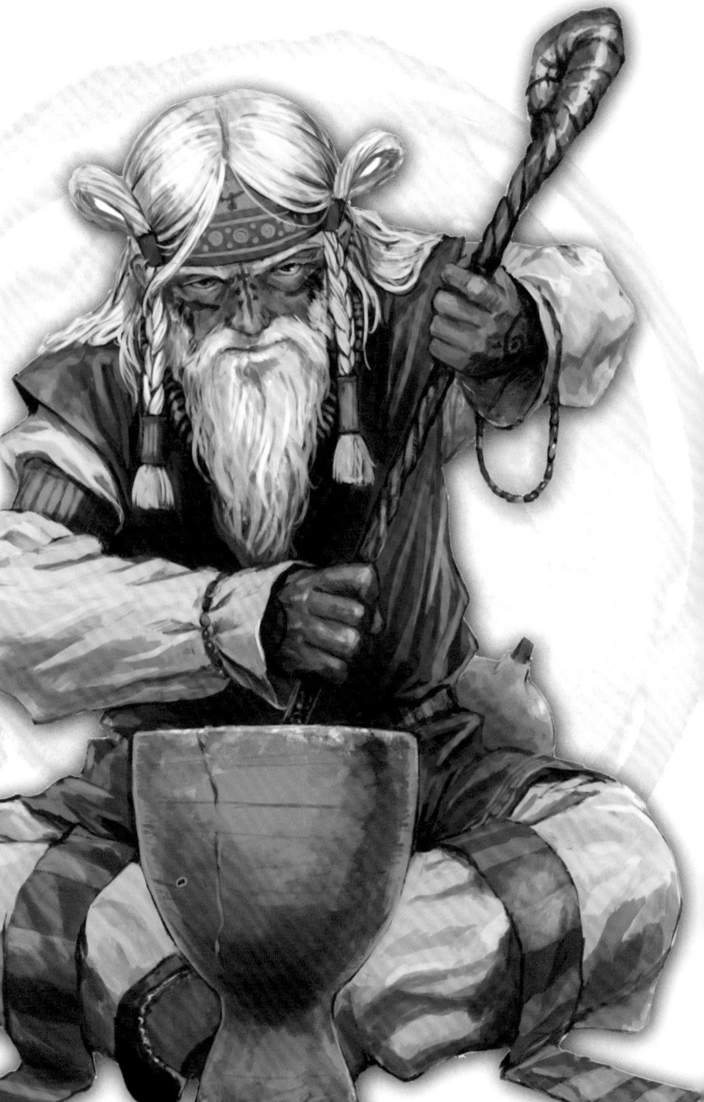

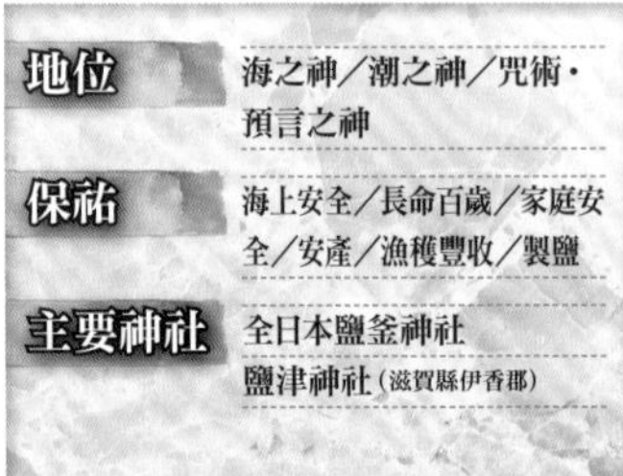

地位	海之神／潮之神／咒術・預言之神
保祐	海上安全／長命百歲／家庭安全／安產／漁穫豐收／製鹽
主要神社	全日本鹽釜神社 鹽津神社（滋賀縣伊香郡）

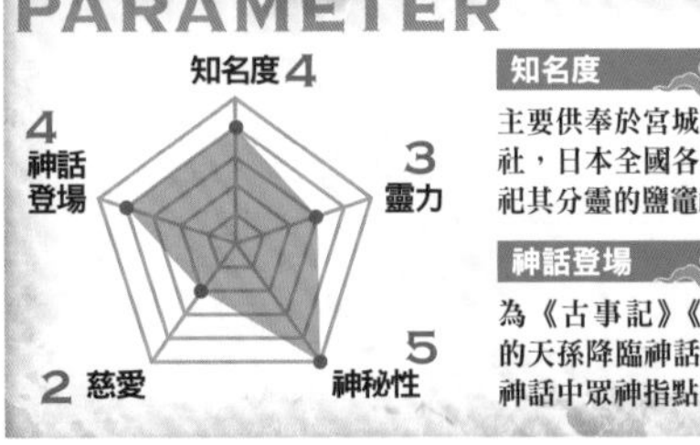

知名度 4

主要供奉於宮城縣的鹽竈神社，日本全國各地亦設有祭祀其分靈的鹽竈神社。

神話登場 4

為《古事記》《日本書紀》的天孫降臨神話與海幸山幸神話中眾神指點迷津。

illustration：米谷尚展

大放異彩的眾神心靈導師

●專與諸神諮商未來的海之神

鹽椎神一名出自《古事記》，此外祂還有許多名稱；《日本書紀》將祂寫作鹽土老翁或鹽筒老翁、鹽槌翁命，《先代舊事本紀》寫作鹽土老翁，別名為事勝因勝長狹神。

其名前冠上的「鹽土」代表「潮靈」「潮路」，引申為掌管海流的神，也就是「航海之神」。而祂的別名「鹽筒」也同樣代表海路之神的意思。

鹽椎神是海幸彥、山幸彥神話中的角色之一。火遠理命（山幸彥）因遺失了哥哥火照命（海幸彥）的釣鉤而苦惱不已，鹽椎命為祂準備了一艘竹船、建議祂搭船前往綿津見大神的宮殿求助，火遠理命這才終於成功找回了釣鉤。

另外在《日本書紀》的神武東征神話中，神武天皇身處高千穗（日向），正在尋找統治國家的最佳據點時，鹽椎神亦曾向祂提道「向東可建一好國」、建議祂東征發展。換言之，鹽椎神也可說是朝廷成立的影子功臣。

無論在哪一段神話，鹽椎神都是上知天文、下通地理、無所不知的萬事通，同時也是專門提供策略、幫助眾神解決臨頭大難的神祇。

●普及全日本的鹽竈信仰祭神

鹽椎神是全日本鹽竈神社所信仰的神祇，主要根據地為宮城縣的鹽竈神社。不過據社史記載，在鹽椎神的指引下，建御雷之男神與經津主神平定諸國，二神一度來到鹽釜後又返回根據地，唯有鹽椎神獨自留在當地，教導人們漁業和製鹽法。因此祂的海神身分當中，其實也蘊含了帶動產業發展的意味。

海潮的流向與天氣是航海安全不可或缺的情報，所以自古以來乘船出海的人們總是仰賴海神的庇祐。從鹽椎神的名稱中亦可見其與海水淵源之深，雖然祂大多被人們供奉於海邊，不過也不乏將祂供奉於內陸神社的例子。內陸祭祀的鹽椎神主要是作為安產信仰，所以祂並不僅限於保祐海上安全。由此可見身為眾神導師的鹽椎神擁有各種不同的面相。

與鹽椎神關係密切的神祇

火遠理命

▶P.172

以山幸彥一名聞名，為神武天皇的祖父。祂的未來說是受到鹽椎神的影響而改變的也不為過。

神倭伊波禮琵古命

▶P.186

發起東征、建立大和朝廷的神祇。雖然有人懷疑祂在歷史上的真實性，不過祂在人們心中仍然坐擁初代天皇的地位。

代姊為母的女神

玉依毘賣命

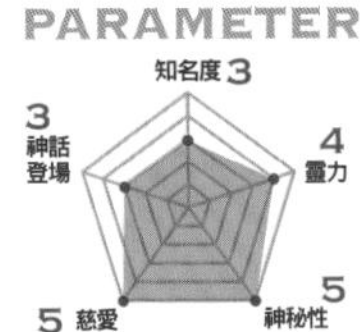

illustration：藤川純一

●以近親婚姻誕下初代天皇

玉依毘賣命是身兼巫女的海神之女，同時也是神武天皇的母神。其名中的「玉」代表神靈，「依」意指神靈附身的巫女。這個源自神靈附體的稱呼，象徵的是即將成為神之妻的女性、也就是神靈附身對象的巫女神格化以後的形態。

身為火遠理命之妻豐玉毘賣命之妹，祂代替與夫訣別、回到海中的姊姊撫養孩子（鵜草葺不合命），並在鵜草葺不合命長大後成為其妻，生下了五瀨命、稻冰命、御毛沼命、若御毛沼命四個孩子。

因箭傷身亡的初代天皇之兄

五瀨命

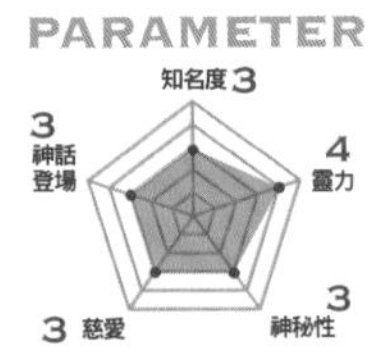

●遭長髓彥射死的悲劇之神

五瀨命是鵜草葺不合命和玉依毘賣命的長子。弟弟神倭伊波禮琵古命（神武天皇）聽了鹽椎命的建議，決定一同發起東征。根據《日本書紀》，祂們從日向國（今宮崎縣）往大和國出發，在難波國的孔舍衛坂與長髓彥軍隊交戰，五瀨命中箭倒下，東征軍也落敗。最後祂死於紀伊國的竈山，當地因此建造了彥五瀨命墓。位於陵墓南方的竈山神社當中即供奉了五瀨命，此外祂也和其他弟弟一同供奉於安仁神社（岡山縣）。

illustration：藤川純一

死後成神的二哥

自然相關的神

稻冰命

PARAMETER
知名度2
3 靈力
3 神秘性
3 慈愛
1 神話登場

illustration：日田慶治

●投海身亡的海神之子

鵜草葺不合命和玉依毘賣命的次子。根據《日本書紀》記載，祂也是神武東征的成員之一。長兄因箭傷惡化而去世後，一行人在紀伊航海之際遇上暴風雨，稻冰命不禁悲嘆：「為何父親是天神、母親是海神的我們，無論在陸地還是海上都必須承受這些煎熬呢？」接著祂便拔出了劍，縱身跳入海中。

後來人們把稻冰命奉為鋤持神。因為「鋤」和劍都象徵鱷魚，而古人總把鱷魚尊為「海神使者」或「海神化身」。

死後供奉於故鄉的三男

農業相關的神

御毛沼命

PARAMETER
知名度3
3 靈力
3 神秘性
3 慈愛
2 神話登場

illustration：佐藤仁彥

●投海遠渡常世之國

御毛沼命是鵜草葺不合命和玉依毘賣命的三子。根據《日本書紀》，在熊野遭遇暴風雨的稻冰命跳海後，御毛沼命也感嘆：「母親和姨母（豐玉毘賣命）同為海神，為何以如此巨浪傷害吾等？」於是前往常世之國。不過也有其他傳說提到祂返回高千穗，成為當地統治者，因此現在的高千穗神社（宮崎縣）才會供奉御毛沼命。名中的「御毛」又寫作「御食」，意指食物（尤其穀物）；「沼」（nu）為「主」（nushi）的省略，於是亦可視為穀靈之神。

神話的相似性

～神話中不可思議的共通點～

■與外國神話如出一轍的故事脈絡

你是否曾經聽過「比較神話學」呢？這是種將世界各國的神話互相比較、研究，尋找共通點的學問，《古事記》當中也因此而發掘出許多與外國神話相似的橋段。

其中最具代表性的情節，就是伊邪那岐神造訪黃泉之國的故事。祂為了帶回死去的愛妻伊邪那美神，奮勇前往黃泉之國；妻子告誡祂「不可偷看」，但祂仍然犯下大忌，最終以失敗收場。

與此幾乎相同的故事，也出現在希臘的奧菲斯神話之中。雖然妻子的死因與路途中的遭遇不盡相同，但這種類型的神話卻只流傳於日本與希臘，確實值得細細比較兩者的地理與時間距離、尋找造成這種情況的真正原因。

除此之外，像是天照大御神的岩戶之隱與狄蜜特神話、大國主神婚前接受須佐之男命的考驗與金羊毛傳說等等，日本和希臘神話的共通之處多不勝數。

在東南亞與太平洋沿岸一帶，也流傳了許多與大宜都比賣命的五穀起源神話非常相似的故事。

而且，連三貴子的誕生也與中國的盤古神話相通，此外尚有許多和中國、朝鮮半島地區神話類似的故事。不過從地理、歷史的關聯來看，這種情況似乎不足為奇。

從古代民族的遷徙和文化的傳播來看，這種神話的相似性並非單方面自外國傳入日本，而是共通的故事流傳於一片廣大的區域內；故事情節再隨著各地的傳頌而逐漸產生變化，於是各國之間開始出現差異，最終形成了融合當地特色的固有神話。

■古事記與世界神話相似的例子

古事記	神話形式	概要	神話代表
造訪黃泉之國	穿梭冥界式	試圖前往冥界帶回死去的妻子，結果犯下「不可見」的禁忌而失敗。	奧菲斯的地獄之行（希臘神話）等
造訪黃泉之國	咀咒逃亡式	主角逃走時，往身後投擲物品來防礙或驅趕敵人的追殺。	卡勒瓦拉（芬蘭民族史詩）等
岩戶之隱	失去太陽式	太陽藏身於洞窟或山後，動物與眾神合作將之召回。	狄蜜特神話（希臘神話）等
大宜都比賣神	屍體化身式	人或神、靈死後，從各個部位或殘骸中生出各式各樣的作物。	海奴威蕾神話（威瑪爾族）等
山幸彥與海幸彥	遺失釣鉤式	為尋找遺失的釣鉤而前往海底國度。	阿托摩羅科特神話（帛琉神話）等
大國主神話	婚姻考驗式	婚前接受對方親屬賜予的考驗，成功克服才能順利結婚。	金羊毛傳說（希臘神話）等

第八章

神武東征

神倭伊波禮琵古命為了穩定、統治天下，遂率軍從高千穗發起東征。途中雖一度戰敗，所幸在天照大御神的加持下終得成功退敵、平定天下，於橿原正式登基為天皇。

第八章　神武東征

神武天皇統一日本

掌握大和、成為初代天皇

神倭伊波禮琵古命為尋找統治天下之地而發起東征。在前方等著祂的，則是數不盡的重重困難和考驗。

從高千穗往東

●自瀨戶內海進軍畿內

神倭伊波禮琵古命與哥哥五瀨命渴望尋找「能夠安穩統治天下政務的地方」，便決定往東出征，從日向出發前往筑紫。

當祂們來到豐國的宇沙後，住在當地的宇沙都比古和宇沙都比賣兩人搭建了簡單的宮殿、用豐盛的食物款待祂們。之後祂們又前往筑紫的岡田宮，並在那裡待了一年之久。

後來祂們繼續前進、來到阿岐國的多祁理宮住了七年，隨後又遷至吉備的高島宮住了八年。祂們一路向前，乘船經過浪速、停靠於白肩津時，那賀須泥毘古正率軍等在那裡，雙方就此爆發戰鬥。由於當時祂們是以船裡備有的盾牌從船上跳下陸地而戰，當地便從此命名為楯津，在《古事記》編纂時則是稱作日下蓼津。

五瀨命在這場戰爭裡中了那賀須泥毘古所射之箭。身負重傷的祂說：「吾乃日神御子，本不該向陽而戰，遂遭卑賤之人所傷；今後將繞道（往南）而行，背負烈日而戰。」於是一行人改道沿著紀伊半島南下。結果就在祂們抵達紀國的男水門時，五瀨命仰天大嘯：「吾豈能死於賤民之手！」隨即嚥下了最後一口氣。

神武天皇的東征路線

從熊野進軍大和

●高天原眾神的援助

從紀伊半島南端登陸的神倭伊波禮琵古命抵達熊野之際，有隻大熊突然現身、旋即又消失無蹤，讓神倭伊波禮琵古命和所有士兵失神倒臥在地。

此時，高倉下手持一把太刀來到熊野，神倭伊波禮琵古命頓時清醒、接下太刀，這一瞬間使得横行熊野的荒神全數倒下，士兵也因此甦醒。

按高倉下所言，這把太刀是建御雷之男神所賜，祂只是遵循夢中的神諭將刀帶來此地。這把刀稱作布都御魂（甕布都神），目前供奉在石上神宮之中。

此外，高產巢日神擔心神倭伊波禮琵古命途中遇險，遂派出八咫烏前去為一行人帶路。祂們來到宇陀，遇見了兄宇迦斯和弟宇迦斯。兄宇迦斯原本意圖徵兵開戰，卻因遲遲召不齊兵馬，便建造了御殿作為誘餌，假裝臣服於神倭伊波禮琵古命。所幸有弟宇迦斯通風報信，神倭伊波禮琵古命才得以逃過一劫，並將兄宇迦斯逼入這道陷井中、將之徹底擊敗。

神武天皇歷經的戰役

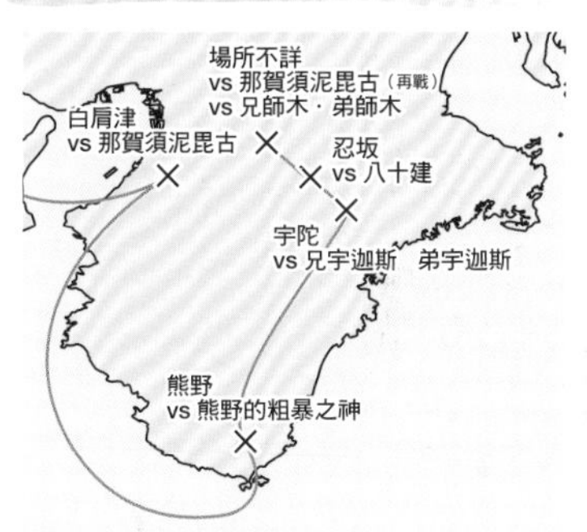

從神的時代走向人的時代

●殺盡仇敵、天下統一

祂們從宇陀出發，來到忍坂的大型御殿時，遇見許多長著尾巴的土蜘蛛（對偏遠地方豪族的蔑稱）勇士在當地嚴陣以待。於是，神倭伊波禮琵古命命令下屬招待這群勇士，但私下卻要求準備料理的廚師懷裡藏刀，咐囑：「一旦聽見歌聲，立即拔刀開斬。」因此，聽見歌聲的廚師們便按照指示一齊砍向土蜘蛛，將他們全部殺死。

之後，神倭伊波禮琵古命打倒了曾經在白肩津擊敗我軍的那賀須泥毘古，為五瀨命報一箭之仇；隨後也相繼打敗了兄師木與弟師木，將敵人一一擊潰。

此時，邇藝速日命意外現身，告訴神倭伊波禮琵古命：「聽聞天津神御子從天而降，我才一路追趕而來。」於是拿出自己同為天津神子孫的證明，從此開始追隨神倭伊波禮琵古命。

至此，神倭伊波禮琵古命已將荒神全數平定，不願臣服者皆驅逐出境。祂在畝火的白檮原宮登基成為初代天皇，開始統治天下。

祂將大物主神之女比賣多多良伊須氣余理比賣立為皇后，生下日子八井命、神八井耳命、神沼河耳命三個孩子。神沼河耳命即是後來繼位的綏靖天皇，故事也自此從神的時代走向人的時代。

被奉為建國之神、神武的初代天皇

神倭伊波禮琵古命

身兼農業神的祂，歷經神武東征之後，創建了大和王朝。

PARAMETER

地位	建國之神
保祐	鎮護國家／國泰民安／克服困難
主要神社	宮崎神社（宮崎縣宮崎市） 橿原神宮（奈良縣橿原市）

知名度 5
靈力 5
神秘性 3
慈愛 3
神話登場 5

靈力 5

身為成功統一全國的初代天皇，能以神明之身保祐國泰民安與克服困難。

神話登場 5

以初代天皇之身出現在許多古籍和神話中，但關於祂是否為史實人物仍無定論。

illustration：虹之彩乃

採納鹽椎神的建議而啟程往東 在眾神幫助下東征成功

●經歷高千穗到大和的遠征，終得建立日本國！

神倭伊波禮毘古命以神武天皇之名，成為創立大和朝廷的初代天皇。神倭伊波禮毘古命是《古事記》當中的稱呼，《日本書紀》將祂寫作神日本磐余彥尊。

祂在東征期間克服萬難、創建大和朝廷，因此能夠保祐國家安泰、排除困難。不過，祂不單單只是統一國家的軍神，同時也是穀物之神；這是因為祂繼承了山幸彥火遠理命與綿津見大神之女豐玉毘賣命的兒子、即鵜草葺不合命的血脈。

根據《日本書紀》記載，祂是鵜草葺不合命和玉依毘賣命的第四個兒子。祂與妻子阿比良比賣和兒子一同居住在日向國高千穗時，獲得鹽椎神提點：「如欲治國平天下，往東為佳。」於是祂便和兄弟們一同發起東征，這就是所謂的「神武東征」。這趟旅程既然是為了鎮壓並收服東方各國、以達到國家統一的目的，途中自然也必須經歷種種考驗。祂在征戰過程中失去了三個哥哥，前途越來越險惡，甚至在熊野（和歌山）的險峻山路上遭到荒神（不願聽從天皇命令的神）化身的大熊襲擊，陷入危機四伏的絕境。所幸有天照大御神派來的「八咫烏」——擁有三條腿的鳥身神使為祂帶路，才成功抵達大和之國。之後祂又經歷了一番波折，最終定都於畝傍山（奈良）山麓的橿原，從此開創了大和朝廷。

●至今仍被奉為創造守護神的初代天皇

神武天皇歷經東征後，雖普遍被人們奉為大和朝廷的始祖，但其英雄般的事蹟卻又令人存疑。由於祂享年一二七歲、異常地高齡長壽，因此也有人認為「神武天皇東征至大和朝廷的成立」＝「成為天皇家始祖的氏族歷經長年抗爭的史實」。

儘管如此，也並不影響神倭伊波禮毘古命其建國之神的地位。現代日本的「建國記念日」定為二月十一日，據說正是因為那是神武天皇登基的日子。而且《日本書紀》當中提及神武天皇享盡天年後的長眠之地「葬畝傍山東北陵」（山本御陵古墳），現在也是日本宮內廳認證的陵墓。

與神倭伊波禮毘古命關係密切的神祇

玉依毘賣命

▶P.180

豐玉毘賣命之妹；鵜草葺不合命的養母，後來結為夫妻。祂是神武天皇的母親，也是連結神的時代與人類時代的重要角色。

邇藝速日命

▶P.188

統治大和地方的豪族長髓彥供奉的神，為物部氏的祖先。祂在神武東征之際對神倭伊波禮毘古命激烈抗戰，但最後仍俯首稱臣。

翱翔天空的物部氏神秘祖神

邇藝速日命

祂是神武東征時期的強敵之一，但最後卻甘願交出神寶、俯首稱臣。

地位	太陽神 農業神
保祐	心想事成 疾病痊癒
主要神社	全日本物部神社 磐船神社（大阪府交野市） 石切劔箭神社（大阪府東大阪市）

PARAMETER

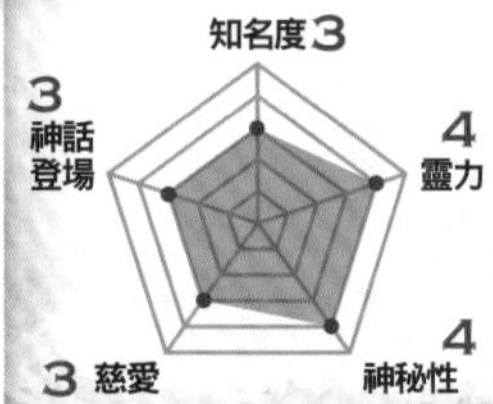

知名度3　靈力4　神秘性4　慈愛3　神話登場3

靈力 4

神武天皇東征前，祂曾被大和地方的豪族長髓彥奉為神祇。

神秘性 4

不僅是古代氏族的祖先，也是出雲系王朝曾經統治大和地方的證據。

illustration：米谷尚展

奉天照大御神之諭
從高天原降臨葦原中津國的神祇

●東征前曾為大和之神的古代氏族始祖

邇藝速日命是在神倭伊波禮琵古命東征以前，支配大和地方的豪族那賀須泥毘古（《日本書紀》稱之為長髓彥）所祭祀的神祇。邇藝速日命是《古事記》裡的稱謂，《日本書紀》寫作饒速日命。

神武東征的目的在於平定各地的豪族與眾神，其中又以那賀須泥毘古的抵抗最為激烈，由此可見他們的力量有多麼強大。

然而，神倭伊波禮琵古命登陸紀伊半島、經過熊野後，在八咫烏的引領下前進大和國，最終還是打敗了那賀須泥毘古。

根據《日本書紀》記載，邇藝速日命得知神倭伊波禮琵古命是天照大御神的子孫以後，便殺死了頑固不願放棄抵抗的長髓彥，將大和地方與天照大御神賜予的御神寶獻給神武天皇，並發誓從此效忠於祂。

《古事記》裡提到在神武東征以前，邇藝速日命娶了那賀須毘古的妹妹登美夜毘賣為妻，生下了宇麻志麻遲命。而宇麻志麻遲命，即是日本古代氏族的代表物部氏、穗積氏、采女氏的始祖。

●隱藏諸多謎團的多樣化神祇

《日本書紀》寫到，邇藝速日命在神武東征以前，是天照大御神門下專司咒術的神祇，擁有靈力足以復活死者的十種神寶。祂帶著神寶、搭著天磐船降臨河內國（大阪府），之後又移步至大和（奈良縣）。作為這艘磐船的船型巨岩，其御神體目前就位在交野市的磐船神社；而這種信仰爾後又傳至京都府八幡市的飛行神社。飛行神社創立於大正時代，社內供奉的邇藝速日命也隨著時代的變遷、轉型成為飛機之神。

雖然祂擁有如此多彩的性格，但其存在本身的由來卻是眾說紛云。

其中一說把祂視為大和朝廷內掌管祭祀的豪族、擁有莫大權力的物部氏祖神，十種神寶也是由物部氏所保管。此外，還有人主張祂是在天皇出現以前鎮座大和地方的神祇，象徵了大和朝廷前代的王權。《播磨國風土記》裡則是把祂寫為大國主神的兒子。由此可見，祂的身世裡蘊藏了許多未解的古代史之謎。

與邇藝速日命關係密切的神祇

天照大御神

▶P.078

位居八百萬神之首的日本人守護神。曾批准邇藝速日命降臨大地，並賜予祂十種神寶。

神倭伊波禮琵古命

▶P.186

發起東征、創建大和朝廷的神祇，是為初代天皇。起初祂與邇藝速命敵對，後來將其收為臣下。

天香山命

祂是神武天皇東征時的功臣之一，在大和朝廷建國後開墾越後，因而被人們奉為農業暨產業之神。

天照大神的曾孫神。同時也是家喻戶曉的農業神。

PARAMETER

知名度	2
靈力	4
神秘性	2
慈愛	4
神話登場	2

在東征期間大顯身手的天孫降臨之神

●繼承了神界的優秀血統

名前冠有天上之山「天香山」的天香山命是邇藝速日命的孩子，也就是天照大御神的曾孫。

祂的叔父是邇邇藝命。邇邇藝命是為了統治葦原中津國而降臨的天孫降臨神話主角，其父系神為稻靈；因此天香山命也擁有相同的神格，為《先代舊事本紀》中與邇邇藝命共同下降大地的三十二柱神之一，並在降臨後落腳於熊野。根據《古事記》和《日本書紀》記載，神武天皇在東征之際遭到荒神化身的大熊襲擊，最後是藉著天香山命的布都御魂劍才得以脫險。神武天皇登基後即發下敕令，將天香山命派至越後開拓，祂才因此成為當地的開發之神。

●產業與能量的守護神

天香山命是現在新潟縣彌彥神社內供奉的祭神，也是《萬葉集》中大力歌詠的「伊夜彥」，自古即是人們耳熟能詳的神明。據說這是因為祂曾經向漁民傳授製鹽法和網漁法、教導農民如何耕作，在越後的產業開發上不遺餘力的緣故。

地位	農業之神／倉庫之神	保祐	產業開發／守護農漁業等	主要神社	彌彥神社（新潟縣西蒲原郡）

illustration：日田慶治

布都御魂

祂是令神武東征成功的重要靈劍，並於東征成功後獲得神格。

擁有擊退惡神的力量靈格高尚的劍神

PARAMETER

知名度	5
靈力	5
神秘性	4
慈愛	3
神話登場	5

讓神武東征成功的靈劍

●讓神武東征成功的靈劍

布都御魂是建御雷之男神奉天照大御神之命平定葦原中津國時所用的劍。根據《古事記》記載，神武天皇在東征之際因中了荒神的毒而倒下，於是天照大御神和高產巢日神（高木神）再度命令建御雷之男神前去搭救。

因此，建御雷之男神托夢給天香山命，說：「吾神毋須親自下凡，你將這把過去平定國家所用之布都御魂劍送予神武天皇即可。」接著便把劍賜給了祂。得知神武天皇是天照大御神後代的天香山命，隨即將靈劍獻給天皇，讓東征軍得以靠著靈劍驅逐惡神、恢復活力。

●被奉為布都御魂大神

大和朝廷成立以後，天香山命之子、物部氏始祖宇摩志麻治命便被尊為御神體，供奉於宮殿之中；之後又在崇神天皇的敕令下，移靈至石上神宮。布都御魂劍本體以祭神之身，掩埋在石上神宮的禁地裡，直到明治時代才挖掘出來。目前此劍與一起出土的其他神寶一同供奉在發掘後建造的神殿內。

地位	保祐	主要神社
劍之神	—	石上神宮（奈良縣天理市）

illustration：雙羽純

命與尊的差異

～以不同名諱指稱同一神祇的緣由～

■饒富深意的命、尊之別

伊邪那岐神與伊邪那岐命，明明指的是同一柱神祇，卻時而稱作「神」、時而稱作「命」，不過這種些不同的稱謂並非任意為之。

「神」是對《古事記》裡所有神祇的尊稱，尤其尊貴的神祇會特別稱作「大神」，更加崇高的神祇則是稱為「大御神」。

而「命」基本上是對奉命行動的神祇才有的尊稱；換言之，可以自由活動的神祇叫作「神」，聽命行事的神祇叫作「命」。以伊邪那岐神為例，出現於高天原的伊邪那岐稱作「神」，而奉命塑造國土的伊邪那岐就稱作「命」。此外，人類也可以稱作「命」，代表該他是接受神的命令而行事的人物。

然而，《日本書紀》裡卻不用「神」的稱謂，而是分成「尊」與「命」兩種。「尊」是對天津神與天皇家祖神的稱呼，除此之外一律稱為「命」。

既然已經了解各個尊稱的不同，那麼接下來就來認識一下神的命名方式。神名基本上是以「屬性＋性質＋尊稱」組合而成。例如天之常立神當中的「天之」代表屬性，「常立」是名字，「神」即是尊稱。

「天之」顧名思義即是指「天上的」，舉凡天津神或與天空、高天原有關的神都會冠上這個名稱；如果名為「國之」，就是指國津神或與大地、葦原中津國有關的神；若是名前冠有「黃泉」，即代表祂是與黃泉之國有淵源的神祇。

名字的部分，是由代表各個神祇的特徵或性質的詞彙所構成，頭文字的「大」或「神」是尊稱，語尾的「日」或「見」意指神靈，「比古」或「毘古」則是指性別。另外，名中如果含有「津」字，那多半是當作助詞「的」「之」來解釋。

例如大山津見神一名，意思就是偉大的（大）山之（山津）神靈（見）之神。

只要了解神名的結構以及常見的用語意義，即可從名稱來直接判斷那位神祇所代表的意義。

■尊稱的用法區別

尊稱	古事記	日本書紀
神	「神」適用於所有神祇。尊貴的神則會稱為「大神」「大御神」。	――
尊	――	用於天津神與皇室祖先，從不用來指稱神明。
命	「命」是含有命令意味的「御事」，用於接受上頭指令的神祇。	除了名為「尊」的神祇以外，皆以「命」為名。

■神名的法則（一例）

神名的語尾	意義
智、見、日	神靈
男、子、彥、比古、毘古	男神
女、比賣、毘賣	女神

第九章 其他諸神

絕代英雄倭建命及妻子弟橘比賣命、傳說中的名宰相武內宿禰……《古事記》中冊以後的篇章、《日本書紀》與民間故事裡出現的神祇也是令人無法忽視的存在。

家喻戶曉的正月之神兼農業之神

大年神

祂是能夠讓稻子結穗的穀物之神，雙親為須佐之男命與神大市比賣，是農耕神族譜中名列前茅的神祇之一。

地位	農業之神 穀物之神
保祐	五穀豐收／家庭安全／產業昌隆
主要神社	下谷神社（東京都台東區） 大歲祖神社（靜岡縣高山市） 飛驒一宮小無神社（岐阜縣高山市）

PARAMETER

知名度 3
靈力 3
神秘性 2
慈愛 4
神話登場 3

靈力 3
能夠讓稻穗豐收，擁有農耕與穀物相關的能力。

神秘性 2
與迎接新年的「歲神」視為同一神祇，廣受民眾的信仰。

illustration：龍膽向日葵

以穀物之神的身分 成為民俗信仰

●讓稻穗結實累累的穀物之神

大年神是穀物之神，其名中的「年」代表「穀物」，特別是指稻穗，全名則象徵了「祈求稻穀豐收」的意思。祂的父親為須佐之男命、母親為神大市比賣，而且祂在農耕神族譜中的地位僅次於須佐之男命。現在祭祀大年神的有大歲御祖神社（靜岡縣靜岡市）、飛驒一宮水無神社（岐阜縣高山市）等神社。

《古事記》當中雖然對大年神沒有詳細著墨，不過《古語拾遺》裡卻有下面這麼一段故事。大地主神讓農民們吃牛肉，大年神為此怒不可遏，便在田裡撒下蝗蟲，使稻田轉眼間乾枯殆盡。大地主神徵詢神意之後，向大年神獻上白豬、白馬、白雞當作謝罪。大年神念在祂一片誠心，於是傳授了驅除蝗蟲的方法。首先用麻桿組成一台紡車來驅散蝗蟲，以天押草和射干撢除牠們；若無法見效，再將陽具形狀的牛肉放在田邊的水口即可。大地主神照做以後，田裡的稻秧總算恢復欣欣向榮、稻穗飽滿的情景。附帶一提，大年神在這段故事中稱作「御歲神」。

這段神話透過象徵生命的稻穗，來表現大年神發揮出讓稻穗結實的能力，為日本人帶來安定的生活，因此大年神在日本各地被奉為「大歲神」「年神」。

除此之外，也有人認為大年神曾經幫助大國主神統治國土，因為大年神擔憂大國主神獨自治國、負擔過重，所以才會現身助其一臂之力。

●民眾篤信的「歲神」

祈求豐收是農耕社會中必備的傳統，因此人們也將大年神視為每年新春家家戶戶迎接的「歲神」。

挨家挨戶準備門松和鏡餅，已是日本過新年時傳統的風俗之一，而這些習俗的源頭即是歲神信仰。隨著地域不同，除了「大年神」以外，人們也會稱祂為「年德神」「惠方神」等；稱呼之所以不同，主要是因為自古以來透過民眾口耳相傳，歲神才得以普及成為民俗信仰的緣故。

與大年神關係密切的神祇

須佐之男命

▶P.080

大年神是祂與大山津見神之女神大市比賣所生的孩子。祂天性暴躁，以擊退八岐大蛇的事蹟而聞名。

宇迦之御魂神

▶P.100

須佐之男命與神大市比賣之子，為大年神的弟弟，兄弟同為穀物之神。關於祂的性別仍有爭議，亦有人主張祂是女神。

克服萬難的偉大武神

武藝相關的神

倭建命

祂是第十二代景行天皇的第三皇子、促成大和統一的功臣，也是日本神話當中屈指可數的英雄。

地位	武神 農業神
保祐	國土安定 結緣
主要神社	氣比神宮（福井縣敦賀市） 建部神社（滋賀縣大津市） 大鳥神社（大阪府堺市）

PARAMETER

知名度	5
靈力	5
神秘性	2
慈愛	3
神話登場	5

知名度 5

對統一大和貢獻極大，同時也是日本神話中少有的英雄。

神話登場 5

縱橫全日本，《古事記》和《日本書紀》當中都少不了祂的身影。

illustration：伊吹飛鳥

東奔西走、縱橫四海 卻仍遭父親冷眼相待的悲劇英雄

●以強大武力致力於大和統一

日本神話當中家喻戶曉的倭建命，是第十二代景行天皇的三皇子，本名為小碓命，一般人最耳熟能詳的名字應該是《日本書紀》中所稱的「日本武尊」。

《古事記》裡將倭建命描寫成為大和統一付出極大心力的勇敢英雄，但祂卻也因這非凡的力量遭到父親冷落，令人難以忘懷這名英雄的悲慘境遇。

倭建命奉父親景行天皇之命前去說服不願參加筵席的哥哥露面，但祂卻直接殺死了哥哥。父親對兒子如此暴行深感惶恐，便命祂前去九州討伐熊襲兄弟。

倭建命穿上姑姑倭比賣的衣服、喬裝成女性接近敵人，藉機殺死了熊襲兄弟裡的哥哥。這份功績讓祂賜名為倭建命，日後皆以此名稱之。之後倭建命來到了出雲，便開始征服出雲建。

●死後化為白鳥飛向天際

倭建命在歸途中陸續平定了吉備、難波，接著又奉命征討東國。祂帶著倭比賣賜予的天叢雲劍和打火石、領頭出征，意外在東征途中遭遇火攻，於是便以劍砍草開路、逃過一劫，從此這把劍便賜名為草薙劍。天叢雲劍是邇邇藝命在天孫降臨之際獲賜的神劍，是與八尺瓊勾玉、八咫鏡代代相傳的皇室三神器。倭建命雖仍繼續征戰平定各地，不過後來不慎染上重病；最後祂拖著重病之軀，在野煩野以歌唱緬懷故鄉大和國，就此長眠不起。

如上所述，倭建命在日本各地東奔西走，為統一大和付出相當大的貢獻，堪稱日本神話中屈指可數的英雄。但祂之所以直到現代仍廣受人們的愛戴，並非在於祂是無懈可擊的英雄豪傑，而是因為祂遭到父親排拒、又在旅途中失去愛妻的悲劇生涯。有人認為，倭建命以獲賜的神劍打倒敵人的故事，隱喻著靈力與軍事能力合而為一、終得達成全國統一，象徵的正是祭政一致（祭祀與政治一元化）的政治體制。

與倭建命關係密切的神祇

須佐之男命

▶P.080

姑姑倭比賣賜給倭建命的草薙劍，就是須佐之男命在出雲從八岐大蛇尾部取出後、獻給天照大御神的天叢雲劍。

弟橘比賣命

▶P.198

倭建命的妻子。祂隨夫遠征東國，在前往房總半島途中，為了平息激烈的暴風雨而投海犧牲自己。

守護了丈夫的悲劇女主角

弟橘比賣命

祂是倭建命的妻子，以投海成全丈夫的傳說深植人心。

地位	祭祀海神的巫女神格化
保祐	結緣 獻身
主要神社	吾妻神社（神奈川縣中郡） 走水神社（神奈川縣橫須賀市） 橘樹神社（千葉縣茂原市）

PARAMETER

知名度 3
靈力 4
神秘性 4
慈愛 5
神話登場 4

靈力 4

自願投海以平息海神怒火，為倭建命化解危機。

慈愛 5

與倭建命感情深厚，為民間著名的結緣之神。

illustration：磯部泰久

和倭建命之間
永結同心的夫婦羈絆

●投海獻身的悲劇女神

根據《日本書紀》記載，弟橘比賣命是穗積氏忍山宿禰之女、倭建命之妻，與倭建命一同生下了稚武彥命。祂是橘樹神社（千葉縣茂原市本納）、吾妻神社（神奈川縣中郡二宮町）的祭神。

弟橘比賣命曾隨著倭建命一同遠征東國，當祂們橫渡走水之海（位於神奈川縣浦賀與房總半島之間的浦賀水道）時，洶湧的巨浪阻擋了去路。弟橘比賣命為了平息海神的怒火，奮不顧身投入海中，成功讓海浪平靜了下來，船隻也得以通行。

無法忘卻弟橘比賣命的倭建命，在碓日嶺一邊低喃著「吾妻啊～」一邊深深地嘆息。而這也是日本東部被稱為「吾妻」的由來。

弟橘比賣命投海時，曾吟唱過這麼一首歌：

「相模津燒原焰中，問妾安否相公矣。」（身陷山內燒盡相模草原的烈焰中，也不忘顧慮我安危的人是你。）

這首歌徹底道出了當初祂們被誘往相模國、遭遇火攻之際，弟橘比賣命對丈夫救了自己一命的感激之情。

●吾妻神社知名的結緣女神

附帶一提，弟橘比賣命投海後留下的衣服與頭冠漂流到的地點，正是橘樹神社的所在地，而神社的創建也是基於這段典故。

吾妻神社的由來，則是源自於倭建命將妻子漂流到海邊的梳子拾起後、埋葬在吾妻山的山頂上，用以緬懷往日時光。這座神社位於倭建命當年曾經俯瞰東國的吾妻山山腰，每年的一月到二月，滿山都是盛開的油菜花，因而成為絕佳的風景名勝，晴天時甚至可以從山頂眺望富士山、丹澤、大山等地。由於吾妻神社象徵了弟橘比賣命和倭建命的愛情，所以也成了著名的結緣聖地。弟橘比賣命名中的「橘」字代表了植物在嚴冬中結果的堅韌生命力，從祂強大的生命力與願為海神獻身的巫女性格來看，神格自然也非常崇高。

與弟橘比賣命關係密切的神祇

倭建命

▶P.196

弟橘比賣命的丈夫，曾帶著祂一同遠征東國，並在妻子死後留戀悲嘆不已。

息長帶比賣命

▶P.210

在丈夫仲哀天皇去世後，懷著身孕進攻朝鮮。與弟橘比賣命同為深愛丈夫的女神。

熱田大神

祂供奉於歷史僅次於伊勢的熱田神宮，是以草薙劍為御神體的天照大御神本尊。

地位	劍神 太陽神
保祐	國土安穩 家道昌隆
主要神社	熱田神宮（愛知縣名古屋市） 櫻田八幡宮（岐阜縣高山市）

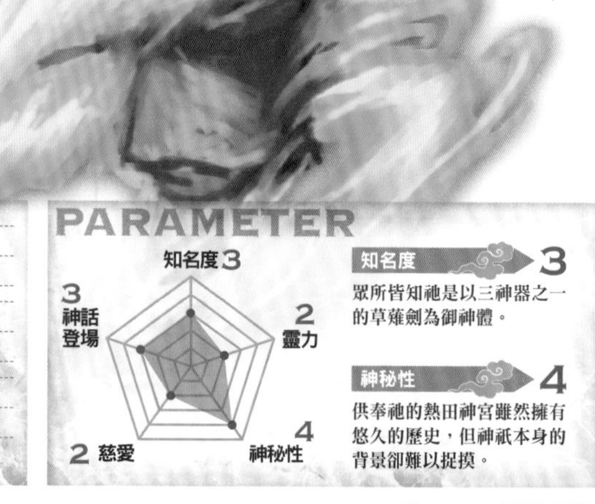

知名度 3

眾所皆知祂是以三神器之一的草薙劍為御神體。

神秘性 4

供奉祂的熱田神宮雖然擁有悠久的歷史，但神祇本身的背景卻難以捉摸。

illustration：NAKAGAWA

以草薙劍為御神體的天照大御神

●歷史悠久的熱田神宮祭神

熱田大神是熱田神宮（愛知縣名古屋市）供奉的祭神，是參拜熱田神宮的信徒中無人不知的「熱田神」。

熱田大神被視為以三神器之一的草薙劍為御神體的天照大御神本身。倭建命成功平定東國以後，來到了尾張國造家，與其女美夜受比賣結婚，而後又前去討伐伊吹山的盜賊，結果不幸中毒身亡。傷心的美夜受比賣將祂遺留下來的草薙劍供奉在尾張氏的祭場熱田之地，而這就是熱田神宮創建的由來。

由於宮內祭祀著三神器之一的草薙劍，使得熱田神宮發展成為僅次於伊勢神宮的神社權威，因而獲得朝廷的禮遇。隨後它也成為武家的虔誠的信仰，足利、織田、豐臣、德川諸家皆為社殿建造不遺餘力。它擁有長達二千年的歷史，至今仍深受皇室到平民階層的尊崇。

而且，在廣達六萬坪的神宮境內，還有一棵樹齡超過一千年的大樟樹，讓名古屋市內繚繞在綠意豐沛的寂靜之中，宛如一片都市綠洲。

●根深蒂固的在地信仰

然而，也有人認為以上所說的只不過是熱田大神的部分特性。

實際上，熱田信仰還有鮮為人知的另一面。不只是熱田信仰，凡是日本的神祇，都是因為與皇室有所淵源才會發展成為信仰，但同時祂們也是各個地方居民篤信的土地神。

而熱田大神，就是居住於尾張地區的人們心目中的鄉土氏神。所以對當地人而言，祂僅僅只是近在身邊的守護神，是因為地緣關係才信奉的神明而已。

因此，在熱田五座當中，也供奉了尾張地方的開拓神建稻種命，以及尾張國造之女美夜受比賣命。畢竟在當地居民眼中，祭拜祂們是為了感謝當初的開拓之恩，也有助於時時提醒自己先人的努力。他們之所以能成功利用木曾川河口的沖積層來開墾水田，也可說是因為他們心中懷有這種對土地祖神的信念吧。

與熱田大神關係密切的神祇

天照大御神

▶P.078

須佐之男命起初是將草薙劍獻給天照大御神，因此供奉祂也就等於是祭祀天照大御神。

倭建命

▶P.196

熱田大神的御神體草薙劍當中，也蘊含了倭建命本身神格化以後的靈。

商業相關的神

大山咋神

祂是日吉大社裡供奉的祭神，同時也是穀物之神，為大年神之子。

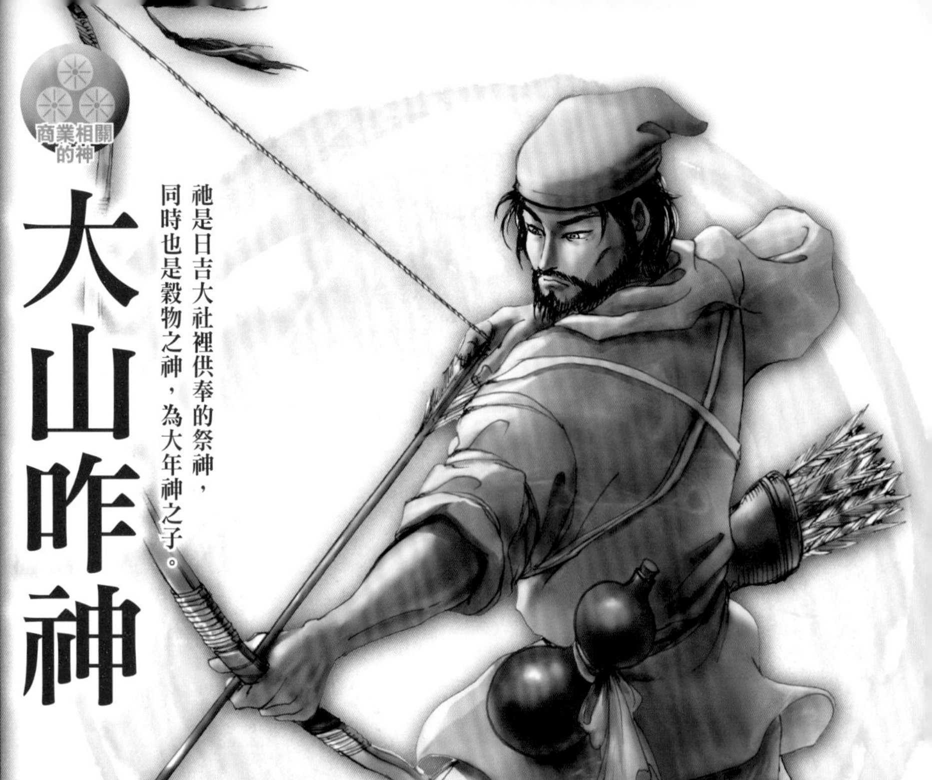

地位	比叡山的地主神／天台宗的護法神／各產業振興之神
保祐	各產業繁榮 家族繁榮
主要神社	日吉大社東本宮（滋賀縣大津市） 松尾大社（京都府京都市） 日枝神社（東京都千代田區）

PARAMETER

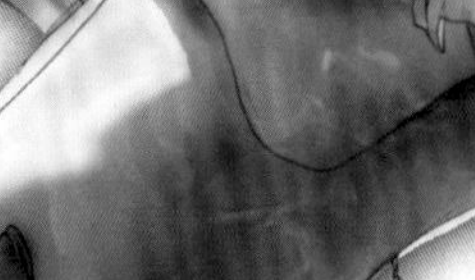

知名度 2
靈力 2
神秘性 4
慈愛 4
神話登場 3

神秘性 3
與天台宗結合後成為山王信仰的源頭，神特有的統一性較為薄弱。

慈愛 4
能夠讓湖水乾涸、形成國土，是相當活躍的國土開發守護神。

illustration：中山慶翔

比叡山日吉大社的祭神 同時也是人人崇敬的穀物之神

●山王信仰的原點

大山咋神是著名的穀物之神大年神的兒子，為日吉大社（滋賀縣大津市）東本宮內祭祀的神祇。「咋」與「樁」的意義相同，所以在山上打樁的行為本身即帶有領域宣示的意味。

日吉大社將猴子奉為神使，雖然原因不明，不過大抵可以視為古人經常對身邊出沒的動物萌生信仰的習慣。

換言之，大山咋神即是山巒的所有者。這裡所說的山是指「日枝之山」，也就是比叡山。祂自古即被奉為山神，因此日吉大社就是山王信仰的總本山。

大山咋神原本只是當地居民民俗信仰的山神，但祂之所以會普及全日本，主要是因為與天台宗的結合。最澄和尚起初在比叡山建造延曆寺時，本來是將比叡山山神日吉神供奉為鎮守神。之後，神佛調合的現象突然急速加遽，作為中世神道代表之一的山王神道也因此成立。

山王意即山中之王，源自最澄早年在中國天台山修行時所待的「山王祠」。後來這個名稱開始廣泛流傳，在神佛融合的時代裡以「山王權現」之名分靈至日本各地，最終成為民眾津津樂道的「山王神」。

●人們篤信的農耕守護神

丹波國（京都府）的浮田明神，與大山咋神有一段古老的淵源。過去的丹波國沉在湖底，在大山咋神將湖劈開的那一刻，湖水便迅速乾涸、露出國土。人們對此感恩戴德，便建了一座祠堂供奉大山咋神。從這段故事可以看出，大山咋神不僅是國土開發之神，同時也是農耕方面的守護神。

此外，大山咋神也是松尾大社裡供奉的釀酒之神。祂原本和釀酒毫無關係，直到松尾大社與附近祭祀釀酒之神的廣隆寺內大酒神社合併以後，祂才開始成為人們信仰的釀酒之神。由於祂本是農業之神，酒又是利用穀物釀造而成，因此透過這種聯想，兩種神格才會互相結合，進而一同列位祭祀。

與大山咋神關係密切的神祇

玉依毘賣命

▶P.180

《山城國風土記》中寫到，大山咋神化為一支朱箭，讓帶著箭回家的玉依毘賣命懷了身孕。

賀茂別雷命

▶P.208

祂是化為朱箭的大山咋神和玉依毘賣命所生的神祇，為避雷的守護神。

身為白山信仰中心的潮來巫女兼結緣之神

農業相關的神

菊理媛神

曾為伊邪那岐神、伊邪那美神調停的結緣之神，也是普及於北陸地方的白山信仰中心神祇。

地位	白山之神 農業神
保祐	五穀豐收 牛馬安產
主要神社	白山比咩神社（石川縣白山市） 白山神社（新潟縣新潟市） 白山中居神社（岐阜縣郡上市）

PARAMETER

知名度 2
靈力 3
神秘性 5
慈愛 5
神話登場 1

慈愛 5
曾為伊邪那岐神與伊邪那美神調解勸和。

神話登場 1
在《日本書紀》當中僅僅只出現過一次，背景不詳。

illustration：池田正輝

曾為伊邪那岐神、伊邪那美神居中協調的神祇

●以結緣之神而聞名

菊理媛神是白山比咩神社（石川縣白山市）的祭神。日語中「統括成事」這種說法的語源，即是源自「菊理」一詞。

菊理媛神僅僅只在《日本書紀》當中出現過一次。伊邪那岐神為了尋找伊邪那美神而下降黃泉之國時，撞見伊邪那美神面目全非的容貌後，不禁拔腿就逃。就在兩人爭論不休之際，菊理媛神曾說了幾句話，讓伊邪那岐神頷首而歸。然而，書中卻完全沒有提到菊理媛神當時的談話內容，關於祂的出身也隻字未提。不過，人們卻把祂視為能夠召喚亡靈附身的潮來巫女祖神。日本自古以來便相信山脈是祖先靈魂的歸宿，而菊理媛神身為服侍山神的巫女，自然也有能力與祖靈交流。這種說法正是源自於菊理媛神曾為伊邪那岐神與伊邪那美神調解的行動，而祂也因此成為人們信奉的結緣之神。

●白山信仰的起點

菊理媛神經常被視為白山比咩神社中供奉的白山比咩大神，但實際上，人們將兩者歸為同一神的理由卻不甚明確。從這一點也可以看出，菊理媛神是個充滿謎團的神祇。

白山比咩神社是以北陸地方為中心向外拓展的白山信仰總本社。白山的面積橫跨石川縣、福井縣、岐阜縣，是以御前峰為主峰，與富士山和立山並列為日本三大靈山。

過去有個名為泰澄上人的修行僧，他在阿久濤淵修行期間，乘著白馬現身的菊理媛神曾出現在他面前、勸他前往山頂修行。上人遵從這道神諭、登上白山修行，最終在山頂遇見了大神的本地佛、十一面菩薩顯靈。這就是白山開山的由來。

白山從很早便開始推動神佛調合，發展成為修驗道場用的靈山，並陸續開拓了連結加賀、越前、美濃的朝山道路，同時在各個道路起點設置馬場。其中，白山本宮是以加賀手取川流域建設的加賀馬場為中心，白山中宮以越前馬場為中心，白山本地中宮以美濃馬場為中心，奧宮則鎮座於山頂。

與菊理媛神關係密切的神祇

伊邪那岐神

▶P.026

企圖逃出黃泉之國的伊邪那岐神，與追殺而來的伊邪那美神爭吵時，菊理媛神曾現身為祂們調解。

伊邪那美神

▶P.028

伊邪那岐神之妻。祂因暴露了在黃泉之國的醜陋面貌、與伊邪那岐神爆發口角時，菊理媛神曾出面為祂們緩頰。

布都御魂神格化而成的有力武神

經津主神

祂是香取神宮內供奉的刀劍之神，為刀劍神格化而成的神祇。

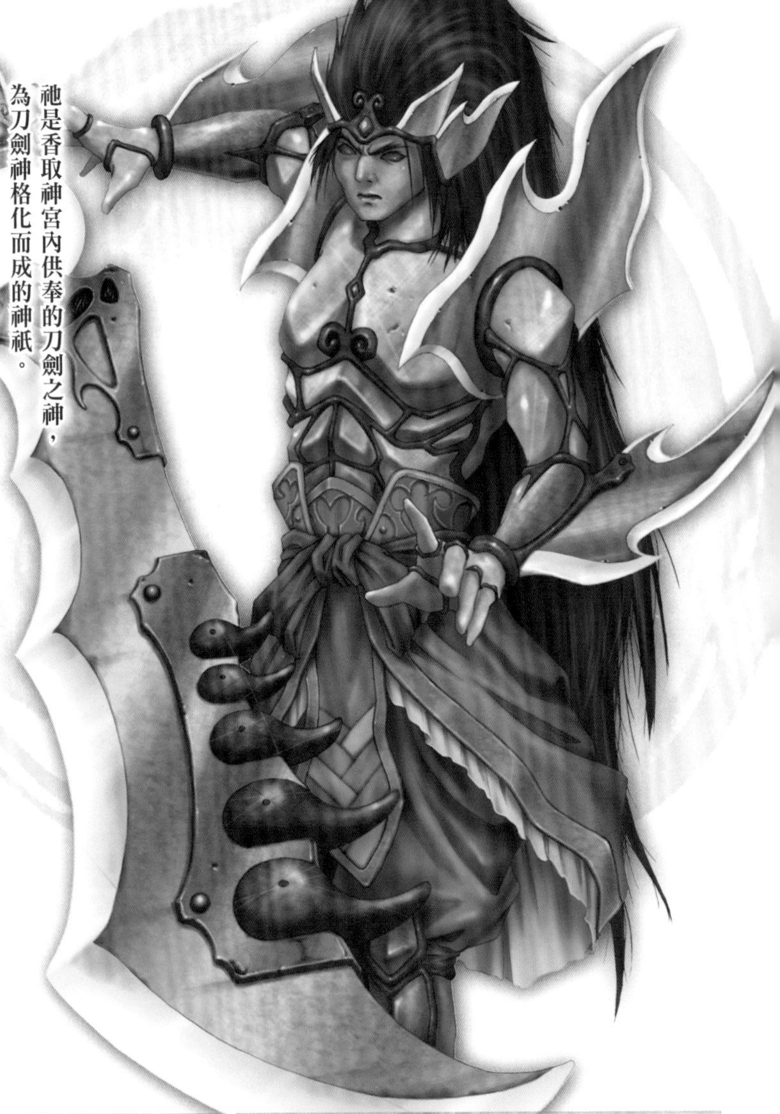

地位	劍神／武神／軍神
保祐	升官 開運招福
主要神社	香取神宮（千葉縣香取市） 春日大社（奈良縣奈良市） 石上神宮（奈良縣天理市）

PARAMETER

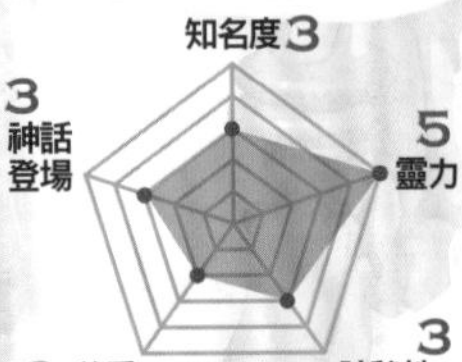

知名度 3

為著名的刀劍之神，對劍術的發展貢獻良多。

靈力 5

生於火之迦具土神遭斬時所濺出的血液之中。

illustration：磯部泰久

身為劍法起源的偉大刀劍之神

●生於劍鋒之血的武神

經津主神是香取神宮（千葉縣佐原市）裡供奉的刀劍之神。名中的「經津」形容的是刀劍斬斷物體的模樣。祂是在神武東征之際，建御雷之男神賜給神武天皇的布都御魂劍神格化而成的神祇。

根據《日本書紀》記載，伊邪那岐神用十拳劍斬殺火之迦具土神時，從劍上滴落的血凝固成河畔的岩石，而這塊岩石後來便化身為經津主神。

人們一般熟知的「香取神」其實就是經津主神，祂自古便以武神之身深受武士與貴族的尊崇。創始於室町時代中期的天真正傳香取神道流，就是一種源自於香取神的劍法。

有一天，飯篠長威齋家直親眼目睹弄髒香取神宮水井的人當場暴斃的情景，對香取神的偉大力量深有體會，於是入住了香取神宮，開始過著白天揮著木刀鍛練、夜晚在神殿前祈願的生活。過了一千日以後，香取神的靈力讓他頓悟了劍法的奧義，從此便開創了香取神道流，並對日後各式劍術的發展造成非常大的影響。附帶一提，史上著名的劍豪塚原卜傳，據說就是長威齋的弟子。

香取神宮的所在地常總地方，是大和朝廷平定東北的據點，同時也是中臣鎌足的出生地，身為武神的經津主神也因此深受信徒的崇敬。

●將一神化分為二的理由

建御雷之男神同樣也是人們崇拜的武神之一。事實上，祂和經津主神同樣都是布都御魂劍神格化以後的存在，原本屬於同一神祇。

但究竟是為什麼，祂們會化分成個別的神祇呢？原因在於祂們背後支持的權力。經津主神是大和王權初期的掌權者物部氏一族的祖神，然而隨著物部氏勢力衰退，開始掌握政治實權的中臣氏（後來的藤原氏）卻是奉建御雷之男神為祖神。由於支持的豪族不同，才使得祂們分化成個別的信仰。

由於香取神宮距離供奉建御雷之男神的鹿島神宮（茨城縣鹿嶋市）相當近，因此兩宮也會一同舉辦祭典活動。

與經津主神關係密切的神祇

須佐之男命

▶P.080

經津主神信仰的源頭布都御魂劍，即是須佐之男命從八岐大蛇尾巴中取出後、獻給天照大御神的劍。

布都御魂

▶P.191

經津主神與建御雷神都是靈劍布都御魂神格化而成的神祇，名中的「布都」代表的是斬斷物體的聲音。

誕生於朱箭神話、以賀茂祭聞名的雷神

賀茂別雷命

祂是賀茂別神社中供奉的年輕雷神，為人們長年信仰的雨、河、避雷、電力產業守護神。

地位	治水神 農業神
保祐	降災除厄 開運之神
主要神社	賀茂別雷神社（京都府京都市） 賀茂神社（福井縣福井市） 賀茂神社（群馬縣桐生市）

PARAMETER

靈力 4

以雷神身分聞名，也是人們篤信的避雷守護神。

神話登場 2

並未出現於《古事記》《日本書紀》中，僅《山城國風土記》有相關記述。

illustration：池田正輝

身兼雷神的治水之神
信徒眾多的京都賀茂別雷神社祭神

●年少的雷神

賀茂別雷命是賀茂別雷神社（上賀茂神社）的祭神。其名中的「別」代表「年輕」，全名意即「年輕的雷神」。這柱神在記紀神話當中並沒有留下任何事蹟，只有《山城國風土記》中記載了關於祂的逸聞。

有一天，玉依毘賣命在賀茂川遊玩時，看見上游漂來了一支上了紅漆的朱箭，便把那支箭帶回家。當天晚上，那支箭卻變成一名美男子，和玉依毘賣命結婚、生下一名男嬰。玉依毘賣命的父親賀茂建角身命不知道男嬰的生父是誰，眼看男嬰一天天長大成人，祂心中的隱憂也日漸加劇。於是，賀茂建角身命舉辦了一場宴會，席間帶著酒杯來到男孩的面前，告訴他：「把這杯酒送給你父親吧！」

結果，男孩向天舉起酒杯，就此昇天不返。賀茂建角身命這才得知男孩是雷神之子，便將祂命名為賀茂別雷命。

而這段故事，也讓賀茂別雷命成為人們篤信的雨水、河川、避雷、電子產業的守護神。

●以華麗著稱的賀茂祭

供奉賀茂別雷命的賀茂別雷神社，每年都會舉辦「賀茂祭」，別名又叫作「葵祭」，為當地的傳統風俗行事。其中又以一群身著華麗衣裳、名為女人列的女官列隊遊行最為著名。

這場祭典源自於賀茂別雷命降臨之際，人們按照神喻舉行走馬之儀（讓馬全力奔馳的神事），並以葵葉裝飾舉行祭典。在六世紀欽明天皇的時代，日本各地遭逢水患，人民為了驅邪而舉辦盛大的祭典；之後經過奈良到平安時代，才逐漸發展成大規模的祭事。不過從室町時代中葉開始，祭典的規模又慢慢萎縮，應仁之亂過後甚至一度廢除。過了大約兩百年後，直到江戶時代才成功復興；日後雖又陸陸續續停擺了數次，但這項傳統終歸持續傳承到了今日。

根據社史記載，賀茂別雷命在遠古時期曾降臨本社北方的神山，從天武天皇開始鎮座於本殿所在之地。平安時代遷都後，祂成為朝廷禮遇的王城鎮護神。神社境內的社殿幾乎都建於一六八二年，現已列為日本國寶與重要文化財產。

與賀茂別雷命關係密切的神祇

玉依毘賣命

▶P.180

《山城國風土記》中記載，玉依毘賣命帶回了大山咋神化身的朱箭，因此生下了賀茂別雷命。

大山咋神

▶P.202

《山城國風土記》中記載，大山咋神曾化身成朱箭，讓帶回箭的玉依毘賣命因此懷孕。

武藝相關的神

生育天皇的聖母軍神

息長帶比賣命

祂是進攻朝鮮半島的英雄，為全日本知名的「神功皇后」。

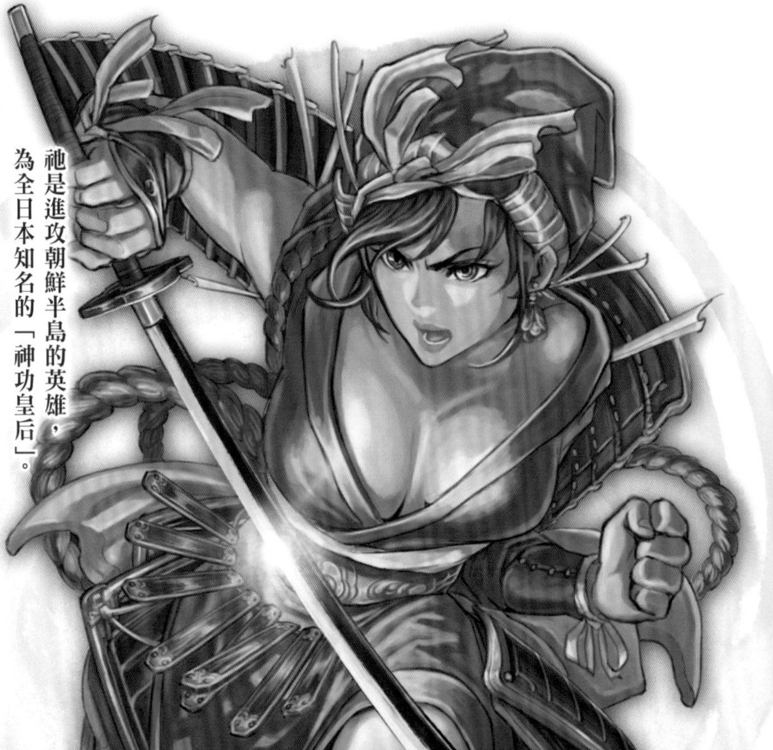

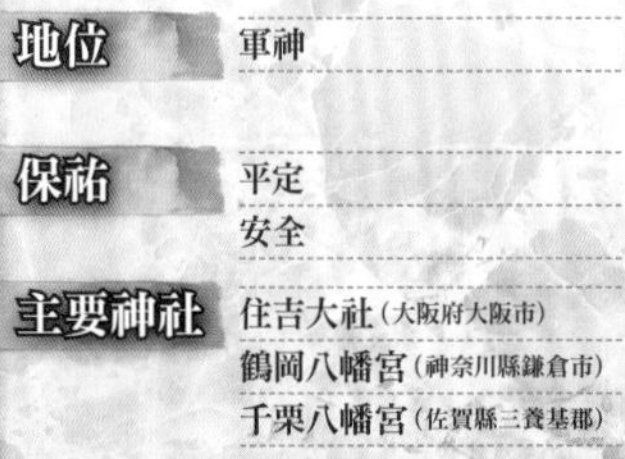

地位	軍神
保祐	平定 安全
主要神社	住吉大社（大阪府大阪市） 鶴岡八幡宮（神奈川縣鎌倉市） 千栗八幡宮（佐賀縣三養基郡）

PARAMETER

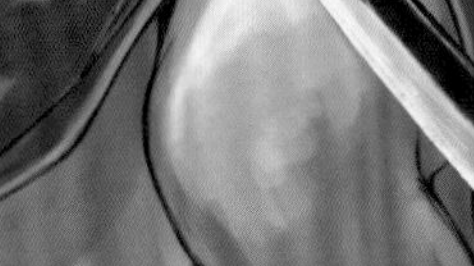

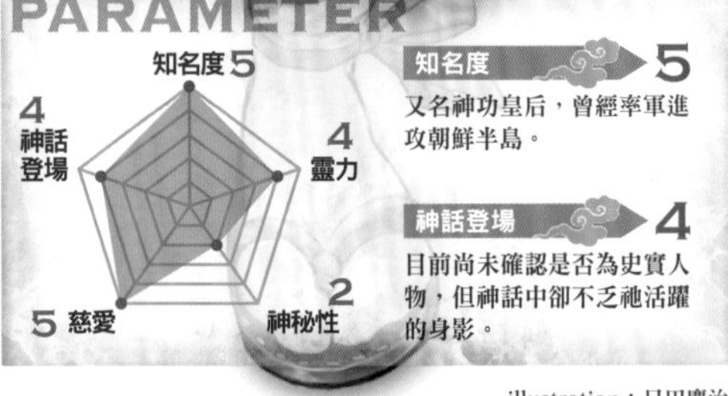

知名度 5

又名神功皇后，曾經率軍進攻朝鮮半島。

神話登場 4

目前尚未確認是否為史實人物，但神話中卻不乏祂活躍的身影。

illustration：日田慶治

成攻征討三韓 但史實身分成謎的皇后

●成功征服三韓的女帝

息長帶比賣命是住吉大社（大阪府大阪市）的祭神，別名為「神功皇后」。

《日本書紀》中的〈三韓征伐〉寫到，祂在丈夫仲哀天皇死後，接到住吉大神的神諭，帶著身孕渡海出征朝鮮半島、進攻新羅，使新羅俯首稱臣，甘願和高句麗、百濟同樣臣服並朝貢日本。

息長帶比賣命回到畿內以後，忍熊皇子與香坂皇子發起叛亂；不過在武內宿禰和武振熊命的幫助下，息長帶比賣命終得化險為夷。

息長帶比賣命前往朝鮮半島時，在腹中放了名為月延石的石頭，用來降低體溫、延遲分娩的時機。這種月延石一共有三顆，分別供奉在不同的神社當中。息長帶比賣命最後在歸途中的筑紫宇美產下應神天皇，而且這一帶也流傳著祂在此替孩子更換尿布、泡產湯等傳說，因此可以推斷祂與九州的淵源相當深遠。

附帶一提，雖然也有人主張三韓征伐是捏造出來的歷史，不過那段期間確實發生了戰爭，而這也是日本意圖統治朝鮮的思想背景起源。

●紙幣上的知名人物

息長帶比賣命在位期間為二〇一年至二六九年，但關於祂是否為真實存在的歷史人物，至今仍是議論不休。

根據日本宮內廳的官方立場，奈良市的五社神古墳即是神功皇后的陵寢。該處長年列為禁地，最後在日本考古學協會強烈要求之下，宮內廳於二〇〇八年首度開放他們進入五社神古墳內調查，不過調查範圍僅限於古墳外周圍的表層，因此調查結果並沒有太大的斬獲。

被譽為神功皇后的息長帶比賣命，在一八八三年日本明治時代初次印製人像紙幣時，獲選為紙幣上的肖像之一。這張紙幣的原版是由義大利雕刻家艾德亞多．契索尼一手打造，使得紙幣上息長帶比賣命呈現出宛如西洋女性般的容貌。

與息長帶比賣命關係密切的神祇

住吉三神

▶P.086

息長帶比賣命懷著腹中的應神天皇遠征新羅之際，曾受到住吉三神強大的靈力庇祐。

武內宿禰

▶P.216

天皇身邊的知名忠臣，年齡不詳。曾跟隨息長帶比賣命一同出兵朝鮮，成為祂征服敵人的重大助力。

《箸墓神話》的主角、擅長預言的神祇

夜麻登登母母曾毘賣命

祂是孝靈天皇的母親，曾多次預言未來，擁有異常強烈的預知能力。亦有人主張祂正是邪馬台國的女王卑彌呼。

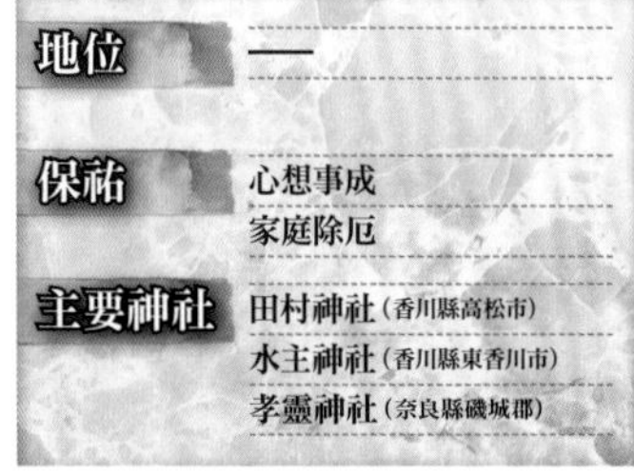

地位	—
保祐	心想事成 家庭除厄
主要神社	田村神社（香川縣高松市） 水主神社（香川縣東香川市） 孝靈神社（奈良縣磯城郡）

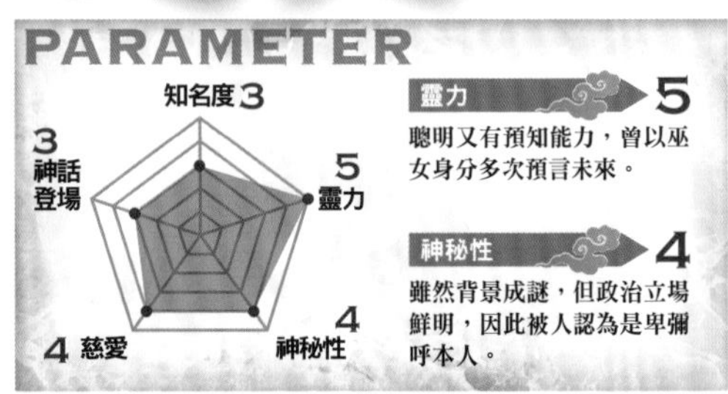

靈力 5

聰明又有預知能力，曾以巫女身分多次預言未來。

神秘性 4

雖然背景成謎，但政治立場鮮明，因此被人認為是卑彌呼本人。

illustration：米谷尚展

以預言者的立場輔佐天皇 被視為卑彌呼本尊的可能人選

●用巫女之身預言未來

夜麻登登母母曾毘賣命是第七代孝靈天皇的母親，為吉備津彥命與孝元天皇的姊妹。其名中的「登登」代表了鳥（比喻為靈魂），「母母」「曾」各別代表了百和十，全名意即讓眾魂飛散的巫女。孝靈神社（奈良縣田村本町）、田村神社（香川縣高松市）、水主神社（香川縣大內町）等地將祂奉為百病、農業殖產、開拓水利之神。

根據《日本書紀》記載，祂「聰明又富有預知力」，而且也確實流傳了許多預知未來的事蹟。在天災頻傳的時期，崇神天皇曾經進行占卜，於是三輪山之神大物主神附身於夜麻登登母母曾毘賣命身上，說明只要供奉自己，便可化解所有災難。此外，夜麻登登母母曾毘賣命還曾經從四道將軍之一的大毘古命行軍期間聽見的少女之歌，預知了建波邇夜須毘古命的叛亂行動。

之後，夜麻登登母母曾毘賣命和大物主神結婚。大物主神曾經交給祂一個梳盒，告誡祂「即使打開也萬萬不可驚異」；然而當祂打開盒子，發現裡面藏的正是大物主神的蛇形真身以後，仍難掩心中的驚嚇，使得大物主神憤而離去。為此悲嘆不已的夜麻登登母母曾毘賣命在三輪山內跌坐而下，結果不慎讓筷子刺入陰部而死。這段典故也讓夜麻登登母母曾毘賣命的長眠之地稱作箸墓，據傳箸墓古墳（奈良縣櫻井市）即是祂的墳墓。

●卑彌呼的真面目？

夜麻登登母母曾毘賣命對政治的影響力，從其墳墓的規模即可見得。由於箸墓古墳的面積，與《魏志倭人傳》裡所記載的邪馬台國女王卑彌呼之墓幾乎一致，因此也有人主張夜麻登登母母曾毘賣命其實就是卑彌呼本人。

日本早期主張的箸墓古墳建造時期，與卑彌呼的時代無法吻合；不過近年重新調整古墳時代的年代後，學者才得以推估古墳建於卑彌呼臨終前的時期。

此外，夜麻登登母母曾毘賣命在崇神天皇身邊擔任預言家，也與卑彌呼曾輔佐弟弟從政的說法不謀而合。雖然這種說法仍有待考證，不過從預知未來、與神結婚等事蹟來看，夜麻登登母母曾毘賣命可謂一名充滿神秘感的神祇。

與夜麻登登母母曾毘賣命關係密切的神祇

大物主

▶P.136

夜麻登登母母曾毘賣命的丈夫。大物主藏於梳盒內的小蛇真身曝光後，使妻子嚇得跌落在地，不慎讓筷子刺入陰部而死。

吉備津彥命

▶P.220

孝靈天皇的三皇子、夜麻登登母母曾毘賣命的弟弟。人們把祂視為桃太郎傳說的源頭，為征服山陽道的四道將軍之一。

天之日矛

從新羅移民日本，致力於國土開發與農業振興

祂是為了追尋玉妻而遠渡日本的新羅王子，歷經苦難後終於落腳日本，與神寶一同成為出石神社供奉的神祇。

地位	國土開發之神 農業神
保祐	土地開發
主要神社	出石神社（兵庫縣豐岡市）

PARAMETER

知名度 4 / 靈力 2 / 神秘性 4 / 慈愛 3 / 神話登場 4

知名度 4
為了追回妻子而渡海來日的知名新羅王子。

神秘性 4
與傳說中朝鮮移民遷往日本繁衍後代的方式淵源深遠。

illustration：中山慶翔

來到日本的新羅王子 朝鮮移民的象徵

●為追尋美玉化身的妻子而來日

天之日矛是來到日本追尋妻子的新羅王子。「天」代表它與天上的關係，「日矛」指祭祀太陽神用的矛。祂是出石神社（兵庫縣豐岡市）供奉的建築土木之神。

根據《古事記》記載，有個女孩睡在新羅一座名為阿具奴摩的湖沼邊，陽光照進了她的陰部，結果讓這名女孩因此懷孕、生下了一塊紅玉。

一名男子向她索求這塊玉後，牽著牛走在路上。天之日矛看見男子，懷疑他打算殺牛便把他押入大牢，男子將紅玉送給天之日矛才獲得開釋。天之日矛把玉帶回，沒想到這塊玉卻化作美麗的少女，於是祂便娶了少女為妻。

妻子為祂付出一切，但天之日矛某天卻因想起不愉快的事，狠狠地痛叱她一頓。委屈的妻子便說「我要回家了」，隨即前往日本難波。天之日矛追著妻子來到難波，卻遭到土地神阻擋，只好改從但馬國登陸，與當地的女子結婚。

天之日矛手中握有八種神寶（航海使用的咒術道具），如今這些神寶也和天之日矛一同供奉在出石神社當中。

●朝鮮系移民的歷史象徵

《古事記》裡並沒有明確寫出天之日矛來到日本的時代，而且也無法確定祂是否為史實人物，不過古代朝鮮也流傳著女性受到日光照射而懷孕產卵的神話故事，因此可以確定天之日矛的傳說與朝鮮半島必有關聯。天之日矛的矛字意指鐵製的矛，這一點也充分表現出祂與製鐵技術傳入日本的渡來人關係匪淺。

天之日矛因遭到土地神的阻撓而無法踏入難波的說法，亦可視為象徵了來自朝鮮的移民集團與當地居民經歷鬥爭以後、輾轉落腳於但馬的歷史；而祂獻上的神寶，則是大和王權征服但馬後，但馬居民俯首稱臣的證明。

另一方面，天之日矛的後代即是神功皇后，可見移民集團最終仍深深融入了大和王權。這是在新移民融入王權的過程中，各式各樣的因素調和後生成的結果，也可以說是源自於天之日矛的傳承。

附帶一提，天之日矛的神寶中包含許多能夠操縱風向與波浪的物品，由此可見祂是掌管航海和漁業安全、與海洋淵源深遠的神祇。

與天之日矛關係密切的神祇

大國主神

P.126

《播磨風土記》中記載，祂曾與天之日矛爭奪土地，最後使天之日矛定居於出石。

息長帶比賣命

P.210

天之日矛的後代。祂在丈夫死後出兵朝鮮半島，成功征討三韓，為日本代表的聖母神。

武內宿禰

服侍歷代天皇的長壽忠臣

祂是神功皇后身邊的輔佐、創下無數功績並深受後世讚揚的功臣。足足活了三百年的祂，曾連續侍奉了四代天皇。

地位	—
保祐	忠義 忠誠
主要神社	氣比神社（福井縣敦賀市） 宇倍神社（鳥取縣鳥取市） 武內神社（和歌山縣和歌山市）

PARAMETER

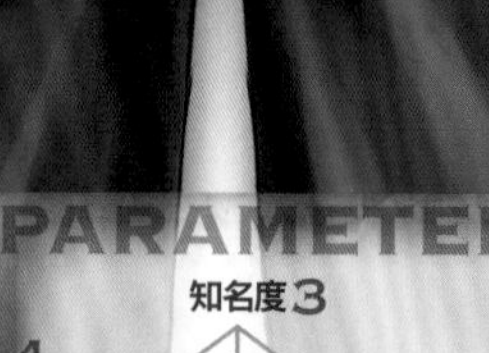

知名度 3
靈力 4
神秘性 3
慈愛 5
神話登場 4

靈力 4

200～360歲的驚人高齡，讓祂得以用超脫人類的經歷協助天皇日理萬機。

慈愛 5

無論何時何地都願為天皇鞠躬盡粹，是個舉世聞名的大功臣。

illustration：七片藍

輔佐歷代天皇的長壽功臣

●令人驚異的百歲長命

武內宿禰是第八代孝元天皇的孫子，也是飛鳥時代有權有勢的蘇我氏祖先。「武內」是一個代表出生場所的姓氏，據傳這是因為祂出生於武內神社（和歌山縣和歌山市）。宇部神社（鳥取縣國府町）、牛窗神社（岡山縣牛窗町）、氣比神宮（福井縣敦賀市）等眾多神社，都把祂奉為長壽之神。

根據《古事記》描述，武內宿禰受到成務天皇的寵愛而當上大臣，從此開始連續侍奉了四代天皇。仲哀天皇因不願遵從住吉大神「進攻西國」的神諭而猝逝，武內宿禰便懇求大神再次發下神諭，於是神功皇后才因此決定出兵朝鮮。而應神天皇在孩提時期曾與越前國的氣比大神交換名字，武內宿禰在這段故事當中被寫作天皇的導師；應神天皇之子大雀命迎娶髮長比賣為妻，也是由祂居中介紹。此外祂還留下了率領渡來人建造百濟池等等事蹟，這些功績傳頌後世，證明了祂是天皇身邊鞠躬盡粹的不二功臣。

武內宿禰異常地高齡長壽，據《因幡風土記》記載，祂在三六〇歲時只留下了一雙鞋子，從此便不見蹤影、消失於人世。

●史實人物的身分仍舊存疑

武內宿禰不僅長命百歲，立場也與天皇非常相近，祂在政治與戰爭方面貢獻極大，同時也充分發揮了咒術者的職責，宛如超人一般無所不能。

然而，這種異於常人的壽命（史料記錄約為二〇〇～三六〇歲），令人普遍懷疑祂是虛構出來的人物，或是將同一名諱的不同人所立的功績整合成為單一人物。事實上，「宿禰」是天武天皇在七世紀制定的八色姓氏之一，在《古事記》編纂的時代則已成為官職的名稱。

後世將武內宿禰傳頌為神功皇后和應神天皇身邊的功臣，全國各地的八幡神宮大多把祂奉為祭神。無論祂是真實還是虛構的人物，都是人人心中能夠想像的最佳功臣典範。

在二戰前的皇國史觀中，武內宿禰是最受讚譽的功臣、人民心中最理想的臣屬，也曾因此多次成為日本紙幣上的肖像人物。

與武內宿禰關係密切的神祇

息長帶比賣命

▶P.210

丈夫仲哀天皇死後，祂即便懷有身孕，卻仍然身著男裝、與武內宿禰一同出兵朝鮮，成功征伐三韓。

譽田別尊

▶P.227

武內宿禰輔佐的天皇之一。據說在祂造訪若狹之際，曾與氣比大神交換了名字。為各地的八幡宮、八幡神社中的祭神。

相撲與埴輪的起源神

野見宿禰

祂是出身自出雲國的勇士，因在天皇面前參與相撲比賽獲勝而仕為臣子。傳說祂即是發明埴輪陶器的人物。

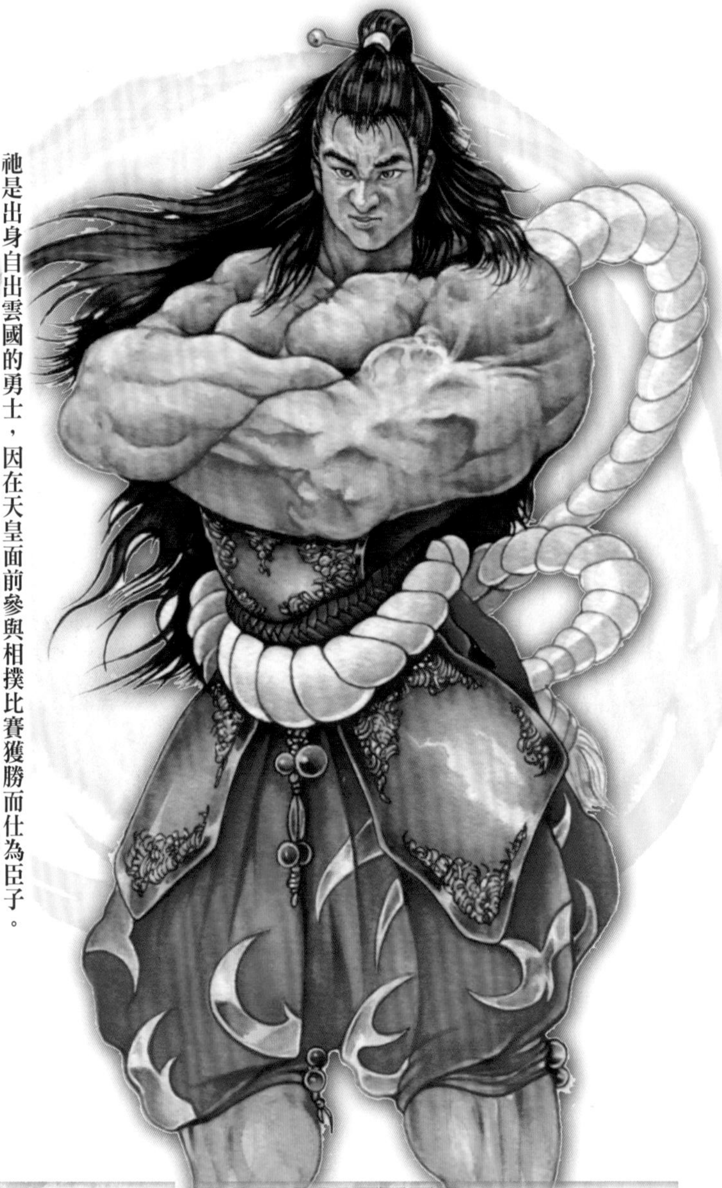

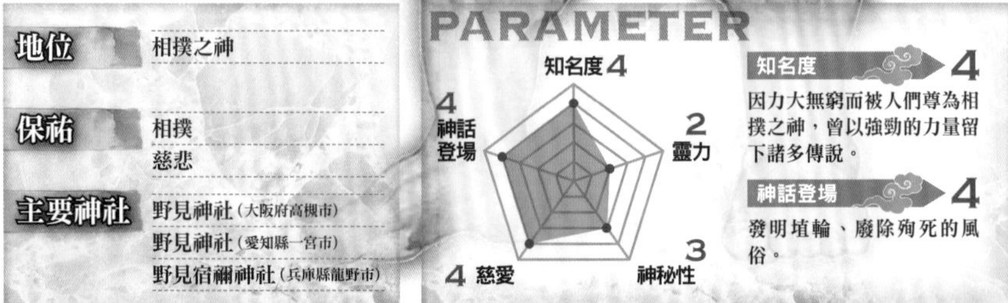

地位	相撲之神
保祐	相撲 慈悲
主要神社	野見神社（大阪府高槻市） 野見神社（愛知縣一宮市） 野見宿禰神社（兵庫縣龍野市）

知名度 4

因力大無窮而被人們尊為相撲之神，曾以強勁的力量留下諸多傳說。

神話登場 4

發明埴輪、廢除殉死的風俗。

illustration：佐藤仁彥

身為相撲與埴輪起源的無雙勇士

●在天皇面前比試相撲

野見宿禰是相撲之神，為大野見宿禰命神社（鳥取縣鳥去市）、石津神社（大阪府堺市）、片埜神社（大阪府枚方市）等地的祭神。

根據《日本書紀》記載，在垂仁天皇時代，有一名叫當麻蹶速的男子以蠻力自豪，聲稱天下無敵。天皇向大臣詢問是否有哪位勇士能夠勝過他，便有人推薦了出雲國的野見宿禰。於是天皇把祂召來，命令兩人當場比試，結果野見宿禰一腳踢碎了當麻蹶速的腰，獲得了勝利。天皇把當麻蹶速的土地賜給了野見宿禰，該地也從此命名為腰折田。

野見宿禰與當麻蹶速的比賽被視為相撲的起源，而那時祂所使出的踢技，即是現在相撲比賽開始前常見的左右兩腿交互踢高踏地的動作。

野見宿禰雖然貴為天皇的臣子，但這個時代的皇族一旦去世以後，其臣下必須追隨主子一同殉死。這種風俗令野見宿禰難以釋懷，於是在垂仁天皇的皇后去世之際，祂向天皇提議召來一百位工匠製作人形與馬形的埴輪（素燒陶器），用以代替活人陪葬。天皇聽了以後大為欣喜，不但廢除了殉死的習俗，還將野見宿禰任命為土師職。從此以後，野見宿禰的後代土師氏，便成了專司天皇葬禮與古墳建設的氏族。

●野見宿禰傳說的由來

雖然野見宿禰留下的逸聞不勝枚舉，但把祂視為埴輪的起源，從考古學的角度來看卻不甚妥當；因為埴輪的形狀是從圓筒形逐步發展成為人形或馬形，所以這種說法可能僅止於傳說，足以推斷野見宿禰是虛構的人物。

關於祂的名字解讀也同樣眾說紛云、尚無定論，有人認為其名源自於加工石塊所用的「鑿」（nomi）；也有人主張是因為祂從事「選地建造天皇墳墓」的職業，才會使用「野」（no）「見」（mi）作為姓氏。

土師氏的祖先之所以與相撲之神有所關聯，是基於大規模的古墳建設並非普通人類可以辦到的工程，所以人們相信他們是一群力量異常強大的男子。野見宿禰的剛強勇士傳說，或許也是從代表大和王權權勢的古墳衍生而成的產物吧。

與野見宿禰關係密切的神祇

天之菩卑能命

▶P.102

野見宿禰的祖神。祂因成為大國主神的家臣，整整三年未曾返回高天原。

天手力男神

▶P.114

和野見宿禰同樣擁有驚人怪力的神祇，最著名的事蹟是曾經打開天岩戶、拉出天照大御神。

成為桃太郎傳說由來的武神

吉備津彥命

祂是征服了吉備國周邊的四道將軍之一，各地也流傳著祂討伐鬼之一族的軼聞，最後衍生成為桃太郎的傳說。

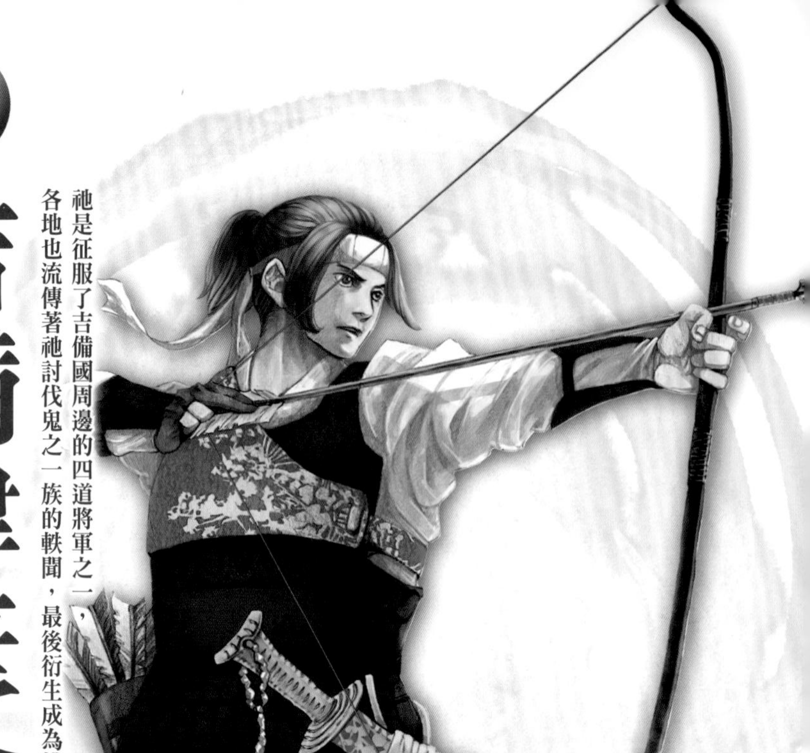

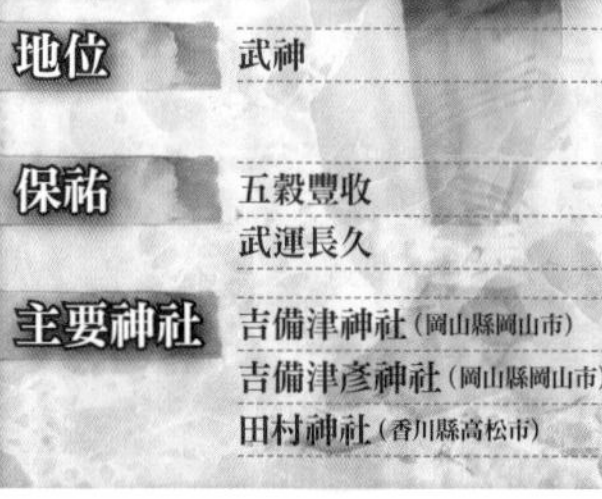

地位	武神
保祐	五穀豐收 武運長久
主要神社	吉備津神社（岡山縣岡山市） 吉備津彥神社（岡山縣岡山市） 田村神社（香川縣高松市）

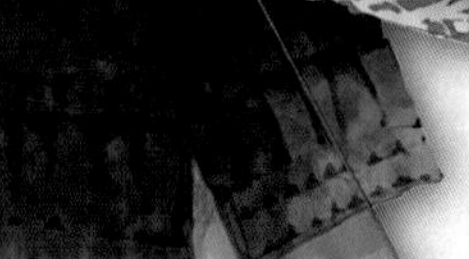

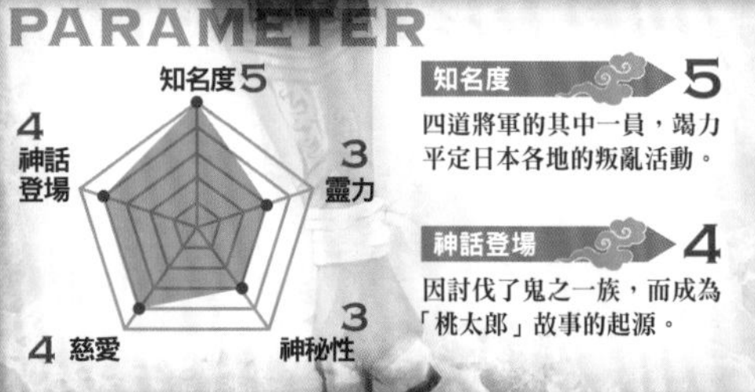

知名度 5

四道將軍的其中一員，竭力平定日本各地的叛亂活動。

神話登場 4

因討伐了鬼之一族，而成為「桃太郎」故事的起源。

illustration：月岡圭瑠

四道將軍之一 桃太郎的人物原型

●平定吉備國的將軍

吉備津彥命是孝靈天皇之子、夜麻登登母母曾毘賣命的弟弟。祂能夠保祐五穀豐收、武運長久、慈愛、長壽，為吉備津神社與吉備津彥神社（皆位於岡山縣岡山市）、田村神社（香川縣高松市）裡供奉的祭神。

根據《日本書紀》記載，祂的原名為五十狹芹彥命，是崇神天皇為了將王權拓展至地方，而從皇族中選任的四道將軍之一，派遣地為西道（山陽地方）。吉備津彥命出征後，因建波邇夜須古命發起叛亂，隨即又被召回鎮壓叛亂軍。書中並沒有具體描述祂之後的行軍過程，僅僅只提及四道將軍各自平定各地後凱旋返回大和國。吉備津彥命的名字意指「吉備之男」或「吉備的統治者」，祂因平定吉備國周邊有功，才獲賜了這個名字。另外書中還寫道，出雲國的首領出雲振根和弟弟爆發權力鬥爭之際，吉備津彥命也和建沼河別命奉命前來討伐出雲振根。

之後，吉備津彥命落腳於吉備國，據說中山茶臼山古墳（岡山縣岡山市）就是祂的墳地。其子孫代代統治吉備國，為有力豪族吉備氏的起源。

●桃太郎傳說的由來

《日本書紀》對吉備津彥命的記述雖僅止於此，但各個神社社史中與祂相關的傳聞卻是多不勝數。

根據吉備津神社的建社緣起，傳說在崇神天皇的時代，吉備國一帶是由不願服從大和王權、名為溫羅的鬼之一族掌管。吉備津彥命以四道將軍的身分率軍進攻，將人民從恐怖的溫羅手中解救出來，使當地恢復了和平。

這段故事日後被視為童話「桃太郎」的源頭，而這也是岡山縣之所以成為桃太郎傳說發祥地的原因。此時吉備津彥命身邊隨侍的三名家臣，即是童話中的狗、猿猴、雉雞的藍本。

據說如魔鬼一般的溫羅一族，在四道將軍攻來以前，是統治吉備國周邊、為日本帶來製鐵技術的渡來人集團（海外移民）。大和王權為了獲得製鐵技術，便派兵進攻吉備國，後來他們才把這段與在來勢力之間的鬥爭過程改成桃太郎驅鬼的童話故事，從此流傳普及至全日本。

與吉備津彥命關係密切的神祇

倭建命

▶P.196

妻子為吉備津彥命弟弟的孫女。祂平定了熊襲、吉備、難波以後，又遠征東國，為統一全日本的大功臣。

夜麻登登母母曾毘賣命

▶P.212

孝靈天皇之女，吉備津彥命的姊姊。傳說吉備津彥命曾經為祂擊退海盜。

稚日女尊

祂是《古事記》裡的衣服之神，在《日本書紀》中等同於天照大御神，擁有多種截然不同的神格。

在婚禮中也相當著名的生田神社祭神

PARAMETER

知名度 2
靈力 2
神秘性 3
慈愛 3
神話登場 1

從衣服之神成為多種神格的神祇

●面貌多彩多姿的女神

稚日女尊在《古事記》裡，是負責為高天原眾神織衣的衣服之神。

祂雖然等同於天服織女，不過在《古事記》裡登場的次數卻寥寥無幾。祂唯一出現的場景，是在天照大御神隱身天岩戶的事件中；當時須佐之男命大鬧高天原，將剝了皮的馬丟進紡織小屋裡。

正在屋裡工作的稚日女尊因此飽受驚嚇，不慎讓織布機的零件刺傷自己而死。在這段故事裡，祂僅僅只是個不起眼的配角。

不過，稚日女尊在《日本書紀》當中的表現卻大為不同。

神功皇后在征服三韓的歸途中，因船隻無法前進而進行占卜，此時稚日女尊現身，告知眾人必須將自己供奉於生田（兵庫縣神戶市）；眾人按照祂的指示行事，船隻才得以繼續航行，而這也是著名的生田神社創社由來。

生田神社裡傳承的稚日女尊，是一位年輕活潑的日之女神；也有人認為祂的名字正是天照大御神的乳名，可見祂擁有非常多樣化的神格。

地位	保祐	主要神社
紡織之神／祈雨之神	身體健康／戀愛成功	生田神社（兵庫縣神戶市）

illustration：日田慶治

天火明命

祂是《古事記》裡的天照大御神之孫，而其他傳說也將祂等同於邇邇藝命亦或其子的太陽神。

與眾多強大神祇淵源匪淺、抑或視為同一的高級神格

●天照大御神後代的太陽神

天火明命在《日本書紀》寫作火明命，祂是天照大御神之子、天之忍穗耳命的長子，在《古事記》的天孫降臨神話中為邇邇藝命的兄長。

江戶時代的國學者本居宣長認為，祂名中的火明意指稻穗泛紅成熟的模樣，因此天火明命就是以稻穗的尊稱作為神名的農業之神。

祂的別名叫作天照國照彥火明命，其神格被尾張氏奉為祖先之神。而且從這個別名亦可推出祂擁有廣受人們推崇的太陽神的神格。

此外，這個別名同時也是邇邇藝命的別名，所以有人認為祂們屬於同一神祇。因別名之故而與知名神祇視為同一神，可見祂的靈力非常高強。

《播磨國風土記》裡亦曾寫道祂是大穴牟遲神（大國主神的幼名）的兒子，因遭到父親拋棄，遂放火燒光父親搭乘的船，將其靈力的強大之處描寫得淋漓盡致。

地位	太陽神／農業神	保祐	守護事業／守護紡織業	主要神社	真清田神社（愛知縣一宮市）

illustration：藤川純一

保食神

祂慘遭月讀命殺害以後，從遺體中化出了各式各樣的食物，因而被人們奉為農耕的起源。

死後生出五穀的食物女神

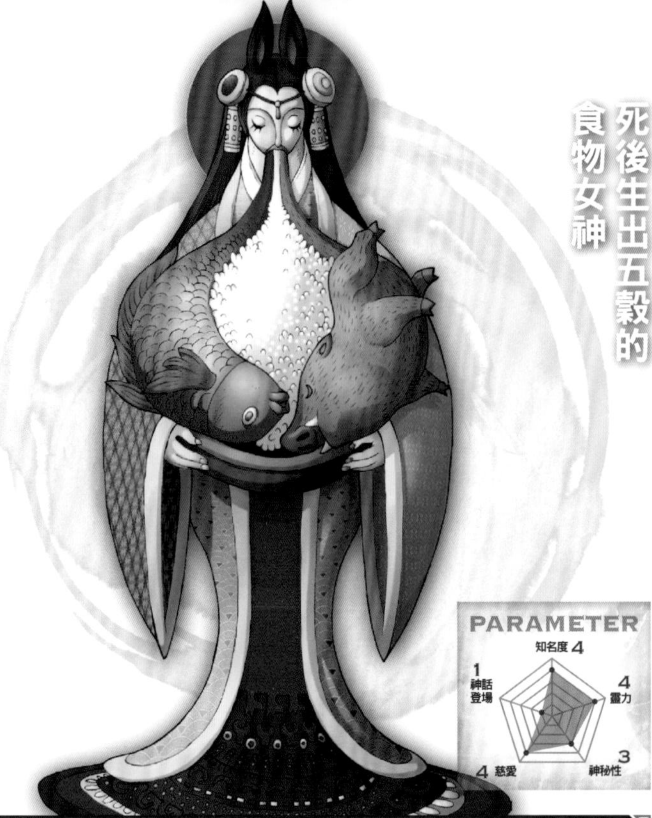

PARAMETER

知名度 4
靈力 4
神秘性 3
慈愛 4
神話登場 1

從屍體中生出稻穗五穀與牛馬的食物神

●帶來五穀的神明

保食神是《日本書紀》裡的神祇，祂奉天照大御神之命從天而降、款待月讀命。

祂所謂的款待，就是從口中取出琳瑯滿目的山珍海味，但這一幕卻激怒了月讀命，甚至一刀直接將祂殺死。

保食神被殺以後，遺體開始慢慢生出了牛馬、蠶、稻、稗等五穀。這段故事也使得祂從此成為掌管食物的神祇。

而殺害保食神的月讀命，其名稱即是觀察月像、判讀日子的意思。月亮是農業不可或缺的曆法指標，因此，保食神的故事也被人解讀為農耕的起源。

類似的故事亦記載於《古事記》中，只不過故事的主角換成了須佐之男命和大宜都比賣神。

保食神和大宜都比賣神的日語神名，都包含了意指食物的「御饌」（mike）當中的ke字，可見祂們同樣擁有掌管食物的特性。此外，也不乏經過神社調合後而被人們賦予食物神性質的特例，例如以稻荷神聞名的宇迦之御魂神正是如此。

地位	五穀之神／蠶業的起源神	保祐	商業繁榮／家庭安全／開運	主要神社	伏見稻荷大社（京都市伏見區）

illustration：龍膽向日葵

天之御影命

祂自古便是滋賀縣三上山周邊地區信奉的氏神，主要司掌金工鍛冶業，為工匠們篤信的神祇。

鍛冶工匠們的守護神

古來廣受信仰的金工鍛冶守護神

●金屬加工業者們的守護神

天之御影命是用金屬打造器具、裝飾工藝品的金工鍛冶業者的祖神。

根據《古事記》記載，祂是滋賀縣野洲市御上神社自古以來供奉的神祇，而神社位居的三上山一帶，亦有大量的銅鐸與劍等金屬製品出土。

天之御影命是原本領有三上山周邊的安國造氏氏神，因此也算是當地的土地神。所以祂不單只是金工鍛冶之神，同時也是人們信奉的田之神、水之神。

●身分等同的獨眼金工鍛冶神

人們經常將天之御影命，和身為金工鍛冶之神的天目一箇神視作同一神祇。

在《日本書紀》當中，天目一箇神是專司金屬加工的神，曾為了打開天照大御神躲藏的天之岩戶而打造了刀和釜等眾多工具。在讓國神話裡，祂也製作過各式各樣的貢品。

這柱神之所以只有獨眼，是因為鍛冶工匠習慣用單眼來觀察火勢，所以人們才會把祂想像成獨眼的形貌。

地位	鍛冶之神／刀工之神	保祐	交通安全／火之神／水之神	主要神社	御上神社（滋賀縣野洲市）

illustration：佐藤仁彥

大屋都媛命

祂是須佐之男命的女兒、大屋毘古神之妹。祂為全日本種下了遍地綠樹，亦身兼木工守護神。

守護林業、住宅與一切木製品的神

攜手為日本種下浩瀚森林的兄妹神

●從植樹到木造建築、製品的守護神

日本的原始風景，在開墾後的田野以外，自然也包括了樹木叢生的蒼翠山巒。

這些豐沛的森林資源洗滌了我們心靈，而從森林中伐木製成的木材用品也充實了人類日常生活。

大屋都媛命，正是為我們帶來這種種自然恩惠的神祇之一。

根據《日本書紀》記載，須佐之男命創生了各式各樣的樹木，而祂的孩子們——書中寫作五十嵐命的大屋毘古神，及其妹妹大屋都媛命和都麻都比賣命一起合作，將父親孕育出來的樹木種子遍植於全日本各地。

大屋都媛命完成了造林作業以後，便落腳於紀伊國、也就是現在的和歌山縣，成為大屋津姬神社供奉的主祭神。

兄妹三人雖然性格都非常相似，不過大屋都媛命最大的特色是除了植林以外，也是守護住宅、船舶、車、木具等一切木材製品的女神。

換句話說，日本以木材為根基的文化即是由祂一手打造而成的。

地位	木種之神／木製品之神	保祐	—	主要神社	大屋津姬神社（和歌山縣和歌山市）

illustration：日田慶治

譽田別尊

死後賜諱為應神天皇的祂，其神祇之身稱為八幡，為武士階層篤信的神明。

武家的守護神
八幡大菩薩

PARAMETER

知名度	5
靈力	5
神秘性	3
慈愛	3
神話登場	3

全日本擁有數以萬計神社的八幡信仰

●成神的應神天皇

《日本書紀》當中所謂的譽田別尊，即是神功皇后征伐三韓、凱旋歸國後生下的應神天皇。

人們將神格化以後的祂暱稱為八幡神。以大分縣宇佐神宮為大本營，全日本各地都遍布了供奉八幡神的神社。

祂在中世時期被源氏尊為氏神，因而深受武士階級的愛戴；之後更染上了強烈的武神色彩，以「弓箭之神」聞名天下，而這或許就是供奉八幡的神社普及全日本的主要原因。

●在宇佐神宮顯靈的八幡

譽田別尊大約自六世紀後半開始鎮座於宇佐，其典故如下。

在宇佐神宮設立以前，當地出現了一名擁有八顆頭的老人，凡是親眼見到他的人都會染上致命的重病。

但是其中有一個人，當他見過老人以後，整整三年間不斷地祈禱，最後在他面前出現了一尊自稱為八幡的神祇，告訴他自己其實就是應神天皇的化身。

八幡神後來與佛教調合，從此便改名為人人耳熟能詳、家喻戶曉的八幡大菩薩。

地位 武神／文教的祖神 **保祐** 國家鎮護／殖產興業／招攬勝運 **主要神社** 宇佐神宮（大分縣宇佐市）

illustration：佐藤仁彥

伊奢沙別命

祂是航海安全、漁業和農業等各個產業的守護神，其別名也表現出祂與食物的關聯。

航海和漁業的守護神

PARAMETER

知名度	靈力	神秘性	慈愛	神話登場
3	5	3	3	3

鎮座於海上交通樞紐的航海守護神

●守護海陸兩方的神祇

伊奢沙別命是供奉於福井縣敦賀市氣比神宮當中，專門守護航海以及漁業的神祇。

敦賀是從大陸通往日本的玄關，自古以來，它對通行日本海的人們是非常重要的樞紐。因此伊奢沙別命也是日本派出遣唐史與蒙古來襲時期的祭祀對象。

由此便不難看出，鎮座於敦賀的伊奢沙別命為何擁有航海之神的身分。

不過，除了守護航海安全與保祐水產興盛以外，祂也能庇護陸上各個產業的發展、還有衣食住無虞的安穩生活。此外，由於當地進貢海產的風俗，使得伊奢沙別命還有氣比大神、御饌津神等與食物相關的別名。

●異常靈驗的氣比神宮

供奉伊奢沙別命的氣比神宮，同時也祭祀著仲哀天皇、神功皇后、應神天皇、倭建命等多柱神祇。氣比神宮也因此靈驗無比，甚至成為北陸道總鎮守，受到朝廷極高的崇敬。

地位	保祐	主要神社
風之神／海之神／穀物神	海上交通／農業	氣比神宮（福井縣敦賀市）

illustration：佐藤仁彥

奧津日子神・奧津比賣神

宛如家庭象徵的爐灶守護神

祂們是從炭火的保持到火災的預防、專門守護爐火的灶神。然而經過神佛調合以後，其原型已融入其他神祇之中。

PARAMETER

知名度	靈力	神秘性	慈愛	神話登場
1	3	1	3	1

可維持炭火、亦可消滅惡火的灶神

●爐灶的守護神

根據《古事記》記載，奧津日子神和奧津比賣神是掌管灶火的神。

祂們名中的「奧」（oki）字，意即「熾火」（炭火）的熾（oki）。由於古代不像現代一樣有容易生火的工具，如何讓爐中的炭火常保燃燒是非常重要的事。

此外，爐灶也是人類炊事維生的重要地方，因此古人認為那裡是神聖的場所。

例如在古代日本，一家的主婦去世以後，其他人會將灶裡的火換新，或是把分家稱作「分灶」，這些行為都充分體現出爐灶在家裡象徵的意義。

像這樣珍重灶火的例子多得不勝枚舉，所以奧津日子神和奧津比賣神不僅僅只是守護屋內火種、爐灶的神祇，同時也是家庭的守護神。祂們和人類生活的關係如此緊密，或許可以說是平民們最親近的神明了。

●與佛教的調合

灶神後來與保護佛、法、僧三寶、擁有三頭六臂的三寶荒神調合，使日本各地普遍將荒神視為爐灶的守護神。

地位	保祐	主要神社
灶神／火之神	滅火／除災	神谷神社（香川縣坂出市）

illustration：池田正輝

衣通姬

祂是個善於吟詠和歌的絕世美女，後世將其神格化成為玉津島明神。

擁有出眾的容貌與優秀和歌才能的玉津島明神

PARAMETER	
知名度	3
靈力	3
神秘性	1
慈愛	3
神話登場	1

譽為「和歌三神」之一的美麗女神

●才色兼備的女神

衣通姬在《日本書紀》中是為允恭天皇的妃子衣通郎姬，祂是和歌山縣和歌山市的玉津島神社祭神。

玉津島神社內除了供奉衣通姬以外，同時也祭祀著稚日女尊、神功皇后和明光浦靈。

供奉在玉津島神社內的衣通姬稱為玉津島明神，與住吉大神、柿本人麻呂併稱為「和歌三神」，而且中世時期的人們已經普遍習慣稱祂為玉津島明神。

衣通姬是個不世出的美女，這個名字也比喻了祂的美貌耀眼奪目、甚至穿透衣服散發出芒的模樣。而且祂不但外表絕美，和歌的才能也非凡出眾。

衣通姬之所以被人們奉為和歌之神，是源自於祂曾在光孝天皇的夢中吟詠一首和歌的典故。

玉津島神社供奉了這位身兼和歌名手的古代美人，神社當地也坐擁了最適合這位美人的優美景致，自古以來即是詩詞歌詠的好題材。

從神格以及神社所在地來看，衣通姬不辯為一名高雅的神祇。

地位	和歌之神	保祐	和歌·技藝進步	主要神社	玉津島神社(和歌山縣和歌山市)

illustration：月岡圭瑠

神大市比賣

祂原是山與穀物之神，卻在這些資源交易的過程中逐漸轉變成為市場之神。

守護市場繁榮的女神

因市場帶動商業發達而轉型商業之神

●人與物聚集的市場守護神

神大市比賣，意思就是近乎神聖的盛大市集。祂是山神大山津見神的女兒，與須佐之男命結婚以後，生下了稻荷神宇迦之御魂神和大年神這一對穀物神兄弟。

而神大市比賣本身亦如其名，是掌管市場的神祇；不過一柱神的神格經常是從其他相關的神祇聯想而成，因此也有人推斷祂或許原本是掌管山脈與穀物的神。

市場裡交易的商品大多以食物為主，也可以說是用從山、海採擷而來的資源交換村莊農耕收穫的場所。

因此，原本身為山與穀物之神的神大市比賣也與市場息息相關，隨著市場逐步發展成為商業場所，其神格也轉變成為掌管市場商業繁榮的神祇。

除了神大市比賣以外，惠比壽、大黑、市寸島比賣命也都屬於市場之神，經常供奉於市場當地建造的祠堂裡。

民間甚至流傳著惠比壽神從龍王手中獲得交易管轄權的故事，可見這些市場守護神有多麼受到商業人士的尊崇。

地位	市場之神／五穀之神	保祐	商業繁榮／開運招福	主要神社	市比賣神社（京都府京都市）

illustration：藤川純一

大宮能賣神

祂從服侍神明的巫女升格至神祇，成為廣受人們信仰的商業活動守護神。

身兼百貨之神的商業神

●從穀物神的巫女搖身一變成為市神

大宮能賣神原本是侍奉穀物之神宇迦之御魂神的巫女，後來神格化成為市場的守護者，因而流傳成為一種信仰。

在祭祀宇迦之御魂神的京都市伏見稻荷大社裡，大宮能賣神就供奉於宇迦之御魂神的旁邊，這或許正是考量到大宮能賣神過去的地位才有的設置。

祂從一介巫女升格為市場之神，是因為隨著市集的繁榮與物品的流通越來越發達，而人潮又讓市集更加熱絡，使得商業概念也越來越普遍，於是人們才賦予祂這種全新的神格。

大宮能賣神不只是市場的守護神，同時也是保祐商業繁榮的神祇。所以到了現代，祂也被人們奉為百貨公司之神。

此外，祂還帶有開幕儀式之神的性質，靈力也因此更上一層樓。祂擁有其他市神身上所沒有的特性，按照現代的說法，祂是一位靈力可以任君挑選的神祇。

地位	市神／食物神	保祐	商業繁榮／心想事成	主要神社	伏見稻荷大社

illustration：日田慶治

矢乃波波木神

祂是掃箒之神，也是鮮少能夠在帶來穢氣的生產過程中同時保祐母子平安的神祇。

民間廣泛信仰
有助安產的箒神

在異常忌諱穢氣的年代保祐母子平安生產

●掃箒與安產之間的關聯

矢乃波波木神是民間信仰當中的箒神、產神，擁有為數不少的信徒。

箒神的箒就是掃除用的掃箒，祂的存在相當符合日本萬物皆有神的觀念。

身為產神的祂還可以保祐產婦與胎兒的安全。古代日本認為生產會帶來穢氣，但只要事先參拜神明，即可祛除汙穢。不過，所謂的產神其實只能保護進入產房的孕婦而已。

從箒神與產神的關聯來看，用箒「打掃」(haku) 的日文名詞寫作「haki」，音近「母木」(hahaki)；母木可引申為孕育生命的樹木，因此矢乃波波木神才會具有保護母子平安的神格。

從日本的一些特殊習俗，例如用掃箒拂過孕婦的腹部、或是把它立在枕邊等有如符咒一般的行為，即可看出矢乃波波木神其安產之神的性格。

此外，矢乃波波木神也是家屋土地的守護神。因為在供奉天照大御神的伊勢神宮當中，即是由祂鎮座於內宮、負責守衛天照大御神的土地，因此祂才被賦予了屋敷神的神格。

地位	箒神／產神／屋敷神	保祐	守護家屋／安產	主要神社	伊勢神宮(三重縣伊勢市)

illustration：龍膽向日葵

眾神關係圖 古事記

【註】本圖可方便讀者確認本書提及的各個神祇之間的地位與關係。

男神　女神　無性別　‖ 婚姻　長男、長女 次男、次女 三男、三女 ⋮　配偶不詳 單獨出生

※代表重複的神祇，相同神祇皆為同一編號。

別天津神

造化三神

- 天之御中主神
- 高御產巢日神 ※1 — 思金神、萬幡豐秋津師比賣命 ※2
- 神產巢日神 — 少名毘古那神

- 宇摩志阿斯訶備比古遲神
- 天之常立神

神世七代

- 國之常立神
- 豐雲野神
- 宇比地邇神
- 須比智邇神
- 角杙神
- 活杙神
- 意富斗能地神
- 大斗乃辧神
- 淤母陀流神
- 阿夜訶志古泥神
- 伊邪那岐神 ※3
- ‖ 伊邪那美神 ※4

從嘔吐物中誕生

- 金山毘古神
- 金山毘賣神

從糞便中誕生

- 波邇夜須毘古神
- 波邇夜須毘賣神

從尿液中誕生

- 彌都波能賣神
- 和久產巢日神 — 豐宇氣毘賣神

伊邪那岐神‖伊邪那美神之子

- 水蛭子神 ※不包含在子嗣內
- 淡島神 ※不包含在子嗣內

大八島國：
- 淡道之穗之狹別島
- 伊予之二名島
- 隱伎之三子島
- 筑紫島
- 伊伎島
- 津島
- 佐度島
- 大倭豐秋津島 ※其他六島

- 大事忍男神

家宅六神：
- 石土毘古神
- 石巢比賣神
- 大戶日別神
- 天之吹男神
- 大屋毘古神
- 風木津別之忍男神

- 大綿津見神 ※5
- 速秋津日子神 ‖ 速秋津比賣神 — 沫那藝神、沫那美神、頰那藝神、頰那美神、天之水分神、國之水分神、天之久比奢母智神、國之久比奢母智神
- 志那都比古神
- 久久能智神
- 大山津見神 ※6 ‖ 鹿屋野比賣神 — 天之狹土神、國之狹土神、天之狹霧神 ※8、國之狹霧神、天之闇戶神、國之闇戶神、大戶惑子神、大戶惑女神
- 鳥之石楠船神
- 大宜都比賣神 ※7
- 火之迦具土神

伊邪那岐神 ※3

從淚水中誕生
- 泣澤女神

從禊（汙穢）中誕生

從脫下的衣物、裝飾品中誕生
- 衝立船戶神……生於手杖
- 道之長乳齒神……生於腰帶
- 時量師神……生於袋子
- 和豆良比能宇斯能神……生於上衣
- 道俣神……生於褲子
- 飽咋之宇斯能神……生於頭冠
- 奧疎神……生於左手手環
- 奧津那藝佐毘古神……生於左手手環
- 奧津甲斐弁羅神……生於左手手環
- 邊疎神……生於右手手環
- 邊津那藝佐毘古神……生於右手手環
- 邊津甲斐弁羅神……生於右手手環

三貴子
- 生於左眼：天照大御神 ※9
- 生於右眼：月讀命
- 生於鼻子：須佐之男命 ※10

生於中游淨身時
- 大禍津日神
- 八十禍津日神

為除禍而誕生
- 神直毘神
- 大直毘神
- 伊豆能賣

	生於水底淨身時	生於水中層淨身時	生於水面淨身時
綿津見三神	底津綿津見神	中津綿津見神	上津綿津見神
住吉三神	底筒之男神	中筒之男神	上筒之男神

天尾羽張（神）

伊邪那岐神使用的劍

從天之尾羽張斬殺火之迦具土神後所沾染的血中誕生

生於刀尖之血
- 石析神
- 根析神
- 石筒之男神

生於刀根之血
- 甕速日神
- 樋速日神
- 建御雷之男神

生於刀柄之血
- 闇淤加美神 ※11
- 闇御津羽神

從火之迦具土神的遺體中誕生
- 正鹿山津見神
- 淤縢山津見神
- 奧山津見神
- 闇山津見神
- 志藝山津見神
- 羽山津見神
- 原山津見神
- 戶山津見神

在黃泉之國纏繞於伊邪那美神身上的雷神（八雷神）
- 大雷…頭
- 若雷…左手
- 火雷…胸
- 土雷…右手
- 黑雷…腹
- 鳴雷…左腳
- 折雷…陰部
- 伏雷…右腳

伊邪那美神 ※4

天孫・邇邇藝命的族譜

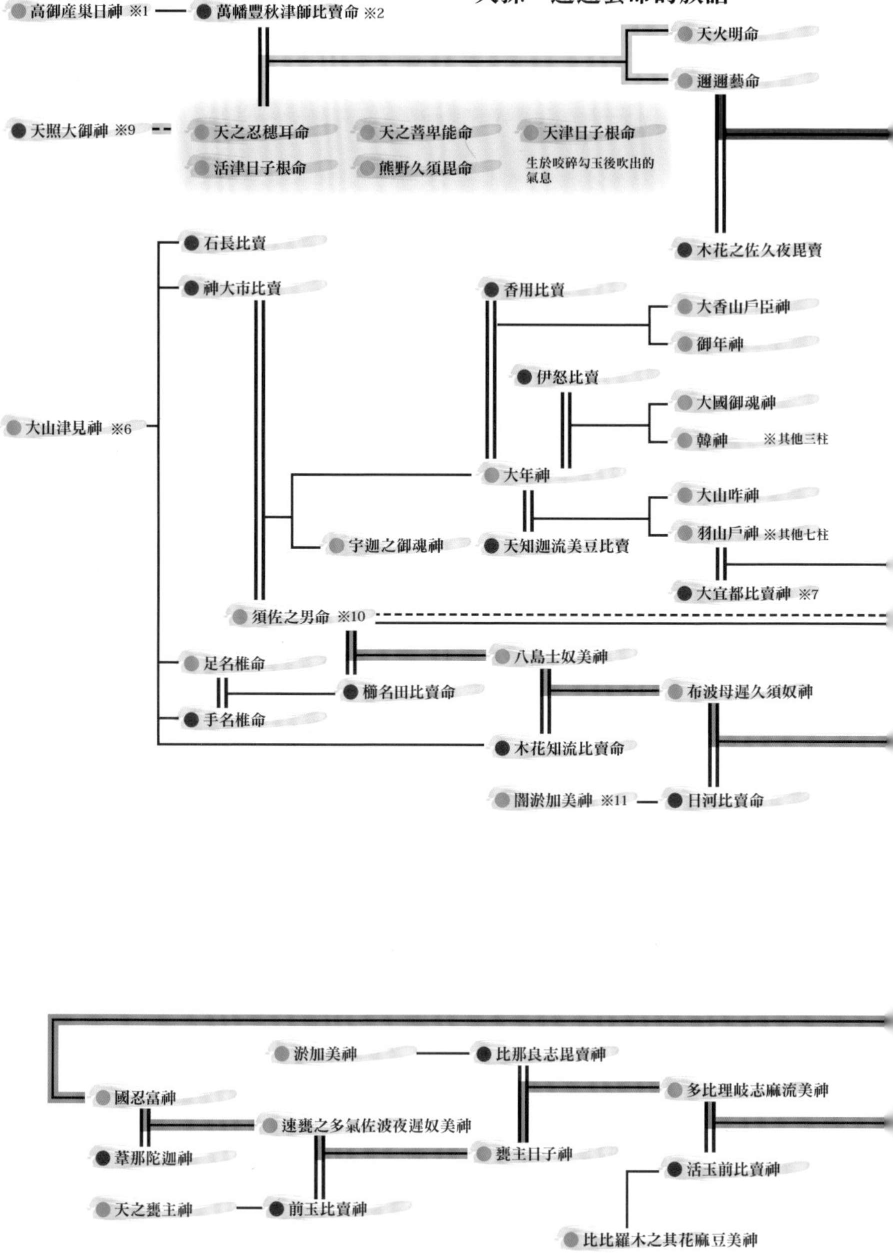

高御產巢日神 ※1
萬幡豐秋津師比賣命 ※2
天火明命
邇邇藝命
天照大御神 ※9
天之忍穗耳命
天之菩卑能命
天津日子根命
活津日子根命
熊野久須毘命
生於咬碎勾玉後吹出的氣息
木花之佐久夜毘賣
石長比賣
神大市比賣
香用比賣
大香山戸臣神
御年神
伊怒比賣
大國御魂神
韓神
※其他三柱
大山津見神 ※6
大年神
大山咋神
羽山戸神
※其他七柱
宇迦之御魂神
天知迦流美豆比賣
大宜都比賣神 ※7
須佐之男命 ※10
足名椎命
八島士奴美神
櫛名田比賣命
布波母遲久須奴神
手名椎命
木花知流比賣命
淤加美神 ※11
日河比賣命
淤加美神
比那良志毘賣神
國忍富神
多比理岐志麻流美神
速甕之多氣佐波夜遲奴美神
葦那陀迦神
甕主日子神
活玉前比賣神
天之甕主神
前玉比賣神
比比羅木之其花麻豆美神

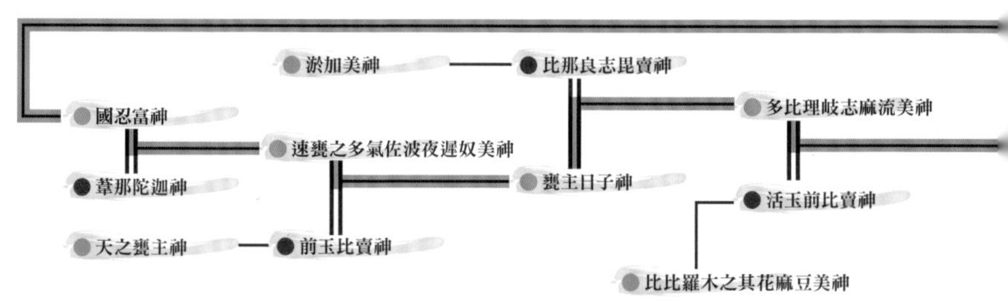

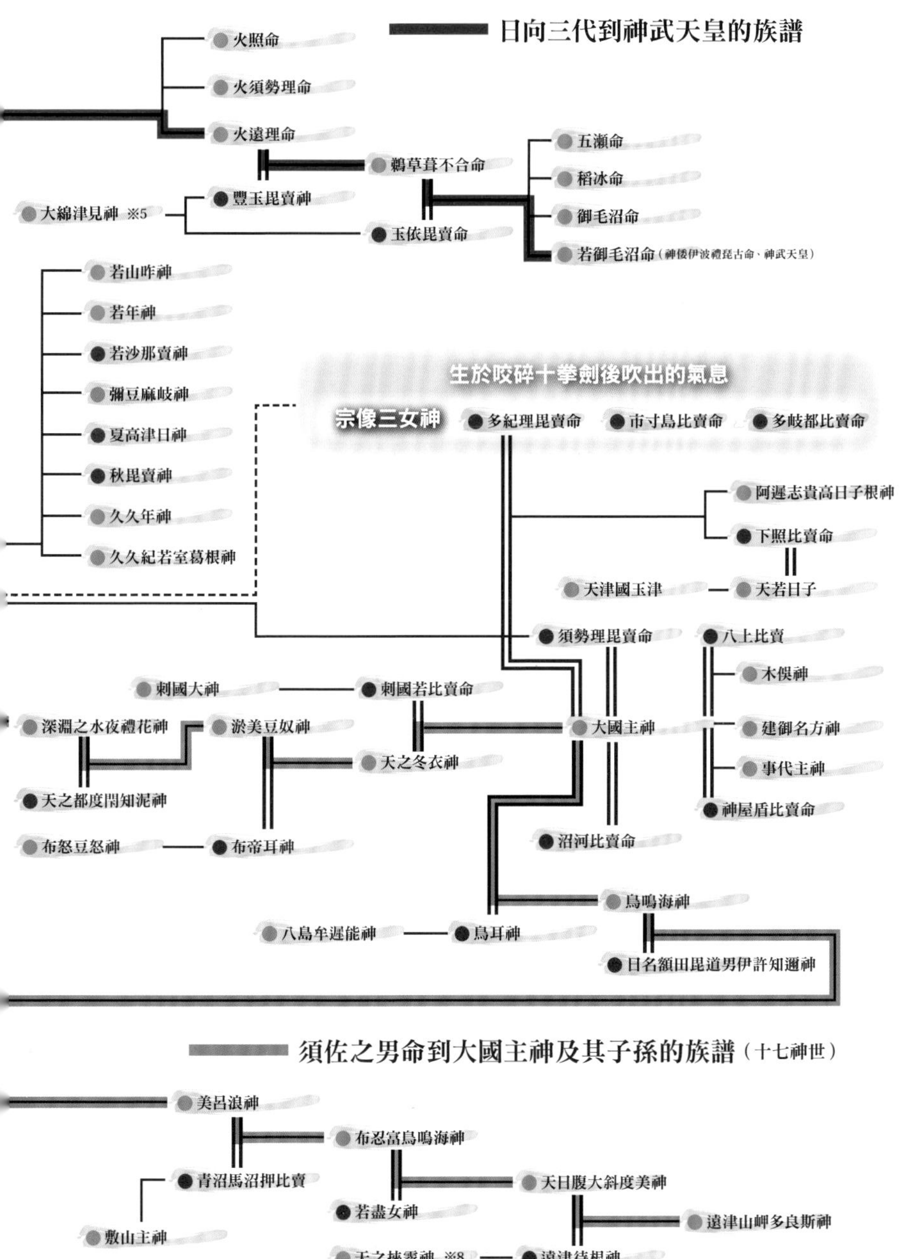
日向三代到神武天皇的族譜
火照命
火須勢理命
火遠理命
鵜草葺不合命
豐玉毘賣神
大綿津見神 ※5
玉依毘賣命
五瀨命
稻冰命
御毛沼命
若御毛沼命（神倭伊波禮琵古命、神武天皇）
若山咋神
若年神
若沙那賣神
彌豆麻岐神
夏高津日神
秋毘賣神
久久年神
久久紀若室葛根神
生於咬碎十拳劍後吹出的氣息
宗像三女神
多紀理毘賣命
市寸島比賣命
多岐都比賣命
阿遲志貴高日子根神
下照比賣命
天津國玉津
天若日子
須勢理毘賣命
八上比賣
木俁神
刺國大神
刺國若比賣命
深淵之水夜禮花神
淤美豆奴神
大國主神
建御名方神
天之冬衣神
事代主神
天之都度閇知泥神
神屋盾比賣命
布怒豆怒神
布帝耳神
沼河比賣命
鳥鳴海神
八島牟遲能神
鳥耳神
日名額田毘道男伊許知邇神
須佐之男命到大國主神及其子孫的族譜（十七神世）
美呂浪神
布忍富鳥鳴海神
青沼馬沼押比賣
天日腹大斜度美神
若盡女神
遠津山岬多良斯神
敷山主神
天之狹霧神 ※8
遠津待根神

主要參考文獻

『日本神話の源流』 吉田敦彦著 講談社
『神話の系譜—日本神話の源流をさぐる』 大林太良著 講談社
『八幡神と神仏習合』 逵日出典著 講談社
『古事記(上・中・下)全訳注』次田真幸著　講談社
『口語訳古事記　完全版』三浦佑之訳・注釈　文藝春秋
『口語訳　古事記ー神代編』三浦佑之訳・注釈　文藝春秋
『日本神話の女神たち』 林道義著　文藝春秋
『図説　古事記と日本の神々　日本の神話が一気にわかる決定版!』吉田邦博著　学習研究社
『日本の神々の事典　神道祭祀と八百万の神々』薗田稔、茂木栄監修　学習研究社
『日本の神々神徳・由来事典』三橋健編著　学習研究社
『決定版　古事記と日本の神々』吉田邦博著　学習研究社
『面白いほどよくわかる古事記　古代の神々・天皇が織り成す波瀾万丈の物語』島崎晋著 吉田敦彦監修　日本文芸社
『面白いほどよくわかる日本の神社　その発祥と日本の神々、名社・古社百社がよくわかる』渋谷申博著 鎌田東二監修　日本文芸社
『日本の神様を知る事典　日本の代表神70柱の出自と御利益』阿部正路監修　日本文芸社
『面白いほどよくわかる日本の神様　古事記を彩る神々の物語を楽しむ』田中治郎著 山折哲雄監修　日本文芸社
『すぐわかる日本の神々　聖地、神像、祭り、神話で読み解く』稲田智宏、堀越光信著 鎌田東二監修　東京美術
『すぐわかる日本の神社　「古事記」「日本書紀」で読み解く』稲田智宏、島田潔、平藤喜久子著 井上順孝監修　東京美術
『カレワラ神話と日本神話』小泉保著　日本放送出版協会
『神話学入門』カール・ケレーニイ/カール・グスタフ・ユング著 杉浦忠雄訳　晶文社
『世界の始まりの物語　天地創造神話はいかにつくられたか』吉田敦彦著　大和書房
『キーワードで引く古事記・日本書紀事典』武光誠、菊池克美編　東京堂出版
『読む・知る・愉しむ　古事記がわかる事典』青木周平編著　日本実業出版社
『ギリシァ神話と日本神話　比較神話学の試み』吉田敦彦著　みすず書房
『日本神話の神々　そのルーツとご利益』戸部民夫著　三修社
『日本の神々と仏　信仰の起源と系譜をたどる宗教民俗学』岩井宏實監修　青春出版社
『日本の神さままるわかり事典』島崎晋著　明治書院
『神さまと神社　日本人なら知っておきたい八百万の世界』井上宏生著　祥伝社
『日本人なら知っておきたい古代神話』武光誠著　河出書房新社
『神仏習合』義江彰夫著　岩波書店
『八百万の神々　日本の神霊たちのプロフィール』戸部民夫著　新紀元社
『「日本の神様」がよくわかる本 八百万神の起源・性格からご利益までを完全ガイド』戸部民夫著　PHP研究所
『日本神さま事典』三橋健、白山芳太郎編著　大法輪閣

另有參考其他書籍與網站資料。

Staff

【企劃・構成・編集】　株式会社レッカ社　斉藤秀夫／下間大輔

【執筆】　小日向淳／田中瑠子／三谷悠／山田祐一／吉村次郎

【插畫】　池田正輝／磯部泰久／伊藤サトシ／伊吹アスカ／米谷尚展
佐藤仁彦／月岡ケル／NAKAGAWA／中山けーしょー／虹之彩乃／
七片藍／日田慶治／藤川純一／双羽純／三好載克／竜胆ヒマワリ

【封面・內文設計】　黒川篤史（CROWARTS）

【DTP】　Design-Office OURS

監修者簡介

椙山林継（すぎやま・しげつぐ）

1940年生於日本千葉縣，國學院大學研究所文學研究科博士課程修畢、歷史學博士，現為國學院大學名譽教授。曾任國學院大學助教、國學院大學日本文化研究所助理教授、所長、八雲神社宮司。專攻祭祀考古學、神道學。現任祭祀考古學會會長。合著有《古代出雲大社的祭儀與神殿》（學生社）、《原始·古代日本的祭祀》（同成社）等書。

The Quest For History
日本神祇完全圖解事典

出　　版／楓樹林出版事業有限公司
地　　址／新北市板橋區信義路163巷3號10樓
郵 政 劃 撥／19907596 楓書坊文化出版社
網　　址／www.maplebook.com.tw
電　　話／(02)2957-6096
傳　　真／(02)2957-6435
監　　修／椙山林継
翻　　譯／陳聖怡
總 經 銷／商流文化事業有限公司
地　　址／新北市中和區中正路752號8樓
網　　址／www.vdm.com.tw
電　　話／(02)2228-8841
傳　　真／(02)2228-6939
港 澳 經 銷／泛華發行代理有限公司
定　　價／350元
初 版 日 期／2015年8月

國家圖書館出版品預行編目資料

日本神祇：完全圖解事典 / 椙山林継監修；陳聖怡翻譯. -- 初版. -- 新北市：楓樹林, 2015.08 240面；21公分

ISBN 978-986-5688-29-5 (平裝)

1. 神祇 2. 民間信仰 3. 日本

273.2　　104009093